蔡東藩 著

後漢演義

從辨冤獄寒朗力諫至密謀族誅梁氏

風起雲湧，險中求生
陰謀四起，詭計交織

外戚專權，忠臣蒙冤
留得一絲殘命在，好教忠義兩成名！

目 錄

第二十六回	辨冤獄寒朗力諫	送友喪范式全交	005
第二十七回	哀牢王舉種投誠	匈奴兵望營中計	015
第二十八回	使西域班超焚虜	禦北寇耿恭拜泉	023
第二十九回	拔重圍迎還校尉	抑外戚曲誨嗣皇	033
第三十回	請濟師司馬獻謀	巧架誣牝雞逞毒	043
第三十一回	誘叛王杯酒施巧計	彈權戚力疾草遺言	053
第三十二回	殺劉暢懼罪請師	繫郅壽含冤畢命	063
第三十三回	登燕然山誇功勒石	鬧洛陽市漁色貪財	073
第三十四回	黜外戚群奸伏法	殲首虜定遠封侯	083
第三十五回	送番母市恩遭反噬	得鄧女分寵啟陰謀	093
第三十六回	魯叔陵講經稱帝旨	曹大家上表乞兄歸	103
第三十七回	立繼嗣太后再臨朝	解重圍副尉連斃虜	113
第三十八回	勇梁慬三戰著功	智虞詡一行平賊	123
第三十九回	作女誡遺編示範	拒羌虜增灶稱奇	133

第四十回	駁百僚班勇陳邊事	畏四知楊震卻遺金	143
第四十一回	黜鄧宗父子同絕粒	祭甘陵母女並揚威	153
第四十二回	班長史搗破車師國	楊太尉就死夕陽亭	163
第四十三回	祕大喪還宮立幼主	誅元舅登殿濫封侯	173
第四十四回	救忠臣閹黨自相攻	應貴相佳人終作后	183
第四十五回	進李固對策膺首選	舉祝良解甲定群蠻	193
第四十六回	馬賢戰歿姑射山	張綱馳撫廣陵賊	203
第四十七回	立沖人母后攝政	毒少主元舅橫行	213
第四十八回	父死弟孤文姬託命	夫驕妻悍孫壽肆淫	223
第四十九回	忤內侍朱穆遭囚	就外任陳龜拜表	233
第五十回	定密謀族誅梁氏	嫉忠諫冤殺李雲	243

第二十六回
辨冤獄寒朗力諫　送友喪范式全交

第二十六回　辨冤獄寒朗力諫　送友喪范式全交

卻說廣陵王荊，自奉詔還國後，仍然懷著異圖，應二十四回。暗中引入術士，屢與謀議，且日望西羌有變，可借防邊為名，稱兵構亂。事為明帝所聞，特將他徙封荊地。荊越加恚恨，至年已三十，復召相工入語道：「我貌類先帝，先帝三十得天下，我今亦三十歲，可起兵否？」相工支吾對付，一經趨出，便向地方官報明。地方官當即奏聞，朝廷遣使責問，荊因逆謀發覺，不免驚惶，自繫獄中。明帝尚不忍加罪，仍令衣租食稅，唯不得管屬臣吏，另命國相中尉，代理國事，慎加約束。荊猶不肯改過，潛令巫祝祈禱，為禳解計。國相中尉只恐自己坐罪，詳報上去，廷臣即劾他詛咒，立請加誅。詔尚未下，荊已自殺，膽小如此，何必主謀？明帝因荊為同母弟，格外憐恕，仍賜諡為思王。嗣且封荊子元壽為廣陵侯，食荊故國六縣，又封元壽弟三人為鄉侯。荊死踰年，東平王蒼入朝，時在永平十一年。寓居月餘，辭行歸國。明帝送至都門，方才與別。及還宮後，復懷思不置，特親書詔命，遣使齎給東平太傅，詔曰：

辭別之後，獨坐不樂，因就車歸，伏軾而吟，瞻望永懷，實勞我心。誦及〈采菽〉，以增嘆息。〈采菽〉見《詩經》，係天子答諸侯詩。日者問東平王：「處家何等最樂？」王言：「為善最樂。」其言甚大，啟予多矣。今送列侯印十九枚，諸王子年五歲以上能趨拜者，皆令帶之，王其毋辭。

原來光武帝十一子，唯臨淮公衡，未及王封，已經殤逝，尚有兄弟十人，除明帝得嗣統外，要算東海王強，及東平王蒼，最為循良。強逾壯即歿，事見前文；蒼卻持躬勤慎，議政周詳，比東海王更有才智，所以保全名位，備荷光榮。獨楚王英為許美人所生，許氏無寵，故英雖得沐王封，國最貧小。明帝嗣阼，繫念親親，卻也屢給賞賜，並封英舅子許昌為龍舒侯。偏英心懷非望，居然有覬覦神器的隱情，前次訪求佛

法，並不是有心清淨，實欲仗那佛氏靈光，呵護己身。嗣是私刻圖印，妄造靈符。到了永平十三年間，忽有男子燕廣，詣闕告變，彈劾楚王英，說他與漁陽人王平、顏忠等，造作圖書，謀為不軌等語。明帝得書，發交有司複查。有司派員查明，當即復奏上去，略稱楚王英招集奸猾，捏造圖讖，擅置諸侯、王公、將軍、二千石，大逆不道，應處死刑。明帝但奪英王爵，徙英至丹陽涇縣，尚賜湯沐邑五百戶；又遣大鴻臚持節護送，使樂人奴婢妓士鼓吹隨行。英仍得駕坐輜軿，帶領衛士，如有遊畋等情，准衛兵持弓挾矢，縱令自娛。子女既受封侯主，悉循舊章，楚太后許氏，不必交還璽綬，仍然留居楚宮。時司徒范遷已歿，調太尉虞延為司徒，復起趙熹行太尉事。楚王謀洩，先有人告知虞延。延因藩戚至親，未便舉發，延捱了好幾日，即由燕廣上告，惹動帝怒，且聞虞延擱住不奏，傳詔切責，延懼罪自盡。又枉死了一個。楚王英至丹陽，得知延不為奏明，尚且遭譴，自己恐再攖奇禍，索性也自殺了事。事聞闕下，有詔用侯禮葬祭，賻贈如儀，封燕廣為折奸侯。一面且窮治楚獄，歷久不解，自京師親戚，及郡國吏士，輾轉牽連，嫌重處死，嫌輕謫徙，差不多有千人；尚有數千人被繫，淹滯獄中。何必興此大獄？先是光武帝舅樊宏，曾受封壽張侯，光武帝母為樊重女，見前文。宏子儵承襲父爵，累世行善，戒滿守謙。明帝因東平王蒼，親而且賢，特將壽張縣移益東平，改封儵為燕侯。儵弟鮪嘗求楚王英女為子婦，儵從旁勸阻道：「前在建武年間，我家並受榮寵，一門五侯，樊宏兄弟，並得封侯。當時只教一語進諫，便是子得尚主，女得配王，不過天道忌盈，貴寵太過，適足招災，所以可為不為。今我家已不如前，怎得再聯姻帝族？且爾只有一子，為何棄諸楚國呢？」鮪不願從諫，竟為子賞娶得英女。及楚獄一起，儵已早逝，明帝曾聞儵前言，且追懷舊德，令儵諸子俱得免坐。英嘗私錄天下名士，編成簿籍，內有吳郡太守尹興姓名，是

第二十六回　辨冤獄寒朗力諫　送友喪范式全交

簿被有司取入，按名逮繫，不但將尹興拘入獄中，甚且連椽史五百餘人，俱執詣廷尉，嚴刑拷訊。諸吏不勝痛楚，多半致死，唯門下掾陸續，主簿梁宏，功曹駟勳，備受五毒，害得肌膚潰爛，奄奄一息，終無異詞。續母自吳中至洛陽，烹羹餽續。續雖經毒刑，卻是辭色慷慨，未嘗改容，及獄吏替續母進食，續不禁下淚，飲泣有聲。獄吏詫問原因，續且泣且語道：「母來不得相見，怎得不悲？」獄吏本未與續說明，又怪他何由得知？還要細問，續答說道：「這羹為我母所調，故知我母必來。我母平日截肉，未嘗不方，斷蔥以寸為度，今見羹中如是，定由我母到此，親調無疑。」說至此，更涕淚不止。孝思可嘉。獄吏乃轉達有司，有司具狀奏聞，明帝也不覺動憐，才將尹興等一併釋放，使歸原籍，禁錮終身。雖得不死，痛苦已吃得夠了。

　　顏忠、王平，連坐楚獄，情罪最重，自知不能幸生，索性信口扳誣，竟將隧鄉侯耿建、郎陵侯臧信、護澤侯鄧鯉、曲成侯劉建等，一古腦兒牽引進去。四侯到廷對簿，俱云與顏忠、王平，素未會晤，何曾與謀？問官不敢代為表白，還想將他們誣坐。侍御史寒朗，亦嘗與問，獨以為四侯蒙冤，使他們退處別室，再提平、忠二人出訊，叫他們說明四侯年貌。二人滿口荒唐，無一適符，朗遂入闕復陳，力為四侯辯誣。明帝作色道：「汝言四侯無罪，平、忠何故扳引？」朗亦正容答道：「平、忠兩人，自知犯法不赦，所以妄言牽引，還想死中求生！」明帝又問道：「汝既知此，何不早奏？」越問越呆。朗答說道：「臣雖察知四人冤情，但恐海內再有人告訐，故未敢遽行奏陳。」明帝不禁怒罵道：「汝敢首持兩端麼？」竟是使氣。說著，即回顧左右道：「快將他提出去！」左右不敢怠慢，便牽朗欲出。朗又說道：「願伸一言而死，小臣不敢欺君，無非欲為國持正罷了！」明帝道：「他人有否與汝同情？」朗答言無有。明帝復問道：「汝何故不與三府共商？」三府，即三公府。朗伸說道：「臣自

知罪當族滅，不敢多去累人。」明帝問他何故族滅？朗復說道：「臣奉詔與訊罪犯，將及一年，既不能窮極奸狀，乃反為罪人訟冤，料必將觸怒陛下，禍且族滅；但臣終不敢不言，尚望陛下鑑臣愚誠，翻然覺悟！臣見決獄諸人，統說是妖惡不道，臣民共憤，與其失出，寧可失入，免得後有負言，因此問一連十，問十連百。就是公卿朝會，陛下問及得失，亦無非長跪座前，上言舊制大逆，應該懲及九族，今蒙陛下大恩，止及一身，天下幸甚。及退朝歸舍，口雖不言，卻是仰屋嘆息，暗暗呼冤，唯無人敢為直陳。臣自知死罪，理在必伸，死亦無恨了。」明帝意乃少解，諭令退去。過了兩日，車駕親幸洛陽，按錄囚徒，得理出千餘人。時適天旱，俄而大雨，明帝亦為動容，起駕還宮。夜間尚恐楚獄有冤，徬徨不寐，起坐多時，馬皇后問明情由，亦勸明帝從寬發落，於是多半赦免。唯顏忠、王平，不得邀赦，竟在獄中自盡。侍御史寒朗自悔監獄不嚴，就繫廷尉，明帝不欲窮治，只將朗免去官職，釋歸薛縣故鄉。任城令袁安，擢為楚郡太守，蒞任時，不入官府，先理楚獄，查得情跡可矜，即具奏請赦。府丞掾吏，並叩頭力爭，謂縱容奸黨，應與同罪，斷不宜率爾上陳。安奮然道：「如有不合，太守願一身當罪，決不累及爾曹！」也是一條硬漢。到了復諭下來，果皆許可，得全活四百餘家。明帝且下詔大赦，凡謀反大逆，及諸不應宥諸囚犯，盡令免死，許得改過自新。一面敬教勸學，尚德禮賢，凡皇太子及王侯公卿子弟，莫不受經。又為外戚樊氏、郭氏、陰氏、馬氏諸子立學南宮，號為四姓小侯，特置五經師，講授經義。他如期門、羽林諸吏士，亦令通孝經章句。此風一行，人皆向學，連匈奴亦遣子肄業，願沐陶熔。義士如范式、李善等，俱由公府辟舉，破格錄用。

式字巨卿，山陽人氏，少遊太學，與汝南人張劭為友，劭字元伯，遊罷並告歸鄉里，式與語道：「二年後擬過拜尊親。」劭當然許諾。光陰

第二十六回　辨冤獄寒朗力諫　送友喪范式全交

易過，倏忽兩年，劭在家稟母，請具饌候式，母疑問道：「兩年闊別，千里結言，難道果能踐約麼？」劭答說道：「巨卿信士，必不誤期。」母乃為備酒餐，屆期果至，升堂拜飲，盡歡乃去。已而劭疾不起，同郡人郅君章、殷子徵，日往省視，劭嘆息道：「可惜不得見我死友！」子徵聽了，卻忍耐不住，便問劭道：「我與君章，盡心視疾，也可算是死友了，今尚欲再求何人？」劭嗚咽道：「君等情誼，並非不厚，但只可算為生友，不得稱為死友；若山陽范巨卿，方可為死友哩！」郅、殷兩人，未曾見過范式，並覺得似信非信。越數日，劭竟告終，時式已為郡功曹，夢見劭玄冠垂纓，曳履前呼道：「巨卿！某日我死，某日當葬，君若不忘，能來會葬否？」式方欲答言，忽然驚覺，竟至泣下。翌日具告太守，乞假往會，太守不忍拂意，許令前往。式即素車白馬，馳詣汝南。劭家已經發喪柩至壙旁，重量逾恆，不肯進穴，劭母撫棺泣語道：「元伯莫非另有他望麼？」乃暫命停柩。移時見有單車前來，相距尚遠，劭母即指語道：「這定是范巨卿！」及素車已近，果然不謬。式至柩前，且拜且祝道：「行矣元伯！死生異路，永從此辭。」寥寥十二字，已令人不忍卒讀。眾聞式言，並皆泣下。式即執紼引柩，柩已改重為輕，當即入穴。式又留宿壙間，替他監工，待至墓成，併為栽樹，然後辭去。如此方不愧死友。後來式又詣洛陽，至太學中肄業，同學甚眾，往往不及相識。有長沙人陳平子，與式未通聲欬，卻已知式為義士。一夕罹疾，服藥無效，逐日加劇，勢且垂危，妻子含淚侍側，平子唏噓與語道：「我聞山陽范巨卿，信義絕倫，可以託死。我歿後，可將棺木舁置巨卿戶前，必能為我護送歸里，汝切勿忘！」言畢再強起作書，略說旅京得病，不幸短命，自念妻弱兒幼，未能攜櫬歸籍，素仰義士大名，用敢冒昧陳請，求為設法，倘得返葬首丘，存歿均感云云。書既寫就，囑妻使人送與范式，擲筆即逝。妻子依囑辦理。式方出門，未遇使人，至事畢歸寓，見門前遺

置棺木,已覺驚異,及入門省視案上,拾得平子遺書,展閱一周,竟至平子寓所,替他妻子安排。令得引柩回家,且親送至臨湘,距長沙止四五里,乃將平子原書取出,委諸柩上,哭別而去。平子尚有弟兄,聞知此事,亟往追尋,那范式已早至京師,不及相見了。此事比前事尤難。長沙官吏,也有所聞,因乘掾屬上計時,漢制郡國州縣,每歲應入呈計簿,故稱上計。表奏范式行狀,三公爭欲羅致,馳書徵召,式尚不肯起;嗣經州吏舉為茂才,方才詣闕受官,累遷至荊州刺史。式既到任,行巡至新野縣,縣吏當然相迎。前有導騎一人,傴僂前來,式似曾相識,就近審視,確是同學友孔嵩,便把臂與語道:「汝莫非孔仲山麼?」仲山係嵩表字,嵩南陽人,家貧親老,特隱姓埋名,為新野縣傭卒,至此不便再諱,只好直認。式復嘆息道:「爾我嘗曳裾入都,同遊太學,我蒙國厚恩,位至牧伯,爾乃懷道隱身,下儕卒伍,豈不可惜?」嵩笑答道:「侯嬴長守賤業,侯嬴,係戰國時魏人,年七十,為大梁門卒,信陵君聞名,往聘,嬴不肯起。晨門自願抱關,見《論語》。孔子欲居九夷,士不得志,貧賤乃是本分,何足嘆息呢?」也是一個志士。式敕縣吏派人代嵩,嵩以為受傭未畢,不肯退去。及式還官舍,當即上登薦牘,未幾即由公府辟召。嵩就徵赴都,途次投宿下亭,有數盜前往竊馬,聞知為嵩所乘,互相責讓道:「孔仲山乃南陽善士,怎可盜他坐騎呢?」盜亦有道。遂將馬送還,當面謝罪。後來式遷廬江太守,嵩亦官至南海太守,並有循聲。可見得義士所為,窮達不移,正自有一番德業哩!就是李善亦南陽人氏,從前本為李元家奴,建武中南陽患疫,元家相繼病歿,唯孤兒續才生數旬,家資卻有千萬,諸奴婢互相計議,欲將嬰兒殺死,分吞財產。善獨力難支,潛負續逃隱瑕丘,親自哺養,乳竟流汁,得飼孤兒,歷盡許多艱苦,方得將續逐漸養成。續稍有知識,即奉善若嚴父,有事輒長跪請白,然後敢行。閭里都為感化,相率修義。及續年

第二十六回　辨冤獄寒朗力諫　送友喪范式全交

十歲，善挈續歸里，訴諸守令，守令乃捕繫諸奴婢，一鞫即服，分別誅戮，仍將舊業歸續收管，嗣是善義聲遠聞。時鍾離意方為瑕丘令，上書薦善，有詔令善及續併為太子舍人，公府復引善入幕，委治煩劇，事無不理，因再遷至日南太守。善從京師赴任，道出南陽，過李元墓，預脫朝服，持鋤刈草，親治鼎俎，供諸墓前，跪拜垂涕道：「君夫人！善在此！」及祭畢後，尚留居墓下，徘徊數日，然後辭去。既至日南，惠愛及民，懷來異俗。再調為九江太守，途中遇病，倉猝壽終。續為善持服，如喪考妣，後來亦官終河南相，以德報德，兩貽令名，豈不是行善有福麼？喚醒世人。獨葉令王喬，具有幻術，每月朔望，嘗自縣詣闕入朝，獨不見有車騎相隨，朝臣並驚為異事，明帝亦為動疑，密令太史伺喬蹤跡。太史復稱喬將至時，輒有雙鳧從東南飛來，於是靜待鳧至，舉網拋鳧，變做一舄。詔令尚方官名。驗視，乃是前時賜給尚書官屬，舄尚如新。尤奇怪的是當喬入朝，葉縣門下鼓自能發聲，響徹京師。後來空中有一玉棺，徐降至葉縣大庭，吏人用力推移，終不能動。喬恍然曰：「想是天帝召我呢！」乃沐浴衣服，僵臥棺中。俄而屬吏就視，已無聲息，越日才為蓋棺，舁葬城東，土自成墳。是夕縣中牛皆流汗喘乏，好是負重過甚，疲憊不堪，百姓益以為神，替他立廟，號葉君祠。吏民祠禱，無不應驗；若有違犯，立致禍殃。或說他即仙人王子喬，即周靈王太子晉，相傳為吹笙緱嶺，跨鶴昇天。是真是假，小子亦無從證實，但究不如范式、李善等人，可為世法呢！小子有詩詠道：

　　淑世應當先淑身，子臣弟友本同倫。
　　試看義士臨民日，不借仙傳化自神。

　　還有高尚不仕的志士，也有數人，待至下回再表。

　　廣陵王荊，與楚王英罪案相同，而楚獄獨連坐數千人，豈楚事更甚

於荊事耶？荊有三十舉兵之言，見諸史傳，諒必非後人虛誣。英則私造圖書，而鐫刻之為何文，未嘗詳載，是荊之罪證已明，而英之罪證，尚有可疑。英死而案已可了矣，乃輾轉牽引，連累無窮，至寒朗拚生力辯，方得少回君意，何明帝之嫉視楚獄若此？意者其以英為許氏所出，不若荊之為同母弟歟？然以同母異母之嫌，意為輕重，明帝亦未免不明矣。若范式、李善，信義可風，為古今所罕有，類敘以風後世，著書人固自有苦心也。

第二十六回　辨冤獄寒朗力諫　送友喪范式全交

第二十七回
哀牢王舉種投誠　匈奴兵望營中計

第二十七回　哀牢王舉種投誠　匈奴兵望營中計

卻說東漢初年的高士，最著名的是嚴子陵，子陵已見前文。後來復有扶風人梁鴻，與妻孟光，偕隱吳中。鴻字伯鸞，父讓嘗為王莽時城門校尉，遷官北地，使奉少皡祭祀，遭亂病歿，鴻無資葬父，用席裹屍，草草瘞埋。後來受業太學，博通經籍，因落魄無依，不得已至上林苑中替人牧豕，偶然失火，延及鄰居，當即過問所失，用豕作償，鄰主人尚嫌不足，乃願為作傭，服勞不懈。鄉間耆老，見鴻非常人，免不得代為氣忿，交責傭主，傭主人始向鴻謝過，將豕還鴻。鴻不受而去，仍歸扶風。里人慕鴻高義，爭與議婚，鴻一一辭謝。唯同縣孟氏有女，年已三十，體肥面黑，力能舉臼，嘗擇配不嫁，父母問為何因？女答說道：「須得賢潔如梁伯鸞，方可與婚。」貌陋而心獨明。父母聞言，便託人代達女言，傳入鴻耳。鴻喜得知己，就向孟女家納聘，女既許字，即預製布衣麻屨，及筐筥織績等具，及吉期已屆，不得不盛飾前往。相處七日，鴻不與答言，孟女乃跪請道：「妾聞夫子高義，擇偶頗苛，妾亦謝絕數家，今得為夫婦，兩意相同，乃七日不答，敢不請罪？」鴻方與語道：「我欲得布衣健婦，俱隱深山，今乃著綺羅，敷粉黛，豈鴻所願？鴻所以不便與親呢！」孟女道：「夫子深甘高隱，妾自有衣服預備，何必勞心？」說著，即退入內室，不消片時，已將盛飾卸盡，改易布衣椎髻，操作而前，鴻大喜道：「這才不愧為梁鴻妻，能與我同志了！」因名孟女曰光，字曰德曜。同居數月，毫無間言，孟光獨發問道：「妾聞夫子欲隱居避患，今奈何寂然不動，莫非欲低頭相就麼？」鴻從容答道：「我正欲徙居哩！」一面說，一面即摒擋行李，搬入霸陵山中，耕織為業，琴書自娛；暇時蒐集前代高士，如四皓以來二十四人，共為作頌，藉以為勵。四皓，並隱居商山，見《前漢演義》。後來復隱姓改名，與妻子避居齊魯間，轉適吳中，依居富家皋伯通廊下，替人賃舂。每日歸餐，孟光已具食以待，不敢在鴻前仰視，舉饌相餉，案與眉齊。事為皋伯通所聞，不

禁詫異道：「彼既為人作傭，能使妻相敬如此，定非凡人。」乃邀鴻在家食宿，鴻得閉門著書，共十餘篇。已而病劇，始將真姓名相告，且出言相託道：「我聞延陵季子，曾葬子嬴博間，不歸鄉里，亦願舉此相託，幸勿令我子奔喪回鄉。」伯通面為許諾。及鴻已歿，伯通為尋葬穴，至吳要離塚旁，得有隙地，便欣然道：「要離烈士，伯鸞清高，可令相近，地下當不致岑寂了。」恐怕是志趣不同。安葬已畢，孟光挈子拜謝，仍回扶風去訖。鴻有友人高恢，少好黃老，嘗隱居華陰山中，與鴻互相往來，及鴻東遊思恢，嘗作詩云：「鳥嚶嚶兮友之期，念高子兮僕懷思；想念恢兮爰集茲，嗣終因道遠音稀。」不復相見，恢亦終身不仕，相繼告終。還有扶風人井大春，單名為丹，少時亦在太學受業，通五經，善談論，京中人相語云：「五經紛綸井大春。」建武末年，沛王輔等，留居北宮，皆好賓客，遣使請丹，並不能致。信陽侯陰就，為陰皇后弟，向五王求錢千萬，謂能使丹應召。五王即出資相給。陰就卻暗囑吏役，出丹不意，把他強劫至府，故意用菜飯餉食。丹推案起立道：「丹以為君侯能供甘旨，故強邀至此，奈何如此薄待呢？」就聞言後，乃改給盛饌，並親自陪食，食畢就起，左右進輦。丹從旁微笑道：「夏桀常用人駕車，君侯豈也願為此麼！」兩語甫畢，盈庭失色，就不得已用手揮輦，徒步趨入，丹亦揚長自去，卒得壽終，這且不消細敘。

　　且說明帝在位十餘年，國家方盛，四海承平，只有汴渠歷年失修，常患河溢，兗豫百姓，屢有怨咨。明帝意欲派員修治，適有人薦樂浪人王景，善能治水，乃召景詣闕，令與將作謁者官名。王吳，調發兵民數十萬，往修汴堤。汴渠自滎陽東偏，至千乘河口，延袤約一千餘里，王景量度地勢，鑿山開澗，防遏要衝，疏決壅積，每十里立一水門，使水勢更相回注，不致潰漏，於是修築堤防，得免衝激。好容易繕工告竣，已是一年有餘，糜費以百億計。但東南漕運，全賴汴渠，從前河汴合

第二十七回　哀牢王舉種投誠　匈奴兵望營中計

流，水勢氾濫，運船往往出險，至王景監工修治，分洩河汴水道，漕運方可無憂了。是時哀牢夷酋柳貌，率眾五萬餘戶，乞請內附，明帝當然照准，遣使收撫，乘便勘驗地形。哀牢先世有婦人沙壹，獨居牢山，捕魚為生，一日至水中捕魚，偶觸一木，感而成孕，產下男孩十人。忽水中木亦浮出為龍，飛向牢山，九孩駭走，一孩尚未能行，背龍坐著，龍伸舌舐兒，徐徐引去。沙壹時亦驚避，待龍去後，返覓十孩，卻是一個不少，唯幼孩從容坐著，毫不慌張。沙壹係是蠻人，聲同鳥語，常謂背為九，坐為隆，因名幼孩為九隆。語近荒誕。後來諸孩長大，九兄以幼弟為父所舐，必有吉徵，乃共推為王。可巧牢山下有一夫一婦，生得十女，適與沙壹十兒相配，遂各娶為妻室，真是無巧不成話。輾轉滋生，日益繁衍。九隆回溯所生，不忘本來，因令種裔各刻劃身體，狀似龍鱗，且背後並垂一尾，綴諸衣上。到了九隆病死，世世相繼，遂就牢山四面，分置小王，隨地漁獵，逐漸散處，唯與中國相距甚遠，未嘗交通。至建武二十三年間，哀牢王賢慄，督率部眾，乘筏渡江，擊鄰部鹿茤，鹿茤人不及預備，多被擒獲。不意天氣暴變，雷雨交作，大風從南方颳起，撼動江心，水為逆流，翻湧至二百餘里，筏多沉沒，哀牢人溺死數千名。賢慄心尚未死，再遣六部酋進攻鹿茤。鹿茤部酋正擬興兵報怨，聞得哀牢又來擾境，當即傾眾出戰。這番接仗，與前次大不相同，鹿茤人個個憤激，個個勇敢，殺得哀牢部眾東倒西歪。哀牢六王，不知兵法，還想與他蠻鬥，結果是同歸於盡。殘眾搶回屍骸，分別藁葬，當夜被虎發掘，把屍骸一頓大嚼，食盡無遺。賢慄得報，方才驚恐，召集部眾與語道：「我等攻掠邊塞，也是常事，今進擊鹿茤，偏遭天譴，摧殘至此，想是中國已有聖帝，不許我等妄動，我等不如通使天朝，願為臣屬，方算上策。」大眾齊聲應諾。乃於建武二十七年間，率眾東下，至越嶲太守鄭鴻處乞降。鴻當即奏聞，有詔封賢慄為哀牢王，令他鎮守

原地。嗣是歲來朝貢。到了永平十二年，哀牢王賢慄早死，嗣王叫做柳貌，又挈五萬戶內附。明帝遣使勘撫，得接復報，遂決議建設郡縣，即將柳貌屬境，分置哀牢、博南二縣，罷去益州西部都尉，特置永昌郡，並轄哀牢、博南，始通博南山，度蘭滄水。唯山深水湍，跋涉維艱，行人多視為畏途，嘗作歌云：「漢德廣，開不賓，度博南，越蘭津，度蘭滄，為他人。」中國人素憚冒險，即此可見一斑。歌謠雖是如此，但往來使人，每歲不過數次，卻也無甚關礙。再加西部都尉鄭純，調任永昌太守，為政清平，化行蠻貊，自哀牢王柳貌以下，各遵約束，歲貢維謹，西南一帶，帖然相安，不在話下。

　　唯北匈奴陽為修和，陰仍寇掠，回應二十三回。僕射耿秉，耿弇從子。屢上書請擊北匈奴，明帝尚不欲遽討，令顯親侯竇固，及太僕祭彤等，商議進止。眾議以為應遣將出屯，相機進取。明帝乃拜耿秉為駙馬都尉，副以騎都尉秦彭，竇固為奉車都尉，副以騎都尉耿忠，弇子。併為置從事司馬，出屯涼州。轉瞬間已是永平十六年，耿秉等急欲邀功，奏請出塞北伐，明帝因命祭彤出征，使與度遼將軍吳棠，徵集河東、河西羌胡各兵，及南單于兵萬一千騎，出高闕塞；再遣竇固、耿忠，率酒泉、敦煌、張掖甲卒，及盧水羌胡萬二千騎，出酒泉塞；耿秉、秦彭率武威、隴西、天水募兵，及羌胡萬騎，出居延塞；騎都尉來苗，護烏桓校尉文穆，率太原、雁門、上谷、漁陽、右北平、定襄各郡兵馬，及烏桓、鮮卑兵萬餘騎，出平城塞，四路兵共伐北匈奴。竇固、耿忠行至天山，適與北匈奴西南呼衍王相遇，一番交綏，斬首至千餘級，追殺至蒲類海，取得伊吾盧地，特置宜禾都尉，留吏士屯田伊吾盧城。耿秉、秦彭，襲擊北匈奴南部勾林王，頗有殺獲，進至絕幕六百餘里，直抵三沐樓山，四望無人，乃收兵南歸。來苗、文穆，至勾河水上，虜皆奔走，無從截奪，也即退回。祭彤、吳棠與南匈奴左賢王信，出高闕塞，

第二十七回　哀牢王舉種投誠　匈奴兵望營中計

馳行九百餘里，不見一虜，只前面有一山相阻，山勢不甚高峻，信卻指為涿耶山，說是岡巒迴阻，不便前進，因勒馬下寨，好幾日不聞動靜，只好卻還。其實王信與祭彤，兩不相合，所以妄言誤事。嗣經朝廷察覺，說棠與彤逗留畏懦，將他革職，召還繫獄。彤係故徵虜將軍祭遵從弟，素性沈毅，屯邊有年，信及外夷，此次坐罪被繫，當然有人替他救解，不過數日，便即釋出。彤且慚且恨，竟至嘔血不止，臨終囑語諸子道：「我蒙國厚恩，奉命出征，不能立功報國，死且懷慚；從前所得賜物，理應一律呈還，汝等能承我志，當自詣軍營，效死戎行，聊補我恨！」言訖遂逝。遺恨無窮。長子逢依囑上簿，具呈遺言。明帝已知彤忠誠，再擬任用，陡聞彤病重身亡，不勝驚悼，因召逢入見，詳問乃父病狀，悲嘆不已，撫卹有加。及彤葬後，次子參遵父遺命，投入奉車都尉竇固營中，隨徵車師，後文另表。烏桓、鮮卑，統慕祭彤威信，有時使人入京，每過彤塚，必拜謁號泣。遼東吏民，因彤前為太守，卻寇安邊，追懷功德，特為立祠致祭，四時不懈。生雖失榮，死俱含哀，可見得公道尚存，雖死猶生呢？好作後人榜樣。

　　是年秋季，北匈奴復大舉入寇，直指雲中，太守廉範，督率吏士，出城拒敵。吏見虜眾勢盛，恐自己兵少難支，乃請範回城保守，移書他郡求援。範微笑道：「我自有卻敵的方法，何用多憂！」說著，遂令軍士安營靜守，不准妄戰。好在虜兵初至，倒也有意休息，未嘗相逼。俄而日暮，範令軍士各交縛兩炬，三頭爇火，環繞營外，好似有千軍萬馬，趨集攏來。虜兵遠遠望見，總道是漢救兵至，不禁惶駭，正擬待旦退兵，不防漢營中已揚旗鳴鼓，出兵前來。那時不知有多少兵馬，還是走為上計，一聲譁噪，棄營盡走，卻被範驅殺一陣，送脫了幾百顆頭顱。尚恐漢兵追躪，狼狽急奔，甚至自相踐踏，傷亡至千餘人，嗣是不敢再向雲中。範字叔度，係杜陵人，世為邊郡牧守。獨範父客死蜀中，範年十五，聞訃哀慟，往迎父喪。蜀郡太守張穆，為範祖廉丹故吏，厚

資贐範,範一無所受。攜櫬東行,路過葭萌,載船觸石,竟致破沒,範兩手抱柩,隨與俱沉。幸由旁人憐範孝義,併力撈救,才得免死。柩亦撈起,舁歸安葬。乃詣都求學,師事博士薛漢,終得成名。既而薛漢連坐楚獄,伏法受誅,楚獄,見前回。故人門生,莫敢過問,唯範收屍殯葬,為有司所奏聞。明帝大怒,召範入責道:「薛漢與楚王同謀,交亂天下,汝不與朝廷同心,反敢收殮罪人,難道不畏王法麼?」範叩頭道:「臣自知無狀,但以為漢等受誅,身已伏辜,屍骸暴露,臣與漢誼屬師生,不忍漠視,因此草草收殮,罪當萬死!」明帝聽著,怒亦少平,因復問道:「卿是否廉頗後人,與前右將軍褒、大司馬丹,有親屬關係否?」範答說道:「褒係臣曾祖,丹係臣祖考呢!」明帝嘆道:「怪不得有此膽量,朕嘉卿知義,權貫卿罪!」範乃叩謝而退。孝義可風,故特詳敘。自是義聲益著,得舉茂才,再遷為雲中太守。卻敵有功,名揚中外,嗣復歷任武、威武都二郡太守。隨俗化導,並有政績,再調守蜀郡。蜀俗素尚詞辯,互訟短長,範每以醇厚相勵,禁止告訐。成都民物豐盛,邑宇逼仄,舊制禁民夜作,冀免火災,百姓更相隱蔽,屢兆焚如。範撤銷舊令,但嚴令儲水,火一觸發,得水即滅,百姓稱便。乃謳歌範德,編成數語云:「廉叔度,來何暮?不禁火,民安作,平生無襦今五褲!」範在蜀數年,坐事免歸,居家考終。先是範與洛陽人慶鴻為刎頸交,始終不渝,時人謂前有管鮑,管仲,鮑叔。後有慶廉。慶鴻亦慷慨好義,位至琅琊、會稽二郡太守,所至俱有政聲,不消絮述。會由益州刺史朱輔,報稱白狼王唐菆等,菆音叢。慕化歸義,獻上歌詩三章,重譯以聞。明帝頒下史官,備錄歌詩,第一章是〈遠夷樂德歌〉,歌云:

大漢是治,與天意合。吏譯平端,不從我來。聞風向化,所見奇異。多賜繒布,甘美酒食。昌樂肉飛,屈伸悉備。蠻夷貪薄,無所報嗣。願主長壽,子孫昌熾!

第二十七回　哀牢王舉種投誠　匈奴兵望營中計

次章為〈遠夷慕德歌〉,歌云:

蠻夷所處,日入之部。慕義向化,歸日出主。聖德深恩,與人富厚。冬多霜雪,夏多和雨。寒溫時適,部人多有。涉危歷險,不遠萬里。去俗歸德,心向慈母。

末章為〈遠夷懷德歌〉,歌云:

荒服之外,土地墝埆。食肉衣皮,不見鹽穀。吏譯傳風,大漢安樂。攜負歸仁,觸冒險陿。高山岐峻,緣崖磻石。木薄發家,百宿到洛。父子同賜,懷抱匹帛。傳告種人,長願臣僕!

白狼以外,又有槃木等百餘部落,俱在西南寨外,素與中國不相往來,至此皆舉種稱臣,奉獻方物。端的是東都昌盛,不讓西京。小子有詩詠道:

哀牢內附白狼歸,萬里蠻荒仰漢威。
讀罷夷歌三迭曲,炎劉火德慶重輝。

南夷既已歸附,乃更從事西戎,又出了一位大名鼎鼎的英雄,底定前功。欲知此人為誰,待至下回發表。

哀牢為西南夷之一部,龍種之說,實屬訛傳。彼夷人未知文教,數典忘祖,故誕言以誇示部眾耳。班書雖援有聞必錄之例,但以訛傳訛,愈足滋惑。近儒謂中國無信史,說雖過甚,要亦不能無譏。歷代史家,首推遷、固,彼且如此,遑論自鄶以下乎?祭肜等四路出兵,無功而返,肜竟因此坐罪,嘔血致死,論者惜之。廉範獨以寡擊眾,有卻敵之大功,而且歷任郡守,迭著循聲,此正當亟為褒揚,風勵後世,較諸梁鴻、井春諸人,第知正己,未及正人者,固尤為有關世道也。

第二十八回
使西域班超焚虜　御北寇耿恭拜泉

第二十八回　使西域班超焚虜　禦北寇耿恭拜泉

　　卻說奉車都尉竇固，前與諸將出討北匈奴，他將俱不得功賞，獨固軍至天山，斬獲頗多，加位特進。固本前大司空竇融從子，父友曾受封顯親侯，友歿固嗣，又曾尚涅陽公主，顯榮無比。明帝因他舊住河西，熟悉邊情，所以委令北伐。及天山戰勝，功出人上，復有詔令耿秉諸將，並受固節度。固得有專閫權，遂欲踵行漢武故策，招撫西域，截斷匈奴右臂，用夷制夷。當下派使西行，特選出一個智勇深沉的屬吏，令與從事郭恂，同往西域。這人為誰？乃是故文吏班彪少子超。彪擅長文辭，官至望都長而終。長子固，字孟堅，九歲即能屬文，及年已成人，博通書籍，所有九流百家諸言，無不窮究。明帝召詣校書部，使為蘭臺令史，撰述史傳。有弟名超，字仲升，少有大志，不修細節。當兄固應詔時，自與母隨入都中，至官署中充作書傭，終日勞苦，所得寥寥，嘗投筆憤慨道：「大丈夫無他志略，尚當效傅介子、張騫，立功異域，博取侯封！怎能鬱郁久事筆墨間呢？」傅、張立功，並見《前漢演義》。左右聽了，都不禁暗笑，超奮然道：「小子怎知壯士志，奈何笑人？」男兒當自強。既而與相士敘談，問及將來窮達，相士道：「今日一布衣，他日當封侯萬里！」超笑問原因，相士指超面道：「君燕頷虎頸，飛行食肉，這就是萬里侯相呢！」未幾果得朝廷特詔，令超與兄固同官，亦得拜蘭臺令史。就職年餘，又復因事免官，獨竇固器重超才，殷勤款接，及出握兵符，遂調超為假司馬。前次追虜至伊吾廬城，超嘗執戈前驅，得勝回營，事見前回。至此與郭恂同使西域，奉令即行。

　　自光武帝修文偃武，不願用兵，西域一帶，由他自主。因此車師、鄯善等國，又去依附匈奴。見二十一回。莎車王賢，恃強用兵，併吞于闐、大宛諸國，使部將君得率兵監守。于闐遣將休莫霸，收合餘眾，攻殺君得，自立為王。莎車王賢，當即大憤，督領諸國數萬人，往攻休莫霸。偏又為休莫霸所敗，傷亡過半，賢脫身走歸。休莫霸進圍莎車，身

中流矢，方才退兵，途次殞命。國相蘇榆勒等，共立休莫霸兄子廣德為王。時龜茲王則羅，為國人所殺，則羅本莎車王賢少子，國人既敢殺死則羅，當然不服莎車，龜茲為莎車所並，亦見二十三回。又恐莎車往攻，索性聯屬匈奴，先擊莎車。兩下里爭戰不休，互有殺傷。于闐王廣德，正好乘他疲乏，使弟仁督兵萬人，直逼莎車城下。莎車王賢連被兵革，不堪再增一敵，沒奈何遣使出城，至廣德營中請和，願將己女配與廣德。廣德躊躇半晌，方才允諾。待賢將女送交，便一擁而去。好容易過了一年，莎車城外，復來了于闐兵馬，差不多有三四萬人。莎車王賢登城俯眺，遙見廣德押住陣後，跨馬揚鞭，指揮如意，乃高聲呼語道：「汝為我女夫，無端興兵相犯，究欲何為？」廣德答說道：「正因王為我婦翁，久不相見，所以前來問候！今願請王出城結盟，再修前好。」賢聽了此言，又似廣德無意構釁，但既欲修盟，為何帶來許多人馬？當下狐疑不決，因向國相且運商議。且運忙說道：「廣德為大王女婿，誼關至戚，何妨出見？」賢遂釋去疑團，坦然出城。廣德躍馬相迎，彼此問答，未及數語，忽由廣德一聲暗號，突出壯士數十名，擁至莎車王賢馬前，把賢拖落馬下，捆綁起來。賢尚想且運出救，那知且運正私召廣德，叫他前來捉賢，一見廣德得手，便大開城門，納入于闐兵馬，趁勢將賢妻子，一併拿下。當即由廣德留下將士，與且運同守莎車，自押賢等歸國，未幾竟將賢殺死。大約是妝奩未足，故將頭顱賠送。匈奴聞莎車被滅，恐廣德乘此強盛，將為己害，乃徵發龜茲、焉耆、尉黎等國騎兵，得三萬人，統以五將，合圍于闐。廣德料不能敵，遣使乞降，並出長子為質，每歲貢給罽絮等物。匈奴乃退，另立莎車王賢子齊黎為莎車王，廣德心憚匈奴，未敢與爭。唯西域諸國，要算廣德最強，次為鄯善國王。鄯善自服屬匈奴後，國內無事。見二十一回。

　　鄯善嗣王廣休養生息，勢亦日昌，班超與郭恂等先到鄯善，國王廣

第二十八回　使西域班超焚虜　御北寇耿恭拜泉

卻殷勤款待，禮意甚周。越數日忽漸疏懈，超密語吏屬道：「諸君可知鄯善薄待麼？我想鄯善王廣，必因有北虜使來，未識所從，故禮不如前，智士能明幾知微，況已情跡昭著呢？」道言甫畢，適有鄯善役使，來餉酒食，超故意問道：「匈奴使來已數日，今在何處？」鄯善本諱莫如深，不意被超一口道破，還道超已有所聞，只好和盤說出。超將役使留住，閉門不放，潛集吏士三十餘人，與共飲酒，酒至半酣，蹙然語眾道：「卿等與我共來絕域，本欲建立大功，邀取富貴，今虜使才到數日，國王廣禮意浸衰，倘彼見我吏屬寥寥，出兵拘拿，械送匈奴，恐我等骸骨，徒為豺狼所食，奈何！奈何！」吏士聞言，俱愁眉相答道：「事已如此，只得甘苦同嘗，死生願從司馬！」遣將不如激將。超奮起道：「不入虎穴，怎得虎子？為今日計，唯有乘著昏夜，火攻虜使，彼不知我等多少，定然驚駭，我若得將虜使擊斃，鄯善自然膽落，功成名立，在此一舉了！」大眾聽著，又覺得危疑起來，半晌才說道：「請與郭從事熟商！」超瞋目道：「吉凶決在今夜，郭從事係文俗吏，聞此必恐！一或謀洩，反致速死，如何算得壯士呢？」仍是激將。眾見超面帶怒容，未免懾服，乃願從超計。超即命吏士整束停當，待至夜半，率眾三十餘人，徑奔匈奴使營。可巧北風大起，吹徹毛骨，眾且前且卻，尚有懼容，超與語道：「這正是天助成功，儘可放膽前行，無庸顧慮！」說著，遂令十人持鼓，繞出虜帳後面，且密囑道：「如見有火光，即當鳴鼓大呼，萬勿失約！」十人領命去訖。又使二十人各持箭械，趲至虜帳，夾門埋伏。超自率數騎，順風縱火，前後鼓譟聲同時響應，虜使從夢中驚醒，走投無路，僕從越加惶怖，頓致大亂。超首先突入虜營，格斃三人，吏士一擁齊上，竟將虜使擊斃，並殺虜使隨兵三十餘人，一面縱火焚營，把虜眾百餘名，一齊燒死。時已天明，超率眾返告郭恂，恂方得聞知，不禁大駭。真是飯桶。既而俯首沉吟，超已知恂意，舉手與語道：「從事雖未

同行,但休戚與共,超亦豈欲獨擅己功?」恂乃心喜,面有歡容。因人成事,還想分功。超即召鄯善王廣,取示虜使首級,廣嚇得面色如土,再經超宣漢威德,叫他從今以後,勿得再與北虜交通,否則虜首可作榜樣,幸毋後悔!廣連忙伏地叩頭,唯唯聽命,遂納子為質,隨超還報。竇固大喜,且陳超功,並請選使再撫西域。明帝覽奏,欣然說道:「智勇如超,何不再遣,還要派什麼別人?」當下拜超為軍司馬,令他續成前功。竇固奉命,因復遣超西往于闐,並欲撥兵為助。超答說道:「于闐國大路遙,就使帶兵數百,亦不足濟事,多反為累,超但將前時從行三十六人,往彼宣撫,相機處置,便已敷用了。」言畢遂行。

　　好多日才抵于闐,于闐王廣德,雄視西域,雖嘗接見超等,卻是傲然自若,不甚敬禮,且召巫入問向背。巫假意禱神,費了許多做作,方張目說道:「神有怒意,謂于闐王何故竟欲向漢?漢使有騧馬騎來,可取以祠我!」廣德素來迷信,即使人向超求馬。超已偵得巫言,謂須巫親自來取,巫竟如言趨至,超不與多言,突拔佩刀劈巫,砉然一聲,巫首落地,有膽有識。便持了巫首,進示廣德,且將前時制服鄯善情形,當面陳述,令廣德自擇進止。廣德驚出意外,派人調查鄯善,果有虜使被殺、遣子入質等情,乃亦決計附漢,不屬匈奴。匈奴本有將吏留守于闐,監護廣德,廣德即暗地發兵,攻殺匈奴將吏,攜首獻超。超隨身帶有金帛,當即出贈廣德,與廣德以下諸官屬。夷人素性貪利,得了饋遺,自然額手相慶,願聽約束。于闐、鄯善為西域望國,兩國既已歸漢,餘國多半聽從,依次遣子入侍。西域與漢絕交,已有六十五年,至此乃復與漢往來,奉漢正朔。獨龜茲王建,為匈奴所立,未從漢命,並據有天山北道,攻殺疏勒王,另使龜茲貴人兜題,為疏勒主。疏勒在于闐西北,超意欲襲取,就從間道入疏勒境,先遣從吏田慮,往撫兜題,撥吏士十餘人隨往,臨行囑慮道:「兜題非疏勒種,國人必不用命,卿

第二十八回　使西域班超焚虜　御北寇耿恭拜泉

前去招撫，若彼不即降，可乘虛執取，切勿有誤！」慮也有幹略，應聲即往。到了兜題所居的槃橐城，報名進見，兜題卻無降意，語多含糊。慮見他衛卒寥寥，即回引從士，搶步上前，立將兜題拖下，用繩捆住。兜題左右，不過數人，沒一個前護兜題，統去躲閃一旁。慮得將兜題牽出，飛馳白超。超亟往疏勒，盡招該國將吏，慷慨與語道：「龜茲無道，橫行劫殺，汝等正當為故主報仇，奈何降虜？」國人答以力不從心，只好緩圖。超又說道：「我乃大漢使臣，來撫汝國，汝能從我號令，何患狡虜？現在故主有無遺裔，應該迎立為王！」國人答言故主無子，只有兄子榆勒尚存。超即命迎入，使王疏勒，更名為忠，國人大悅。當下牽入兜題，遍問大眾道：「此人可殺否？」眾齊稱可殺，超卻喟然道：「殺一庸夫，有何益處？不如把他放還，使龜茲知大漢威德，不在多誅。」眾又相率贊成。超乃命將兜題釋縛，叫他歸告龜茲王，速即降漢。兜題幸得免死，諾諾連聲，拜謝而去。此等人，原不值汙刀。超既撫定疏勒，遣人往報竇固。固正奉詔出師，往討車師，因檄超暫留疏勒，不必遽歸，自與駙馬都尉耿秉，騎都尉劉張，領兵出敦煌，越塞至蒲類海，擊破白山虜兵，直入車師。車師向分前後二庭，前王居交河城，後王居務塗谷，相去約數百里，從前嘗附屬西漢，漢衰乃轉歸匈奴。竇固入車師境，因慮後王道遠，山路崎嶇，不如就近攻擊前王。獨耿秉謂車師前王，乃後王安得子，若先攻後王，併力取勝，那時前王自服，不待勞師。固沉吟未決，秉奮身起座道：「秉願前行！」說著，即出營上馬，揮兵北進，眾軍不得已隨行。至務塗谷相近，攻破虜壘，斬首數千級，後王安得大恐，慌忙出門迎秉，脫帽長跪，抱秉馬足，俯首乞降。秉引與見固。固令安得招降前王，前王當然聽命。車師全定，乃奏請復置西域都護，分設戊己校尉。當下簡選陳睦為都護，司馬耿恭為戊校尉，留屯車師後王部金蒲城，謁者關寵為己校尉，留屯前王部柳中城。固班師入塞，靜候

朝命,朝旨令他罷兵還京,固不敢違慢,自然南歸。

未幾已是永平十八年仲春,北匈奴聞漢兵已歸,便遣左鹿蠡王率二萬騎兵,往攻車師後庭。車師後王安得,本來庸弱,不能抵拒,當即飛使至金蒲城,向耿恭處乞援。恭部下不過二三千人,未便多出,但令司馬領兵三百,往救安得。看官試想,三百人如何濟事?一至務塗谷旁,不值虜軍一掃。匈奴兵殺盡漢兵,氣焰愈盛,立即搗入務塗谷,亂斫亂殺,可憐車師後王安得,也被剁死亂軍中。虜騎乘勝長驅,進薄金蒲城,耿恭乘城搏戰,預用毒藥塗上箭鏃,待至虜騎蟻附,即令吏士四射,且射且呼道:「漢家箭有神助,若被射著,必有奇變!」虜騎不免中矢,顧視創痕,果皆沸裂,於是人人皆驚。湊巧天起狂風,繼以暴雨,恭軍正在上風,順勢逆擊,殺傷甚眾。匈奴兵益疑恭為神,相顧錯愕道:「漢兵深得神佑,我等枉送性命,不如罷休!」乃相率引去。恭料匈奴必再窺西域,乃巡視疏勒城旁,此非疏勒國城。見有澗水可固,因即引兵據住。到了春去夏來,虜騎果復大至,來攻疏勒城。恭懸賞募士,得壯夫數千名,前驅陷陣,自率兵吏隨後繼進,擊破虜騎,殺獲頗多。虜尚未肯棄去,屯駐城下,堵住澗水,不使流入城中。恭回城拒奪,因軍士無從得水,也覺焦灼,急命在城中阱井,掘地深十五丈,不得涓滴,害得全軍皆渴,不得已壓笮馬糞,取汁為飲。恭仰天長嘆道:「我聞從前李貳師,即李廣利。嘗拔佩刀刺山,湧出飛泉,今漢德重昌,豈無神明默佑?我當虔誠禱祝便了!」遂整肅衣冠,向井再拜,且拜且祝,約閱片時,竟有泉水奔出,滔滔不絕,大眾皆稱萬歲。是即至誠格天。恭令吏士暫且勿飲,運水上城,和泥塗補,並沃水示虜,虜兵詫異道:「漢校尉真是神靈,何可再犯?」一聲喧譁,萬騎齊遁。恭也不去追趕,繕城自固罷了。

且說明帝在位,已閱一十八年,皇子炟為馬后所愛,已早立為太子,年已二九。此外尚有八子,俱係後宮妃嬪所出,長名建,封千乘

第二十八回　使西域班超焚虜　禦北寇耿恭拜泉

王，幼年殤逝；次名羨，封廣平王；又次名恭，封鉅鹿王；又次名黨，封樂成王；又次名衍，封下邳王；又次名暢，封汝南王；又次名恭，封常山王；最幼名長，封濟陰王。諸王年皆童稚，均留居京師，未曾就國。明帝嘗親定封域，每國不過數縣，比諸兄弟所封，才得一半。馬皇后進言道：「諸子只食采數縣，得毋太嫌減損麼？」明帝答道：「我子豈宜與先帝子相同？但得歲入二千萬，供彼衣食，已不為不足了。」意在言外，非徒儉約而已。當時司空伏恭，已經罷職，改任大司農牟融為司空。司徒邢穆，接續虞延後任，回應二十五、二十六回。就職兩年，適值淮陽王延，驕恣無度，延係明帝異母弟，為廢后郭氏所出，已見前文。有人上書劾延，說他與姬兄謝弇，及姊婿韓光，招致奸猾，造作圖讖，嘗有禱禳咒詛等情。事下案驗，連邢穆也受嫌疑，下獄論死，弇與光並皆伏法，唯延得因親減罪，徙封阜陵，止食二縣。另用大司農王敏為司徒。未幾敏又病歿，召汝南太守鮑昱入都，擢為司徒。昱即故司隸鮑宣孫，前魯郡太守鮑永子。宣娶桓少君為妻，鹿車回里，善修婦道，時人稱為桓鮑，與梁孟齊名。梁鴻、孟光見前回。永與昱先後出仕，桓少君尚福壽康寧，昱嘗從容進問道：「太夫人可憶挽鹿車時否？」少君應聲道：「先姑有言，存不忘亡，安不忘危，我怎敢相忘呢？」可巧鮑宣女，亦一賢婦。既而少君壽終，永丁憂回籍，服闋復入任司隸校尉，守法不阿，權戚斂手，終因抗直忤旨，出為東海相，病終任所。昱初為高都長，誅暴安良，再遷為司隸校尉，奉法守正，有祖父風。三世為司隸校尉，卻是難得。旋出為汝南太守，築陂捍田，政績卓著。及代王敏為司徒，明帝特賜他錢帛什器，彰獎功能，昱子德亦得除為郎官，可見得善人遺澤，數世不衰。鮑宣雖然枉死，子孫終得顯官，揚名後世，乃祖有知，也應含笑。就是桓少君的四德三從，從此亦揚徽彤管，並美留芳。小子有詩讚道：

修德由來獲報隆，蟬聯三代振家風。

鬚眉巾幗同千古，挽鹿齊心貫始終。

鮑昱得列三公，甫經年餘，國內忽遭大喪，乃是明帝駕崩。事須詳表，試看下回自知。

西漢有張騫，東漢有班超，皆一時人傑，不可多得。吾謂超之功尤出騫上，騫第以厚賂結外夷，雖足斷匈奴右臂，而浪糜金帛，重耗中華，雖曰有功，過亦甚矣。超但挈吏士三十六人，探身虎穴，焚殺虜使，已見膽力；厥後執兜題，定疏勒，指揮任意，制敵如神，而於中夏材力，並不妄費，此非有大過人之才智，寧能及此？耿恭以孤軍屯萬里外，兩卻匈奴，始以藥矢嚇虜，具徵謀略，繼以拜井得泉，更見精誠，守邊如恭，何需長城為哉？惜乎陳睦、關寵，皆不恭若，車師將定而仍未定，此古人之所以聞鼙思將也。

第二十八回　使西域班超焚虜　御北寇耿恭拜泉

第二十九回
拔重圍迎還校尉　抑外戚曲誨嗣皇

第二十九回　拔重圍迎還校尉　抑外戚曲誨嗣皇

　　卻說永平十八年秋月，明帝患病不起，在東宮前殿告崩，享年四十八歲。遺詔無起寢廟，但在光烈皇后更衣別室，庋藏神主。光烈皇后，即陰皇后，見二十五回。前時所築壽陵，槨廣一丈二尺，長一丈五尺，不得逾限，萬年後只許掃地為祭，四時設奠，如有違命，當以擅議廟制加罪。故宮廷遵照遺言，未敢加飾。在位十八年，謹守建武制度，不稍踰越。外戚不得封侯干政，館陶公主係明帝女弟，為了求郎，明帝不許，唯賜錢千萬，並語群臣道：「郎官上應列宿，出宰百里，一或失人，民皆受殃，所以不便妄授呢！」群臣齊稱帝德，百姓亦安居樂業，共慶承平。不過明帝好尚刑名，察察為治，所有楚王英及淮陽王延獄案，牽累多人，未免冤濫。至如求書天竺，也覺多事，反啟邪說誣民的流弊，這也是美中不足，隱留遺憾哩！抑揚悉當。話休敘煩，且說太子炟已將冠，即日嗣位，是為章帝。奉葬先帝於顯節陵，廟號顯宗，諡曰孝明皇帝，尊馬皇后為皇太后。遷太尉趙憙為太傅；司空牟融為太尉，並錄尚書事；進蜀郡太守第五倫為司空。倫履歷已見前文，在蜀郡時，政簡刑清，為各郡最，故章帝擢自疏遠，俾列三公。忽由西域迭傳警報，乃是焉耆、龜茲二國，連結北匈奴，攻沒都護陳睦。北匈奴亦出兵柳中城，圍攻漢校尉關寵。朝廷方有大喪，未遑發兵救急。車師亦為北匈奴所誘，叛漢附虜，與匈奴兵共攻疏勒城。校尉耿恭，督勵軍士，登陴拒守，好幾月不得解圍，儲粟已空，沒奈何煮鎧及弩，取食筋革。恭與士卒推誠相與，誓無貳志，所以眾雖飢疲，仍然死守。北單于知恭已困，必欲生降，因遣使招恭道：「如肯降我，當封為白屋王，妻以愛女！」恭佯為許諾，誘使登城，用手格斃，焚磔城上。北單于大怒，更益兵圍恭；恭再接再厲，堅守如故，一面遣使求援。柳中城亦危急萬分，再三乞救。有詔令公卿會議，司空第五倫謂嗣君初立，國事未定，不宜勞師遠征。似是而非。獨司徒鮑昱進議道：「今使人置身危地，急即相

棄，外增寇焰，內喪忠臣，豈非大失？若使權時制宜，後來得無邊事，尚可自解；倘匈奴藐視朝廷，入塞為寇，陛下將如何使將？望彼效忠？況兩部兵只有數千，匈奴連兵圍攻，尚歷旬不下，可見他兵力有限，不難擊走。今誠使酒泉、敦煌二太守，各率精騎二千人，多張旗幟，倍道兼行，出赴急難，臣料匈奴疲敝，必不敢當，大約四十日間，便可還軍入塞了！」章帝依議，乃使徵西將軍耿秉，出屯酒泉，行太守事；即令酒泉太守段彭，與謁者王蒙、皇甫捝，調發張掖、酒泉、敦煌三郡人馬，及鄯善騎士，共得七千餘人，星夜赴援，終因道途遼遠，未能遽至。時已改歲，下詔以建初紀元。適值京師及兗、豫、徐三州，連月不雨，釀成旱災，章帝令發倉賑給，且下諮消災弭患的方法。校書郎楊終上疏，略謂近時北征匈奴，西開三十六國，百姓頻年服役，轉輸煩費，怨苦所積，鬱為沴氣，請陛下速行罷兵，方足化沴成祥云云。司空第五倫，亦贊同終議，獨太尉牟融，與司徒鮑昱，上言征伐匈奴，屯戍西域，乃是先帝遺政，並非創行，古人有言，三年無改，方得為孝，陛下不必因此加疑，但當勤修內政，自可迴天。昱又專名上書，謂臣前為汝南太守，典治楚獄，即楚王英事。逮繫至千餘人，或死或徙，竊念大獄一起，冤累過半，且被徙諸徒，骨肉分離，孤魂不祀，更為可憫；今宜一切赦歸，蠲除錮禁，能使死生得所，當必上迓休祥！章帝乃詔令楚案連坐，及淮陽事牽累，流戍遠方，儘可回里，共計得四百餘家，相率稱頌。會接酒泉太守段彭捷書，報稱進擊車師，攻交河城，斬首三千八百級，獲生口三千餘人，北匈奴駭退，車師復降。章帝閱畢，當然心慰，不再發兵，但交河城與柳中相近，同在車師前庭。段彭等所得勝仗，只能救出關寵，未遑顧及耿恭。適值關寵積勞病歿，謁者王蒙等，欲引兵東歸，獨耿恭軍吏范羌，時在軍中，固請迎恭同還。諸將不敢前進，唯給范羌兵二千人，從山北繞行。途次遇著大雪，平地約高丈許，還虧羌不辭艱

第二十九回　拔重圍迎還校尉　抑外戚曲誨嗣皇

險，登山過嶺，吃盡辛苦，方得到疏勒城。城中夜聞兵馬聲，疑是虜騎憑陵，登城俯瞰，互相驚譁。范羌忙遙呼道：「我就是范羌，漢廷遣我來迎校尉哩！」城上聞言，始歡呼萬歲，開門出迎，相持涕泣。越宿恭與俱歸，只挈親吏二十六人，出疏勒城，餘眾任他逃生。恭行未里許，後面塵頭大起，虜騎陸續追至，當由恭率范羌等，且戰且走，經過許多危險，才生入玉門關。親吏已死了一半，只餘一十三人，統是衣屨穿決，困頓不堪。中郎將鄭眾守關，乃為恭等具湯沐浴，並出衣冠相贈，一面上疏奏陳恭功略云：

　　耿恭以單兵固守孤城，當匈奴之衝，對數萬之眾，連月踰年，心力困盡，鑿山為井，煮弩為糧，出於萬死，無一生之望；前後殺傷醜虜，數千百計，卒全忠勇，不為大漢恥。恭之節義，古今未有，宜蒙顯爵，以厲將帥，不勝幸甚。

　　章帝得奏，尚未答覆，恭已馳入洛陽，司徒鮑昱，復奏恭節過蘇武，應加爵賞。乃拜恭為騎都尉，恭司馬石修，為洛陽市丞，張封為雍營司馬，范羌為共丞，餘九人皆補授羽林軍將。賞亦太薄。恭母先歿，恭追行喪制，有詔使五官中郎將馬嚴，齎賜牛酒，勸令釋服，奪情就職。恭既退閒，奈何不許追服？尋復遷恭為長水校尉，恭只得受命，蒞任去訖。章帝不欲再事西域，詔罷戊己校尉，及都護官，召還班超。超尚寓居疏勒國，奉詔將歸，疏勒國全體驚惶，不知所措。都尉黎弇流涕道：「漢使棄我，我必復為龜茲所滅，與其後日死亡，不如今日魂隨漢使，送與東歸！」說罷，即引刀自刎。超雖然悲嘆，究因皇命在身，未敢遲留，便啟行至於闐國。國中王侯以下，聞知超越境東歸，並皆號泣，各抱超馬腳，相持不捨。超大為感動，留撫于闐，越旬日復至疏勒。疏勒兩城，已投降龜茲，與尉頭國連兵背漢。超率吏士斬捕叛徒，擊破尉頭，疏勒始得復安。於是拜本陳狀，仍請留屯西域，章帝才收回

前命，准超後議，事且慢表。且說馬太后平素謙抑，從未舉母家私事，有所干請，就是兄弟馬廖、馬防、馬光，雖得通籍為官，終明帝世未嘗超遷，廖止為虎賁中郎，防與光止為黃門郎。及章帝嗣位，即遷廖為衛尉，防為中郎將，光為越騎校尉。廖等傾身交結，冠蓋諸徒，爭相趨附。司空第五倫恐后族過盛，將為國患，因抗疏上奏道：

臣聞忠不隱諱，直不避害，不勝愚狷，昧死自表。《書》曰：「臣無作威作福，其害於而家，凶於而國。」《傳》曰：「大夫無境外之交，束脩之饋。」近代光烈皇后，雖友愛天至，而卒使陰就歸國，徒廢陰興賓客。其後梁、竇之家，互有非法，明帝即位，竟多誅之。自是洛中無復權戚，書記請託，一皆斷絕。又諭諸戚曰：「苦身待士，不如為國，戴盆望天，事不兩施。」臣常刻著五臟，書諸紳帶。而今之議者，復以馬氏為言。竊聞衛尉廖以布三千匹，城門校尉防以錢三百萬，私贍三輔衣冠，知與不知，莫不畢給。又聞臘日亦遺其在洛中者錢各五千。越騎校尉光，臘日用羊三百頭，米四百斛，肉五千斤。臣愚以為不應經義，惶恐，不敢不以聞。陛下情欲厚之，亦宜有以安之！臣今言此，誠欲上忠陛下，下全后家，伏冀裁察。

疏入不報，且欲加給諸舅封爵，獨馬太后不從。建初二年四月，久旱不雨，一班諂附權戚的臣工，且奏稱不封外戚，致有此變；未知他從何處說起。有司請援照舊典，分封諸舅。章帝即欲依議，馬太后仍堅持不許，且頒敕曉諭道：

凡言事者，皆欲媚朕以邀福耳！一語道著。昔王氏五侯，同日俱封，黃霧四塞，不聞澍雨之應。見《前漢演義》。夫外戚貴盛，鮮不傾覆，故先帝防慎舅氏，不令在樞機之位，又言我子不當與先帝子等，今有司奈何欲以馬氏比陰氏乎？且陰衛尉即陰興，係陰后兄弟。天下稱之，省中御者至門，未嘗不衣冠相見，此蘧伯玉之敬也！伯玉，春秋時衛人。新陽侯指陰興弟就，曾封新陽侯。雖剛強，微失理法，然有方

第二十九回　拔重圍迎還校尉　抑外戚曲誨嗣皇

略，據地談論，一朝無雙。原鹿貞侯，指陰興兄識，曾封原鹿侯，歿謚曰貞。勇猛誠信。此三人者，天下選臣，豈可及哉？是馬氏不逮陰氏遠矣！吾不才，夙夜累思，常恐虧先后之法，有毛髮之罪，故不憚屢言，而親屬尤犯之不止，治喪起墳，又不時覺，是吾言之不立，而耳目為之塞也！吾為天下母，而身服大練，食不求甘，左右但著帛布，無香薰之飾者，欲以身率下也！以為外親見之，當飲心自敕，但笑言太后素好儉耳。前過濯龍門上，見外家問起居者，車如流水，馬如游龍，蒼頭衣綠，領袖正白，顧視御者，不及遠矣。故不加譴怒，但絕歲用而已，冀以默愧其心，而猶懈怠，無憂國忘家之慮。知臣莫若君，況親屬乎？吾豈可上負先帝之旨，下虧先人之德，重襲西京敗亡之禍哉？特此布詔以聞。

這詔傳出，群臣自不敢復言。唯章帝覽著，不勝感嘆，再向太后面請道：「漢興以後，舅氏封侯，與諸子封王相同，太后原謙德虛衷，奈何令臣獨不加恩三舅呢？且衛尉年高，兩校尉常有疾病，如或不諱，使臣遺恨無窮，今宜及時冊封，不可稽留！」馬太后撫然道：「我豈必欲示謙，使帝恩不及外戚？但反覆思念，實屬不應加封。從前竇太后欲封王皇后兄，竇太后，即文帝后，王皇后，即景帝后。丞相周亞夫，上言高祖舊約，無軍功不侯；今馬氏無功國家，怎得與陰、郭兩后，佐漢中興，互相比擬？試看富家貴族，祿位重迭，譬如木再結實，根必受傷，決難持久。況士大夫私望侯封，無非為上奉祭祀，下圖溫飽起見。今祭祀已受大官賜給，衣食更叨御府餘資，如此尚嫌不足，還想更得一縣，豈非過貪？我已深思熟慮，決勿加封，幸毋多疑！從來人子盡孝，安親為上；今屢遭變異，穀價數倍，正當日夕憂惶，不安坐臥，奈何先營外封，必欲違反慈母苦衷？我素性剛急，有胸中氣，不可不順！待至陰陽調和，邊境清靜，然後再行汝志，也不為遲，我庶可含飴弄孫，不再預聞政事了！」義正詞嚴，不意宮廷中有此賢母。章帝聽了，只好俯首受教，唯

唯而退。馬太后又手詔三輔，凡馬氏姻親，如有囑託郡縣，干亂吏治，令有司依法奏聞。太后母藺氏喪葬，築墳微高，太后即傳語弟兄，立命減削。外親有義行上聞，輒溫言獎勉，賞給祿位；否則召入加責，不假詞色。倘或車服華美，不守法度，即斥歸田里，杜絕屬籍。於是內外從化，被服如一，諸戚震恐，不敢逾僭。又在濯龍園中，左置織室，右設蠶房，分派宮人學習蠶織；太后嘗親去監視，飭修女工。又與章帝晨夕相敘，談論政事，並教授小王《論語》經書，雍容肅穆，始終不怠。備錄後德，可作彤史之助。

　　至建初三年，冊立貴人竇氏為皇后。后為故大司徒竇融曾孫女，祖名穆，父名勳，並驕誕不法，坐罪免官。融年近八十乃歿，賜諡戴侯，賻贈甚厚；獨因子孫不肖，嘗令謁者監護竇家。嗣由謁者劾穆父子，居家怨望，乃勒令竇氏家屬，各歸扶風原籍。唯勳曾尚東海王強女沘陽公主，許得留住京師。偏穆又賂遺郡吏，亂法下獄，與子宣俱死，勳亦坐誅。唯勳弟嘉頗尚修飾，從未違法，乃授爵安豐侯，使奉融祀。勳遺有二女，貌皆麗姝。女母沘陽公主，常憂家屬衰廢，屢次召問相士，詳叩二女吉凶。相士見了長女，俱言後當大貴。女年六歲，即能為書，家人皆以為奇。至建初二年，二女並選入後宮，風鬟霧鬢，豐姿嫣然，並且舉止幽嫻，不同凡豔。家雖中落，尚不脫大家風度。章帝已聞女有才色，屢問傅母，及得見芳容，果然傾城傾國，美麗無雙。當下引見太后，太后亦不禁稱賞，另眼相看。時宮中已有宋梁諸貴人，為章帝所寵愛；至二竇女入宮後，壓倒群芳，居然奪寵。長女性尤敏慧，傾心承接，不但能曲承帝意，直使宮廷上下，莫不想望豐采，相率稱揚。次年三月，竟得立為皇后，女弟亦受封貴人。可惜兩女雖有美色，卻未宜男，入宮承寵，倏已兩年有餘，不得一子。唯宋貴人已有一男，取名為慶，章帝急欲立儲，乃立慶為皇太子。竇皇后未便阻撓，但心中很是怏

第二十九回　拔重圍迎還校尉　抑外戚曲誨嗣皇

快，免不得從此挾嫌了。貌美者，心多陰毒，試看下文自知。會因燒當羌豪滇吾子迷吾，連結諸種，入寇金城，殺敗太守郝崇詔，燒當羌，見二十四回。轉寇隴西漢陽，殺掠尤甚。章帝乃命馬防為車騎將軍，令與長水校尉耿恭，調集兵士三萬人，出討叛羌。司空第五倫謂貴戚不宜典兵，上書諫阻，章帝不從。防即受命專征，大破羌人，斬首虜四千多名，餘眾或降或潰；唯封養種豪布橋等二萬餘人，尚屯駐望典谷，負嵎不下。防又與恭進擊，復得大勝，布橋亦窮蹙請降。當下露布告捷，奉詔徵防還都，留恭剿撫餘種。恭復迭有斬獲，聲威遠震，所有眾羌十三種，約數萬人，皆詣恭投誠。先是恭出隴西，曾奏稱故安豐侯竇融，前在西州，甚得羌胡腹心，子固復擊白山，功冠三軍，宜使他鎮撫河西；車騎將軍馬防，不妨屯軍漢陽，借示威重。這也是為防畫策，免他遠勞，哪知防反恨恭薦引他人，奪他權威，因此奉詔還都，即嗾令監營謁者李譚，劾恭不憂軍事，被詔怨望。章帝不察真偽，反將有功無罪的耿校尉，嚴旨催歸，遽令下獄；僥倖得免死罪，褫職回里，飲恨而終。漢待功臣，畢竟刻薄。馬防竟得逞志，權焰愈張。到了建初四年，海內豐稔，四境清平，有司復請加封諸舅，章帝遂封防為潁陽侯，廖為順陽侯，光為許侯。馬太后未曾豫聞，及封冊已下，才得知曉，不由的喟然道：「我少壯時，但願垂名竹帛，志不顧命；今年已垂老，尚謹守古訓，戒之在得，所以日夜惕厲，思自降損，居不求安，食不念飽，長期不負先帝，裁抑兄弟，共保久安。偏偏老志不從，令人唏噓，就使百年以後，也覺得齎恨無窮了！」廖、防、光等聞太后言，乃上書讓邑，願就關內侯。章帝不許，始勉受侯封，退位就第。是年太后寢疾，不信巫祝小醫，戒絕禱祀，未幾竟崩，尊諡為明德皇后，合葬顯節陵。小子有詩讚道：

儉節高風已足欽，謙尊更見德深沉。

東都母範能常在，國柄何由屬婦壬。

明德太后葬後，章帝顧及私恩，加封生母。欲知封典如何，待至下回再表。

　　耿恭以孤軍出屯塞外，部下吏士，不過數千，累擾強虜之口，能戰能守，百折不撓，此誠為東漢良將，非人可及。為章帝計，正宜亟選大員，拔恭出圍；乃段彭等第救關寵，不救耿恭，微范羌，恭之不遭陷沒者僅矣。至鄭眾、鮑昱，相繼上請，猶第拜恭為騎都尉，未就侯封；而於馬氏私戚，必欲與之爵賞，何其私而忘公，不顧大局耶？馬太后謙抑為懷，始終不欲加封兄弟，觀其殷勤教誨，語語出自至誠，不第為皇室計，抑亦為母家計。而章帝終違慈訓，致貽長恨之嘆，甚且信馬防之讒間，屈死耿恭，章帝其亦有慚為子，有愧為君矣乎？而明德馬后，則固足千古矣！

第二十九回　拔重圍迎還校尉　抑外戚曲誨嗣皇

第三十回
請濟師司馬獻謀　巧架誣牝雞逞毒

第三十回　請濟師司馬獻謀　巧架誣牝雞逞毒

　　卻說章帝生母，本是賈貴人，見二十五回。因為馬太后所撫養，故專以馬氏為外家，未嘗加封生母；就是賈氏親族，也無一人得受寵榮。至馬太后告崩，乃策書加賈貴人赤綬，漢制貴人，但服綠綬，唯諸侯王得用赤綬。安車一駟，宮人二百，御府雜帛二萬匹，大司農黃金千斤，錢二千萬，安享終身。這也毋庸細說。唯校書郎楊終，上言國家少事，應即講明經義，近年文士破碎章句，往往毀裂大體，不合聖賢微旨，當仿宣帝博徵群儒，講經石渠閣故事，永為後世模範云云。於是召令諸儒集白虎觀中，考訂五經，辯論異同，使五官中郎將魏應承制發問，侍中淳於恭應制條奏。章帝親自臨決，彙編白虎議案，輯成一書；後世所傳《白虎通》，就是本此。當時有侍中丁鴻，表字孝公，係是穎州郡人，父名綝，曾受封陵陽侯，綝歿後，鴻當襲封，獨託稱有疾，願將遺封讓弟，朝廷不許。鴻奉父安葬，把縗絰懸掛墳前，私下逃去。行至東海，與友人鮑駿相遇，駿問明行蹤，出言相責道：「古時伯夷季札，身居亂世，權行己志；今漢室重興，正當宣力王事，汝但因兄弟私恩，絕父遺業，如何可行？」鴻不禁感動，垂涕嘆息，乃還就陵陽。鮑駿復上書薦鴻，具陳經學至行，乃有詔征鴻為侍中，並徙封魯陽鄉侯。及白虎觀開門講經，鴻亦列席，據經論難，陳義最明，諸儒俱自愧不逮，時人因為傳揚云：「殿中無雙丁孝公。」此外尚有少府成封，校尉桓鬱，即桓榮子。蘭臺令史班固，見前。與雍丘人樓望，平陵人賈逵，以及廣平王羨，明帝子，見前。並皆得與講席，著有令名。越年為建初五年，二月朔日食，詔求直言極諫，大略說是：

　　朕新離供養，怨咎眾著，上天降異，大變隨之，詩不云乎，亦孔之醜；又久旱傷麥，憂心慘切。公卿以下，其舉直言極諫，能指朕過失者各一人；遣詣公車，將親覽問焉。其以巖穴為先，勿取浮華！

　　未幾又詔令清理冤獄，虔禱山川，略云：

《春秋》書「無麥苗」，重之也。去秋雨澤不適，今時復旱，如炎如焚，為備未至。朕之不德，上累三光，震慄忉忉，痛心疾首。前代聖君，博思咨諏，雖降災咎，輒有開匱反風之應，今予小子徒慘慘而已。其令二千石理冤獄，錄輕繫，禱五嶽四瀆及名山，能興雲致雨者，冀蒙不崇朝遍雨天下之報，務加肅敬焉！

到了五月，復下詔云：

朕思遲直士，遲讀若治，有待望之意。側席異聞，其先至者各以發憤吐懣，略聞子大夫之志矣；皆欲置於左右，顧問省納，建武詔書嘗曰：「堯試臣以職，不直以言語筆札。」直猶但也。今外官名曠，並可以補任，有司其銓敘以聞！

看官覽到此詔，可知章帝詔求直士，亦無非虛循故事，非真出自至誠；否則直士徵庸，理應置諸左右，常令補過，為什麼調補外官呢？譏評得當。內外臣僚，窺透意旨，待至得雨以後，即由零陵獻入芝草，表稱祥瑞。既而泉陵地方，又說有八黃龍出現水中。正在鋪張揚厲的時候，太傅趙熹，遽爾病終。司徒鮑昱，已代牟融後任，融於建初四年病歿。進任太尉，另用南陽太守桓虞為司徒。自趙熹病歿踰年，昱復隨逝，乃更擢大司農鄧彪為太尉。老成迭謝，何足稱祥？忽由西域留守軍司馬班超，拜本入朝，大致在請兵西征，原文錄後：

臣竊見先帝欲開西域，故北擊匈奴，西使外國，鄯善、于闐，即時向化，今拘彌、莎車、疏勒、月氏、烏孫、康居，復願歸附，欲共併力，破滅龜茲，平通漢道。若得龜茲，則西域未服者，百分之一耳。臣伏自念卒伍小吏，荷蒙拔擢，願從谷吉效命絕域，庶幾張騫棄身曠野。谷吉為元帝時人，張騫為武帝時人，俱見《前漢演義》。昔魏絳列國大夫，尚能和輯諸戎；況臣奉大漢之威，而無鉛刀一割之用乎？前世議者，皆曰取三十六國，號為斷匈奴右臂，今西域諸國，自日之所入，莫不向化，大小欣欣，貢奉不絕，唯焉耆、龜茲，獨未服從。臣前與官屬

第三十回　請濟師司馬獻謀　巧架誣牝雞逞毒

三十六人，奉使絕域，備遭艱厄，自孤守疏勒，於今五載，胡夷情意，臣頗識之，問其城郭大小，皆言倚漢與依天等。以是觀之，則蔥嶺可通，龜茲可伐。今宜拜龜茲侍子為其國王，係前時入侍者。以步騎數百送之，與諸國連兵進討，數月之間，龜茲可平。以夷狄攻夷狄，計之善者也。超之得計在此。臣見莎車疏勒，田地肥廣，不比敦煌鄯善間也。兵可不費中國，而糧食自足。且姑墨、溫宿二王，特為龜茲所置，既非其種，更相厭苦，其勢必有為我所降者；若二國來降，則龜茲自破。願下臣章，參考行事，誠有萬分，死復何恨？臣超區區，特蒙神靈，竊冀未便僵僕，目見西域平定，陛下舉萬年之觴，薦勳祖廟，布大喜於天下，則臣超幸甚，國家幸甚！

　　原來超在疏勒，已與康居、于闐、拘彌三國，合兵萬人，擊破姑墨石城，斬首七百級，因此欲乘勢進兵，蕩平西域，所以懇切陳詞，亟請濟師。章帝也知超非虛言，擬派吏士助超。適有平陵人徐幹，與超同志，奮身詣闕，願往為超助。章帝即令幹為假司馬，率領弛刑及義從千人，即日西行。弛刑，謂課功贖罪諸徒；義從，謂奮願從行之士。超日夜待兵，已是望眼欲穿，並因莎車叛附龜茲，疏勒都尉更覺得憂勞，顧番辰亦有異志慮，湊巧幹軍馳至，遂相偕出擊番辰，一鼓破敵，斬首千餘級，番辰遁去。超更欲進攻龜茲，自思西域諸國，烏孫頗強，正好借他兵力，與約夾攻。乃奏稱烏孫大國，控弦十萬，故武帝嘗妻以公主，至宣帝時，終得彼力，遠逐匈奴；今正可遣使招慰，與其合兵，用夷攻夷，莫如此舉。章帝也以為然，方遣使慰諭烏孫。使節未歸，流光易逝，倏忽間已是建初七年，正月初吉，沛王輔，濟南王康，東平王蒼，中山王焉，聯翩入朝。章帝先遣謁者出都遠候，分給貂裘、食物、珍果，又使大鴻臚持節郊迎，再由御駕親視邸第，預設帷床，錢帛器物，無不具備。至四王入都詣闕，贊拜不名，且由章帝起座答禮。禮畢入宮，再用輦迎接四王，至省閣乃下。帝亦興席改容，歡然敘舊，使皇后

出宮親拜，四王皆鞠躬辭謝，不敢當禮。嗣是款留多日，直至春暮，方許諸王歸國。但因東平王蒼，老成重望，弁冕天潢，用再手詔挽留。直至仲秋已屆，大鴻臚竇固，奏請將蒼遣歸，才得允許。特給蒼手詔云：

骨肉天性，誠不以遠近為親疏，然數見顏色，情重昔時。念王久勞，思得還休，欲署大鴻臚奏，不忍下筆，顧授小黃門，係受詔頒發之官。中心戀戀，惻然不能言。

蒼得詔後，入關謝賜，隨即辭行，章帝親送至都門，流涕敘別，復賜乘輿服御，珍寶錢帛，以億萬計。蒼還國遇疾，踰年竟歿，賻贈獨隆，派使護喪，且令四姓小侯，及諸國王主，一體會葬，予諡曰憲，子忠襲爵。敘筆特詳，無非善善從長之意。總計光武帝十一子，至蒼歿後，僅留四人，為沛王輔，濟南王康，中山王焉；以外尚有阜陵王延，在明帝時已曾削封，見二十八回。建初中復被人訐發，說他謀為不軌，又貶爵為侯。琅琊王京，時已病逝。後來唯沛王輔最賢，身後留名。濟南王康，及中山王焉，屢有過失，還幸章帝顧念親親，不忍加罪，才得保全。就是阜陵侯延，亦仍復王爵，安享餘年。這也是章帝的厚德。只是夫婦父子間，凶終隙末，終害得不夫不父，有累賢明。說來又有特因，應該約略補敘。章帝已立太子慶，慶母為宋貴人，已見前回。唯宋貴人父名揚，為文帝時功臣宋昌八世孫，原籍平林，揚以恭孝著名，隱居不仕。胞姑為馬太后外祖母，馬太后聞揚有二女，才藝俱優，因選入東宮，得侍儲君。章帝即位，並封二女為貴人，大貴人生慶，立為太子；揚因此入為議郎，賞賜甚厚。尚有前太僕梁松二姪女，亦入宮為貴人，小貴人生皇子肇，這四貴人位置相同，並承恩寵。唯宋大貴人素善侍奉，前時供應長樂宮，即馬太后所居之宮。躬執饋饌，為馬太后所垂憐，子慶得為儲嗣，也是馬太后從中主張。唯竇皇后暗懷妒忌，視宋貴人母子，彷彿眼中釘一般。至馬太后崩逝，後得恃寵生奸，嘗與母沘陽

第三十回　請濟師司馬獻謀　巧架誣牝雞逞毒

公主，圖害宋氏。外令兄弟竇憲、竇篤，伺揚過失，內令女侍闒豎，探刺宋貴人動靜，專謀架陷。俗語說得好：「明槍易躲，暗箭難防。」宋貴人偶然得病，欲求生菟為藥餌，菟即藥品中菟絲子。特致書母家，囑令購求；誰料此書被竇后截住，竟將它作為話柄，誣言宋貴人欲作蠱道，借生菟為厭勝術，咒詛宮廷。當下在章帝前，裝出一副愁眉淚眼的容態，日夜譖毀宋貴人母子，且言宋貴人必欲為后，情願將正宮位置，讓與了她。曲摹妒婦口吻。章帝正與竇后非常恩愛，怎能不為所惑？遂將宋貴人母子，漸漸生憎，不令相見。竇皇后見章帝中計，輾轉圖維，想把那太子慶摔去，方好除絕根株，終免禍患。只是自己雖得專寵，終無生育，女弟輪流當夕，也總覺閉塞不通，毫無懷妊消息。這叫做秀而不實。百計求孕，始終無效，不得已求一替代的方法，把那小梁貴人所生的皇子，移取過來，殷勤撫育，視若己生。移花接木，終非良策。一面復陰使掖庭令，誣奏宋貴人通書前情，請加案驗。章帝為色所迷，已弄得神昏顛倒，就批准掖庭令奏議，使他鉤考。天下事欲加人罪，何患無辭？不但將宋貴人說成大惡，並連那太子慶亦誣作窮凶，一篇復奏。便由章帝下詔，廢太子慶為清河王，立子肇為皇太子。詔書有云：

　　皇太子有失惑無常之性，爰自孩乳，至今益彰。恐襲其母凶惡之風，不可以奉宗廟，為天下主。大義滅親，況降退乎？今廢慶為清河王。皇子肇保育皇后，承訓襁褓，導達善性，將成其器，蓋庶子慈母，尚有終身之恩，豈若嫡後事正義明哉？今以肇為皇太子，使得謹守宗祧，欽哉唯命。

　　太子既廢，復出宋貴人姊妹，錮置丙舍，再依小黃門蔡倫考驗。二姊妹當然不肯誣服，偏蔡倫陰承后旨，曲為鍛鍊，竟說二貴人咒詛屬實，請付典刑。當即奉到復詔，移徙二貴人至暴室中。暴室，署名，為宮女疾病時所居。可憐姊妹花自悲命薄，憤不欲生，彼仰藥，此服毒，

同時斃命。宋揚削職歸里。最可恨的是郡縣有司，投井下石，更將揚砌入罪案，捕繫獄中，還虧揚友人張峻、劉均等，替揚奔走解釋，方得免罪。揚雖得出獄，悲傷憔悴，當即病亡。清河王慶，年尚幼弱，卻能避嫌畏禍，不敢提及宋氏。太子肇本與相親，晨夕過從，慶越加謙謹，勉博太子歡心。太子肇嘗入白章帝，言慶並無惡意，章帝乃囑皇后撫視，所有一切衣服，令與太子齊等，慶始得幸全。唯梁氏自松得罪後，家屬並坐徙九真，松事，見二十五回。大、小二梁貴人，係沒入掖庭，得承恩寵，小梁貴人幸得一男，進為儲君，闔家亦蒙赦還，欣然相慶。哪知為諸竇所聞，又恐梁氏得志，急忙轉報竇后。竇后本已加防，一聞消息，就再掉動長舌，讒毀梁氏二貴人。並言貴人父竦，潛圖不軌，欲為兄松復仇。章帝竟令漢陽太守鄭據，捕竦入獄，冤冤枉枉，構成罪名，竦坐是瘐死，家屬復徙九真。看官試想！這大、小二梁貴人，尚能安然無恙麼？美人善憂，況經此父死家亡，怎得不五中崩裂，兩命同捐，嗚呼哀哉。四貴人相繼畢命，何若為平民妻，尚得相安！陰賊險狠的竇皇后，陷害了宋、梁二家，尚嫌不足，更追恨及明德馬太后，納入大小梁貴人，先得專寵；並且馬氏兄弟，均列樞要，也欲趁勢除盡，省得奪權；於是與兄弟內外毗連，構陷馬氏。馬氏已失內援，未知斂抑；馬廖頗能自守，但秉性寬緩，不能約束子弟；防與光嘗大起第觀，食客常數百人，奴婢僕從，不可勝計，積資巨億，往往購置洛陽美田，防且多牧馬畜，賦斂羌胡。不念乃父裹屍時麼？為此種種驕盈，已不免惹人譏議，更有竇氏從中媒孽，自然上達九重。章帝不忍懲治，但再三加誡，隨時監束。嗣是馬氏威權日替，賓客亦衰。廖子豫貽書友人，語多怨誹，適為竇氏私黨所聞，上表彈劾，並奏稱馬防兄弟，奢侈逾僭，濁亂聖化，應悉令免官，徙就封邑。章帝准議。唯因光前遭母喪，哀毀逾恆，比二兄較為盡孝，因特留住京師，助祭先後；不過一切要職，已經褫去，眼

049

第三十回　請濟師司馬獻謀　巧架誣牝雞逞毒

見是前盛後衰，遠不相符了。天下無不散的筵席。竇后兄憲，得進任虎賁中郎將，弟篤亦遷授黃門侍郎。兄弟親倖，並侍宮省，一班豪門走狗，朝秦暮楚，又竟至竇氏兄弟門前，奔走伺候，趨承唯謹。竇憲恃勢日橫，凡王侯貴戚，莫不畏憚。沁水公主明帝女。有園田數頃，頗稱肥美，憲強欲購買，但給錢值，公主不敢與較，只好飲泣吞聲。此外尚有何人敢與爭論？獨司空第五倫不甘緘默，上疏陳請道：

　　臣得以空疏之質，當輔弼之任，素性駑怯，位尊爵重，拘迫大義，思自策勵，雖遭百死，不敢擇地，又況親遇危言之世哉？伏見虎賁中郎將竇憲，椒房之親，典司禁兵，出入省闥，年盛志美，卑謙樂善，此誠其好士交結之方。然諸出入貴戚者，類多瑕釁禁錮之人，尤少守約安貧之節；士大夫無志之徒，更相販賣，雲集其門，眾呴飄山，聚蚊成雷，蓋驕佚所從生也！三輔議論者至云，以貴戚廢錮，當復以貴戚洗濯之，猶解酲當以酒也。詖險趨勢之徒，誠不可親近。臣愚願陛下中宮，嚴飭憲等閉門自守，無妄交通士大夫，防其未萌，慮於無形，令憲永保福祿，君臣交歡，無纖介之隙。此臣之所至願也！臣不勝愚戇，謹此上聞。

　　章帝得疏，頗為留意，會與竇憲偕出巡幸，路過沁水公主園田，故意指問，急得憲滿口支吾，不敢詳對，章帝始知傳聞是實。及還宮後，召憲嚴責道：「汝擅奪公主園田，可知罪否？朕恐汝如此驕橫，與趙高指鹿為馬，有何大異？從前永平年間，先帝嘗令陰黨、陰博、鄧迭三人，互相糾察，故豪戚莫敢犯法；當時詔書切切，猶以舅氏田宅為言。今貴如公主，尚被枉奪，何況平民？國家棄汝，不啻孤雛腐鼠，有何足惜！汝自想該不該呢？」這數語很是嚴厲，幾把竇憲的魂靈兒，撐往九霄雲外，慌忙匍伏磕頭，好似搗蒜一般。正在惶急萬分，忽聽得屏後微動，蓮步悠揚，走出一位裊裊婷婷的麗姝，前來解圍。好了！好了！救苦救難的觀世音來了！正是：

外戚橫行終忤主，內言巧囀竟迴天。

欲知麗姝為誰，待至下回說明。

　　用夷攻夷，原攘夷之上策，但亦必才如班超，方足收功，否則平虜不足，啟釁有餘，幾何而不喪師僨事耶！章帝馭將用人，不為無識，至待遇親族，亦尚有恩。獨於朝夕相親之竇皇后，不能察知情偽，屢受其欺而不覺。始則二宋貴人，死於非命；繼則二梁貴人，又復遭誣，並以憂死。同一抱衾與裯之婦女，豈無情誼之相關，乃以色藝之少差，竟使後來居上，坐被讒間，何其薄倖若此？宋氏廢，梁氏徙，而馬氏亦間接奪權，色之蠱人，顧若是其甚耶？蓋自章帝溺愛袵席，開子孫無窮之禍，而後之好色者不知所鑑；無惑乎牝雞敗家，代有所聞也。

第三十回　請濟師司馬獻謀　巧架誣牝雞逞毒

第三十一回
誘叛王杯酒施巧計　彈權戚力疾草遺言

第三十一回　誘叛王杯酒施巧計　彈權戚力疾草遺言

　　卻說竇憲被章帝切責，非常震懼，叩首不遑，幸從屏後走出麗姝，冉冉至章帝前，毀服減妝，代為謝罪。這人為誰？便是六宮專寵的竇皇后，外戚竇憲的親女弟。她聞阿兄遭責，恐致受譴，因即趨出外庭，仗著一副媚容，替兄乞憐，力圖解免。章帝見她愁眉半蹙，粉面微皺，一雙秋水靈眸，含著兩眶珠淚，幾乎垂下，就是平時的百囀鶯喉，至此也嗚咽欲絕，卿真多慮，我見猶憐，不由的把滿腔怒意，化作冰消。竇皇后又半折柳腰，似將下跪，當由章帝連呼免禮，輕輕把她扶住；一面令竇憲起來，叫他退去。憲得了這護身符，當然易懼為喜，再行叩謝，然後起身趨出。章帝挈著竇后，返入後宮，不消細述。唯竇憲雖得免罪，卻已為章帝所憎嫌，不復再加重任。所以憲在章帝時代，只做了一個虎賁中郎將，未聞遷調，但守著本身職務，旅進旅退罷了。這還是章帝一隙之明。新任洛陽令周紆，持正有威，不畏強禦，甫行下車，即召問屬吏，使報大族主名。屬吏止將閭里豪強，對答數人，紆厲聲道：「我意在詳問貴戚，如馬、竇兩家，子弟若干？照汝所說，統是賣菜傭姓名，何足計較？」屬吏聞言，不禁惶恐，才將馬、竇子弟，約略報了數名。紆又囑咐道：「我只知國法，不顧貴戚，如汝等賣情舞弊，休來見我！」屬吏唯唯，咋舌而退。紆乃嚴申禁令，有犯必懲。貴介子弟，卻也不敢犯法，多半斂跡，京師肅清。一夕黃門侍郎竇篤出宮歸家，路過止奸亭，亭長霍延，截住車馬，定要稽查明白，方許透過。篤隨身有僕從數人，倚勢作威，不服調查，硬將霍延推開。延拔出佩劍，高聲大喝道：「我奉洛陽令手諭，無論皇親國戚，夜間經過此亭，必須查究。汝係何人？敢來撒野！」也是個硬頭子。竇氏僕從哪裡肯讓，還要與他爭論，篤亦不免氣忿，在車中大叫道：「我是黃門侍郎竇篤，從宮中乞假歸來，究竟可通過此亭否？」亭長聽了，才將劍收納鞘中，讓他過去。篤心尚不甘，再加僕從慫恿，即於次日入宮，劾奏周紆縱吏橫行，辱罵臣家。章帝明

知篤言非實，但為了皇后情面，不能不下詔收紆，送入詔獄。紆在廷尉前對簿，理直氣壯，仍不少撓，廷尉也弄得沒法，只好據實奏陳。章帝竟批令釋放，暫免洛陽令官職，未幾又擢任御史中丞。可見章帝原有特識，不過曲為調停，從權黜陟，此中也自有苦衷呢！若抑若揚，措詞甚妙。

建初八年，烏孫國遣使入朝，乞請修好，就是招諭烏孫的漢使，也同與東歸。回應前回。章帝甚喜，即授超為將兵長史，特賜鼓吹幢麾；並擢徐幹為軍司馬，別遣衛侯李邑，護送烏孫使人返國，且賜烏孫大、小昆彌等錦帛。大小昆彌，係烏孫國王名，詳見《前漢演義》。李邑方到于闐，聞得龜茲將攻疏勒，恐道途中梗，不敢前行，反上書奏稱西域難平，長史班超，擁嬌妻，抱愛子，安樂外國，無內顧心，所有先後奏請，均不可從等語。事為班超所聞，不禁長嘆道：「身非曾參，乃蒙三至讒言，恐不免見疑當世了！」曾參事，見《戰國策》。當下將妻斥去，上書瀝陳苦衷。章帝知超忠誠，因傳詔責邑道：「超果擁妻抱子，屬下千餘人，豈不思歸，怎能盡與同心？汝但當受超節度，就商行止，不必妄言！」又復書諭超，謂邑若至卿處，可留與從事。邑無奈詣超，超不露聲色，另派幹吏與烏孫使臣，同至烏孫，勸烏孫王遣子入侍。烏孫王唯命是從，即出侍子一人，送至超處。超令李邑監護烏孫侍子，偕往京師。軍司馬徐幹語超道：「邑前曾毀公，欲敗公功，今何不依詔留邑，另遣他吏入京，護送烏孫侍子？」超微笑道：「我正為邑有讒言，留彼無益，所以令他回京，且內省不疚，何恤人言？如必留邑在此，稱快一時，如何算得忠臣呢？」及邑返京後，卻也不敢再毀班超。章帝因烏孫內附，侍子入朝，益信超言非虛。越年改號元和，特遣假司馬和恭等，率兵八百，西行助超。超既得增兵，復徵發疏勒、于闐人馬，共擊莎車。莎車聞超出兵，特想出一法，陰使人齎著重賂，往餌疏勒王忠，叫

第三十一回　誘叛王杯酒施巧計　彈權戚力疾草遺言

他聯合莎車，背叛班超。此計卻是厲害。疏勒王忠果為所愚，竟將重賂收受，與超反對，出保烏即城。超猝遭此變，忙立疏勒府丞成大為王，召回出發兵士，假道攻忠。烏即城本來險阻，不易攻入，超軍圍城數月，竟未攻下。忠復向康居乞援，康居出兵萬人，往救烏即城，累得起進退徬徨，愈難為力。於是分頭偵察，探得康居國與月氏聯姻，往來甚密，乃亟派吏多齎錦帛，往饋月氏王，託使轉告康居，毋為忠援。月氏王也是好利，當即允許，立將超意轉達，財可通神，莫怪夷狄。康居顧全親誼，還管什麼疏勒王忠？一道密令，轉至烏即城中，反使部眾將忠縛歸。烏即城既失援兵，又無主子，只得舉城降超。唯忠被康居執去，幸得不死，羈居了兩三年，與康居達官交好，費了若干唇舌，又得借兵千人，還據損中，且與龜茲通謀，欲攻班超。龜茲卻令忠向超詐降，然後發兵進擊，以便裡應外合。忠依計施行，遂繕好一封詐降書，寫得恭順異常，使人投呈超前。超展書一閱，已知情意，因即召語來使道：「汝主既自知悔悟，誓改前愆，我亦不追究既往，煩汝代去傳報，請汝主速回便了！」來使大喜，即去返報。超密囑吏士，叫他如此如此，勿得有誤。吏士奉令，自去安排，專待忠到來受擒。忠還道班超中計，只率輕騎數十人，貿然前來。超聞忠已至，欣然出迎，兩下相見，忠滿口謝罪，超隨口勸慰。彼此談敘片刻，似覺得膠漆相投，很加親暱。好一個以詐應詐。吏士早已遵著超囑，陳設酒餚，邀忠入席，超亦陪飲，帳下更作軍樂，名為侑酒，實是助威。酒過數巡，超把杯一擲，即有數壯士持刀突出，搶至忠前，如老鷹抓小雞一般，把忠拿下，反綁起來。忠面色如土，還要自稱無罪。超怒目責忠道：「我立汝為疏勒王，代汝奏請，得受冊封。浩蕩天恩，不思圖報，反敢受莎車煽惑，背叛天朝，擅離國土，罪一。汝盜據烏即城，負險自固，我軍臨城聲討，汝不知愧謝，抗拒至半年有餘，罪二。汝既至康居，心尚未死，尚敢借兵入據損

中，罪三。今又詐稱願降，投書誑我，意圖乘我不備，內外夾攻，罪四。有此四罪，殺有餘辜，天網昭彰，自來送死，怎得再行輕恕哩？」這一席話，說得忠啞口無言，超即令推出斬訖。不到半刻，已由軍士獻上忠首，超令懸竿示眾。立傳將士千人，親自督領，馳往損中。損中留屯康居兵，守候消息，不防班超引軍趨到，一陣斬殺，倒斃至七百餘人，只剩了二三百殘兵，命未該絕，倉皇遁去，南道乃通。越年又改元章和，超復調發于闐諸國兵二萬餘人，往擊莎車。莎車向龜茲乞師，龜茲王與溫宿、姑墨、尉頭三國，聯兵得五萬人，自為統帥，馳救莎車。超聞援兵甚眾，未便力敵，籌劃了好多時，便召入于闐王及將校等與語道：「敵眾我寡，勢難相持，不若知難先退，各自還師。于闐王可引兵東行，我卻從西退回。但須待至夜間，聽我擊鼓，方好出發，免得為敵所乘呢！」說至此，便有偵騎入報導：「龜茲諸國兵馬，已經到來，相距不過數里了！」超令于闐王及將校等各歸本營，閉壘靜守，聽候鼓號。大眾如言退去。超進攻莎車時，沿途已獲住偵諜數人，繫諸帳後。到了黃昏時候，故意釋放，令得還報軍情。龜茲王聞報大喜，親率萬騎，西向擊超；使溫宿王率八千騎，東向截于闐王。超登高遙望，見各虜營喧聲不絕，料他已出發東西，便返入營中，密召親兵數千人，裝束停當，待至雞鳴，悄悄地引至莎車營前，一聲號令，馳馬突入。莎車營兵，因聞超軍將還，放心睡著，哪知帳外衝進許多兵馬，驚起一瞧，統是漢軍模樣，急得東奔西竄，不知所措。超麾令部眾，四面兜擊，斬首五千餘，盡奪財物牲畜，且令軍士大呼道：「降者免死！」莎車兵無路可走，相率乞降；就是莎車王亦勢孤力竭，只好屈膝投誠。超收兵入莎車城，再去傳召全營將校，及於闐國王。于闐王等正因夜間未得鼓聲，不免詫異，及得超傳召，才知超計中有計，格外驚服。遂共入莎車城中，向超賀捷。龜茲、溫宿諸王，探聞消息，也覺為超所算，未戰先怯，各退歸本

第三十一回　誘叛王杯酒施巧計　彈權戚力疾草遺言

國去了。自經超有此大捷，西域都畏超如神，不敢生心；就是北匈奴亦聞風震懾，好幾年不來犯邊。章帝得專意內治，巡視四方，修貢舉，省刑獄，除妖惡黨禁，免致株連；戒俗吏矯飾，務尚安靜；賜民胎養穀，每人三斛；嬰兒無父母親屬，及有子不能養食，俱廩給如律，不得漠視。

　　臨淮太守朱暉，善政得民，境內作歌稱頌道：「強直自遂，南陽朱季。」暉為南陽宛人。章帝幸宛聞歌，即擢為尚書僕射。魯人孔僖，涿人崔駰，同遊太學，並追論武帝尊崇聖道，有始無終，鄰舍生即訐駰、僖誹謗先帝，譏刺當世，事下有司。駰詣吏受訊；僖上書自訟，略言武帝功過，垂著《漢書》，自有公評。陛下即位以來，政教未失，德澤有加，臣等亦何敢寓譏？就使陛下視為譏刺，有過當改，無過亦宜含容，奈何無端架罪云云。章帝得書省覽，下詔勿問；且拜僖為蘭臺令史，旌美直言。廬江毛義，素有清名，南陽人張奉，慕名往候。才經坐定，忽有吏人傳入府檄，召義為安邑令。義喜動顏色，捧檄入內。奉轉目義為鄙夫，待義復出，即起座辭歸。後聞義遭母喪，丁艱回籍，及服闋後，屢徵不起。奉乃讚嘆道：「賢士原不可測，往日捧檄色喜，實是為親屈志；今乃知毛君節操，實異常人！」章帝亦得聞義名，徵義就官，義仍然謝絕。乃賜穀千斛，並令地方官隨時存問，不得慢賢。還有任城人鄭均，潔身自好，有兄嘗為縣吏，貪贓受賕，屢諫不悛，均竟脫身為人傭，積得薪資若干，歸授乃兄，且垂涕與語道：「財盡尚可復得，為吏坐贓，終身捐棄，不能復贖了！」兄聞言感動，改行從廉。未幾兄歿，均敬事寡嫂，撫養孤姪，情禮備至。州郡交章舉薦，均終不應徵。建初三年，司徒鮑昱，致書辟召，又不肯赴。至六年時，由公車特徵，不得已入都詣闕。章帝即使為議郎，再遷為尚書，屢納忠言。旋即因病乞休，解組回里，一肩行李，兩袖清風，仍然與寒素相等。章帝東巡過任城，親至均舍，見均家室蕭條，感嘆不已，因特賜尚書祿俸，贍養終身。時人號為

白衣尚書，垂名後世。看似讚美章帝，實是闡表諸賢。只會稽人鄭弘，為宣帝時西域都護鄭吉從孫，少為靈文鄉嗇夫，鄉官名。愛人如子，遷官騶令，勤行德化，道不拾遺。再遷淮陰太守，境內適有旱災，弘循例行春，課農桑，賑貧乏，隨車致雨，漢制各郡太守，當春巡行屬縣，是謂行春。又有白鹿群至，夾轂護行。弘問主簿黃國道：「鹿來夾轂，主何吉凶？」國拜賀道：「僕聞三公車轄，嘗繪鹿形，明府他日必為宰相！」弘付諸一笑，亦無幸心。建初八年，奉調為大司農，奏開零陵、桂陽嶺路，通道南蠻。先是交趾七郡，貢獻轉運，必從東冶航海，風波不測，沉溺相繼，至南嶺開通，舍舟行陸，得免此患。弘在職二年，省費以億萬計。時海內屢旱，民食常苦不足，國帑卻是有餘，弘又請省貢獻，減徭役，加惠饑民。章帝亦頗以為然，下詔採行。元和元年，太尉鄧彪免官，即令弘繼任太尉。弘見竇氏權盛，恐為國害，常勸章帝隨時裁抑。言甚剴切，章帝亦溫顏聽受，但優容竇氏，仍然如常。無非礙著牝後。虎賁中郎將竇憲，職兼侍中，出入宮禁，雖未敢公然驕恣，卻是密結臣僚，引為心腹。尚書張林，洛陽令楊光，黨同竇憲，貪殘不法。弘忍無可忍，至元和三年間，極言彈劾，囑吏繕陳。吏與楊光有舊交，先往告光，光聞言大懼，亟詣竇門求救。竇憲忙入白章帝，劾弘洩漏樞機，失大臣體。章帝問為何因？竇即先將弘所上彈章，約略陳述。已而弘奏呈上，果如憲言。章帝不能無疑，便令左右傳詔責弘，且收弘印綬，另任大司農宋由為太尉。弘始知為屬吏所賣，徑詣廷尉待罪。旋復有詔赦弘，弘因乞骸骨歸里，好幾日不得復詔，頓令弘積憤成疾，奄臥不起。臨危時尚強起草疏，力斥竇憲，仿古人屍諫之遺意。是衛史魚故事。疏中有數語最為扼要，錄述如下：

竇憲奸惡，貫天達地，海內疑惑，賢愚嫉惡，謂憲何術以迷主上？近日王氏之禍，昤然可見！陛下處天子之尊，保萬世之祚，而信讒佞之

第三十一回　誘叛王杯酒施巧計　彈權戚力疾草遺言

臣，不計存亡之機；臣雖命在晷刻，死不忘忠，願陛下誅四凶之罪，以饜人鬼憤結之望！

這書呈入，章帝始遣醫往視，弘已病終。妻子遵弘遺囑，悉還從前賜物，但將布衣為殮，素木為棺，輕車減從，奔喪還鄉。章帝亦不加賻贈，聽令自便。這卻未免辜負好官，有私外戚哩！鄭弘既歿，司空第五倫，也老病乞休，有詔准令退位，唯終身賞給二千石俸秩，而加賜錢五十萬，公宅一區。倫奉公盡節，言事不肯模稜，性質慤，少文采，在位以貞白見稱，時人比諸前朝貢禹，後來壽逾八十，考終家中。太僕袁安，奉命繼任。安字邵公，汝陽縣人，祖父良，習《易》著名，安少承祖訓，得舉孝廉，累任陰平任城令長，遷守楚郡，再為河南尹，政號嚴明，吏民畏服。嗣由太僕超遷司空，守正如故。未及期月，又代桓虞為司徒，光祿勳任隗繼為司空。隗字仲和，係故信都太守阿陵侯任光嗣子，好黃老言，品性清廉，與袁安併為三公，時稱得人。博士曹褒，奏請考成漢禮，詔下公卿集議，安與隗各無異言，獨詞臣班固，謂宜廣集諸儒，共議得失。章帝嘆道：「古諺有言：『築室道謀，三年不成。』今欲集儒議禮，必致聚訟不休，互生疑異，筆不得下。從前帝堯作大章樂，一夔已足，何必多人？」乃即拜褒為侍中，舉漢初叔孫通所訂《漢儀》十二篇，令褒改訂，且與褒語道：「此制散略，多不合經，今宜依禮條正，使可施行！」褒乃援據古典，參入《五經讖記》，依次輯錄，自天子至庶人，凡冠、昏、喪、祭各制度，具列無遺，共成百五十篇。匆匆奏入，章帝未遑詳閱，也不令有司平議，當即收付禮官，遽令施行。及章帝崩後，群臣多言褒擅更禮制，不足為法，因將新禮百五十篇，一併棄擲敗字麓中。小子有詩嘆道：

綿蕞朝儀不足徵，操觚改制亦難憑。

一朝大禮談何易，草草寧堪作準繩？

欲知章帝何時告崩，待至下回再表。

疏勒王忠，為超所立，乃以莎車之厚賂，甘心背超，戎狄之貪利忘義，可見一斑。幸超能將計就計，不煩血刃，縛而誅之，南道復通。或謂超專以詐計御虜，故虜亦報以詐謀。詎知兵不厭詐，本諸古訓，宋襄、陳餘，為千古笑，況施諸戎狄間乎？厥後拔莎車，卻龜玆諸國，老成勝算，遊刃有餘，而西域乃為之膽落。蓋御虜之道，智略為先，兵力次之，不如是不足以挫彼凶橫也！超真一人傑矣哉！章帝明知竇憲之奸，未能遠斥，至鄭弘一再進諫，又不見用，反且為竇憲所欺，收弘印綬，何其自相矛盾一至於此？意者其寧違忠諫，毋負椒房，而因有此刺謬歟？《範書》謂孝章以下，漸用色授，恩隆好合，遂忘淄蠹。數語實抉透章帝一生之大病。呂東萊譏其優柔寡斷，蓋猶非真知章帝者也。

第三十一回　誘叛王杯酒施巧計　彈權戚力疾草遺言

第三十二回
殺劉暢懼罪請師　繫郅壽含冤畢命

第三十二回　殺劉暢懼罪請師　繫鄧壽含冤畢命

卻說章帝在位十三年，已經改元三次，承襲祖考遺業，國勢方隆，事從寬簡，朝野上下，並稱乂安。章帝春秋方富，做了十餘年的太平皇帝，優遊度日，好算是福祿兩全。偏至章和二年孟春，忽然得病，竟至彌留，顧命無甚要囑，但言毋起寢廟，如先帝舊制。俄而崩逝，年只三十一歲。竇皇后素性機警，即召兄弟入宮，委任樞要；一面立太子肇為帝，當日嗣位，是謂和帝。和帝甫及十齡，怎能親政？當由竇憲兄弟，召集公卿，提出要議，尊竇皇后為皇太后，臨朝訓政。公卿等畏憚權威，不敢生異。當即酌定臨朝典禮，頒詔施行。到了春暮，奉葬章帝於敬陵，廟號肅宗。竇太后欲令兄憲秉政，憲尚有所顧忌，未敢遽握總樞，因讓諸前太尉鄧彪，召為太傅。彪字智伯，與中興元勛高密侯鄧禹同宗，父名邯，曾官渤海太守，受封鄳鄉侯。彪少有至行，見稱鄉里，旋遭父喪，願將遺封讓與異母弟，因此益得令名，為州郡所辟召；累遷至桂陽太守，亦有政聲，入為太僕，升任太尉，居官清白，為百僚式。後來因病乞休，回籍已有四五年，至是復由公車徵入，接奉竇太后特詔道：

先帝以明聖奉承祖宗至德要道，天下清靜，庶事咸寧。今皇帝以幼年煢煢在疚，朕且佐助聽政，外有大國賢王，併為藩屏，內有公卿大夫，統理本朝，恭己受成，夫何憂哉？然守文之際，必有內輔，以參聽斷。侍中憲朕之元兄，行能兼備，忠孝尤篤，是阿妹個人私言。先帝所器，親受遺詔，當以舊典輔斯職焉！遺詔亦未必及憲。憲固執謙讓，節不可奪，今供養兩宮，宿衛左右，厥事已重，亦不可復勞以政事。故太尉鄧彪，元功之族，三讓彌高，海內歸仁，為群賢首；先帝褒表，欲以崇化。今彪聰明康強，可謂老成黃耇矣！其以彪為太傅，賜爵關內侯，錄尚書事。百官總己以聽，朕庶幾得專心內位。於戲！讀如嗚呼。群公其勉率百僚，各修厥職，愛養元元，綏以中和，稱朕意焉！

彪受命供職，名為朝中領袖，但國家大權，實操諸竇氏手中。竇憲雖守侍中原職，卻是內干機密，出宣詔命。竇篤升任虎賁中郎將，篤弟景、瓌，並得入為中常侍。宮廷內外，只知有竇氏兄弟，不知有太傅鄧彪。彪且做了竇氏的傀儡，竇氏有所施為，輒令彪代奏，彪不能不依，竇遂得任所欲為。憲父勳嘗坐罪致死，見前文。謁者韓紆，與劾勳案，此時紆已病歿，憲卻為父報仇，潛令門客刺殺紆子，割得首級，往祭父墓。竇太后亦為快意，置諸不問。都鄉侯暢，係齊武王劉縯孫，入京弔喪，多日不歸，私與步兵校尉鄧迭親屬，互相往來。迭有母名元，出入宮中，為竇太后所親愛，暢即厚禮饋遺，託她入白太后，為己吹噓。元直任不辭，入宮一二次，即為說妥，由太后特旨召見。暢喜如所願，進見太后，極力謅媚，叩了好幾個響頭，說了好幾句諛詞。婦人家最喜奉承，見暢口齒伶俐，禮貌謙卑，不由的引動歡腸，當作好人看待，問答了好多時，才令退去。未幾復蒙召入，歷久始出。又未幾再蒙召入，居然有說有笑，格外投機。莫非要演呂后審食其故事麼？宮中誰敢多嘴，只有竇憲瞧著，很是不悅，暗想太后一再召暢，定有隱情，暢若得寵，必致奪權，寧止奪權而已。不如先發制人，結果性命，再作後圖。主見已定，便暗囑壯士，伺暢行蹤，乘機下手。暢正滿志躊躇，專望太后賜他好處，按日至屯衛營中，聽候好音，不防背後跟著刺客，一不見機，竟致飲刃，暈倒地上，斷命送終。刺客早已揚去。衛兵見了暢屍，當然駭愕，立即報聞。竇太后得知消息，很是驚悼，與汝有何關係？即令竇憲嚴拿凶手。憲反將殺人大罪，卸到暢弟利侯剛身上，說他兄弟不和，因有此變。竇太后信為真言，就飭侍御史與青州刺史，查究剛等罪狀。原來剛封邑在青州，故兼令青州刺史考治。尚書韓稜，上言賊在京師，不宜捨近就遠，恐為奸臣所笑。竇憲得了此語，恐稜疑及己身，急請太后下詔責稜。究竟賊膽心虛。稜雖然被責，仍舊堅執前言。三公皆袖手

第三十二回　殺劉暢懼罪請師　繫鄧壽含冤畢命

旁觀，莫敢發議，獨太尉掾何敞，進說太尉宋由道：「暢係宗室肺腑，茅土藩臣，來弔大憂，上書須報，乃親在武衛，致此殘酷。奉法諸吏，無從緝捕，蹤跡不明，主名不定。敞得備股肱，職典賊曹，意欲親往糾察，力破此案！偏二府執事，二府謂司徒、司空。以為朝廷故事，三公不與聞賊盜，公縱奸慝，無人問咎。敞不忍坐視，願充此役！」宋由乃許令查緝。司徒、司空二府，聞敞前往鉤考，亦遣偵吏隨行，「天下無難事，總教有心人。」結果查得刺暢凶手，實係竇憲主使，當即奏白太后。太后勃然大怒，立向竇憲問狀。何必盛怒至此？憲亦無從抵賴，匍匐謝罪。太后竟將憲錮置內宮，有意加譴。憲恐遭誅戮，自請出擊北匈奴，圖功贖死。

是時北匈奴歲饑，部眾離叛，鄰國四面侵擾，優留單于為鮮卑所殺，北庭大亂。南單于屯屠何新立，上表漢廷，請乘北虜紛爭，出兵征伐，破北成南，併為一國，令漢家無北顧憂。竇太后得表，取示執金吾耿秉，秉極言可伐，獨尚書宋意上書諫阻，因未定議，竇憲乃想此出去，為逃死計。究竟竇太后顧念同胞，未忍將長兄處死，不過一時氣憤，把他錮禁；轉思憲既有志圖功，樂得遣他出去，得能立功異域，也好塞住眾口，免誚失刑。於是依了憲議，且命為車騎將軍，使執金吾耿秉為徵西將軍，為憲副將，發兵討北匈奴。憲得出宮部署，仍然威震一時。兵尚未出，忽接護羌校尉鄧訓捷報，乃是擊走羌豪迷唐，收服群羌等語。先是元和三年，燒當羌迷吾，與弟號吾率領羌眾，復來犯邊。隴西郡督烽掾李章，頗有智略，獨不舉烽火，暗地號召戍卒，埋伏要隘。號吾見隴西無備，輕騎入境，陷入伏中，慌忙突圍返奔，偏值李章緊緊追來，強弓一發，射傷號吾坐騎，號吾被馬掀下，為章所擒。章執住號吾，將獻諸郡守，號吾乞憐道：「我既被擒，也不畏死，但殺死一我，無損羌人，不如放我生還，我當永遠罷兵，不再犯塞了。」章以為說得

有理，遂轉稟太守張紆，紆乃放還號吾。號吾果解散羌眾，各歸故地，迷吾亦退居河北歸義城。至章和元年，護羌校尉傅育，貪功啟釁，募人陰構諸羌，令他自鬥。羌人不肯從令，復生異心，走依迷吾。育發諸郡兵數萬人，即欲擊羌，大兵未集，倉猝出師，迷吾徙帳遠去。育尚不肯罷休，自率三千騎窮追，惱動迷吾毒性，設伏三兜谷旁，邀截育軍。育夜至谷口，尚不設備，頓致伏兵齊起，兩面掩擊，把育軍殺死無算，育亦做了無頭鬼奴。真是自去送死。還幸各郡兵赴救，拔出殘眾一二千人，迷吾引去。敗報到了京師，有詔令張紆為護羌校尉，出駐臨羌。迷吾復入寇金城，紆遣從事司馬防，領兵截擊，大破迷吾，迷吾乃致書乞降。紆佯為允許，待迷吾挈眾到來，陳兵大會，置酒犒眾，密將毒藥置入酒中，羌眾飲酒中毒，陸續倒地；迷吾亦筋軟骨酥，不省人事，紆得指麾兵士，一一屠戮，且剁落迷吾首級，祭傅育墓，再發兵襲擊迷吾餘眾，斬獲數千人。誘殺迷吾計，與班超相同，但超誅詐降，紆戮真降，情跡懸殊，不能並論。迷吾子迷唐，獨得逃脫，恨父被害，有志復仇，遂與諸羌種結婚交質，誓同休戚，據住大、小榆谷，與紆為難。紆不能制服，拜表請兵，朝廷因紆挣殺諸羌，很是失計，因將紆免官召還，改任故張掖太守鄧訓代為護羌校尉。訓字平叔，係故高密侯鄧禹第六子，少有大志，厭文尚武，禹嘗斥為不肖。哪知訓熟習韜略，善撫兵民，章帝時已任烏桓校尉，與士卒同甘苦，大得眾心，番虜憚訓恩威，不敢近塞。嗣復調任張掖太守，邊境清寧。及張紆免職，公卿多舉訓往代，因令改官。訓蒞任未幾，迷唐即領兵萬騎，來至塞下，一時未敢攻訓，先脅令小月氏胡人，從早投服。小月氏胡，嘗散居塞內，約有數千名，就中多勇健富強，不服羌種。漢吏輒隨時羈縻，令拒羌人，他卻能用少制眾，為漢效力；只因平時有功少賞，所以依違兩可，向背無常。此次迷唐招降，威驅利迫，胡人倒也不願相從，誓與死鬥。訓察知情跡，便派

第三十二回　殺劉暢懼罪請師　繫郅壽含冤畢命

吏安撫諸胡，叫他不必致死，自當一體保護。吏佐以為羌胡相攻，於我有利，待他兩下俱疲，正好出兵盡滅，為何無端禁護，留下後患？訓卻出言指駁道：「近因張紆失信，群羌大動，屢來犯邊。綜計塞下屯兵，多至二萬，按時給餉，空竭府藏，尚不能有備無患，涼州吏民，命懸呼吸。今尚欲羌胡相攻，羌敗胡盛，胡亡羌興，終為我害，哪能一舉滅盡？且諸胡反覆無定，俱因我恩信未厚，所以致此！今若因彼迫急，用德懷柔，彼必感激厚恩，樂為我用。服胡平羌，就在此著，汝等亦怎知大計哩？」成竹在胸。當下大開城門，召入群胡妻子，安處城中，嚴兵守衛。羌人無從脅掠，相繼引去。胡人果然感德，並言漢吏常欲圖我，今鄧使君待我有恩，開門納我妻子，使免兵刃，這卻是我重生父母，怎得不依？於是群集訓前，跪伏叩頭道：「唯使君命！」訓乃簡選壯丁，擇得數百人，使為義從，推誠相待。胡俗恥言病死，每遇病危，即用刀自刎，訓聞降胡有疾，輒使人拘持縛束，禁令自裁，但給他醫治，往往服藥得痊，胡人愈加感動，無論男婦長幼，莫不歸仁。旋復賞賂諸羌，使相招誘。迷唐叔父號吾，便率種人八百戶來降。訓全數收納，妥為撫慰；一面徵發湟中秦胡羌兵四千人，出塞掩擊迷唐，斬首虜六百餘級，得馬牛羊萬餘頭。迷唐抵敵不住，棄去大、小榆谷，逃入頗巖谷中，羌眾亦逐漸散去。訓方上書奏捷，漢廷共慶得人。既而和帝改年號為永元，春光初轉，塞外雪消，迷唐欲復歸故地，屢遣偵諜，往來榆谷，為訓所聞，訓亟發湟中兵六千人，使長史任尚為將，叫他縫革為船，置諸筏上，乘夜渡河，襲取頗巖谷。迷唐猝不及防，被任尚乘隙掩入，斬首千餘，獲生口二千人，馬牛羊三百餘頭。迷唐倉皇走脫，收集餘眾，西奔千餘里，諸羌種遂盡叛迷唐。燒當種豪酋東號，情願內附，稽顙歸命，餘眾亦款塞納質。訓撫綏諸羌，威信大行，隨即遣散屯兵，各令歸郡，唯留弛刑徒二千餘人，分田屯墾，兼修城堡，務為休息罷了。實是鄧禹肖子。

且說車騎將軍竇憲，部署人馬，已將就緒，便擬辭闕請行。因恐出征以後，子弟犯法，特使門生齎書，投遞尚書郅壽，託他迴護家屬，毋令得罪。哪知郅壽鐵面無私，竟將竇氏門生，拘送詔獄，且上書極陳憲罪，比諸王莽。憲當然大憤，便欲設法害壽。壽尚不以為意，入朝遇憲，當面譏刺，說他大起第宅，擅興兵甲，種種不法，顯犯國章。憲怎肯服罪？自然爭論廷前。偏是壽始終不讓，仍是厲聲正色，侃侃直談。憲理屈詞窮，轉向太后前進讒，劾壽私買公田，誹謗宮廷。竇太后正在臨朝，聽得壽聲浪甚高，也嫌他倨嫚無禮，便褫去壽職，命左右執送廷尉。廷尉阿旨承顏，讞成死罪，當即復奏，廷臣莫為解免。獨太尉掾何敞，破案有功，得升任侍御史，此時又不忍袖手，即上書進諫，略云：

　　壽以機密近臣，匡救為職，若懷默不言，其罪當誅！今壽違眾正議，以安宗社，豈其私耶？臣所以觸死聲言，非為壽也！忠臣盡節，以死為歸，臣雖不知壽，度其甘心安之，但不欲聖朝行誹謗之誅，以傷晏安之化，杜塞忠直，垂譏無窮！臣敞謬與機密，言所不宜，罪名明白，當填牢獄，先壽僵僕，萬死有餘！

　　竇太后接閱敞書，才命減壽死罪，謫徙合浦。壽憤不欲生，竟致自刎；家屬幸得免徙，仍歸西平故鄉。壽即郅惲子，郅惲事，見前文。竇憲既害死郅壽，氣焰越盛，且因啟行在即，越擺出大將威風，頤指氣使。三公九卿，也有些看不過去，因聯名上書，諫阻北伐。接連奏了好幾本，終不見報，太尉宋由，未免驚疑，不敢再行署奏，諸卿亦多半退縮。唯司徒袁安，司空任隗，還是守正不移，甚至免冠朝堂，極力固爭，仍不見從。侍御史魯恭，素懷忠直，因再詳陳利害，抗疏切諫道：

　　陛下親勞聖恩，日昃不食，憂在軍役，誠欲以安定北陲，為民除患，定萬世之計也。臣伏獨思之，未見其便。社稷之計，萬人之命，在於一舉。數年以來，秋稼不熟，民食不足，倉庫空虛，國無儲積；又新

第三十二回　殺劉暢懼罪請師　擊郅壽含冤畢命

遭大憂，人懷恐懼，陛下方在諒陰，陰讀如暗。天子居喪之名。三年聽於塚宰，百姓闕然，三時不聞警蹕之音，莫不懷思皇皇，欲有求而不得。今乃以盛春之月，興發軍役，擾動天下以事戎狄，誠非所以垂恩中國，改元正時，由內及外也。萬民者，天之所生；天愛其所生，猶父母之愛其子，一物有不得其所者，則天氣為之舛錯，況於人乎？故愛人者必有天報。昔太王重人命而去邠，故獲上天之祐。夫戎狄者，四方之異氣也，蹲夷踞肆，與鳥獸無別，若雜居中國，則錯亂天氣，汙辱善人，是以聖王之制，羈縻不絕而已。今邊境無事，正宜修仁行義，尚於無為，令家給人足，安業樂產。夫人道乂於下，則陰陽和於上，祥風時雨，覆被遠方，夷狄自重澤而至矣！蓋以德勝人者昌；以力勝人者亡！今匈奴為鮮卑所創，遠藏於史侯河西，去塞數千里，而欲乘其虛耗，利其微弱，是非義之所出也！前太僕祭肜，遠出塞外，不見一胡而兵已困，白山之難，不絕如綖，都護陷沒，指陳睦。士卒死者如積，讀若齒。迄今被其辜毒。孤寡哀思之心未弭，奈何復襲其跡，不顧患難乎？今始徵發，而大司農排程不足，使者在道，分部督促，上下相迫，民間之急，亦已甚矣！三輔并涼少雨，麥根枯焦，牛死日甚，此其不合天心之驗也！群僚百姓，咸曰不可，陛下獨奈何以一人之計，棄萬人之命，不恤其言乎？上觀天心，下察人志，足以知事之得失。臣恐中國且不為中國，豈徒匈奴而已哉？唯陛下留聖恩，休罷士卒以順天心，天下幸甚！

　　這篇奏章，也好算是痛哭流涕，說得激切，偏竇太后情深骨肉，置若罔聞，魯恭亦只好罷論。唯魯恭頗有異政，膾炙人口。他係扶風郡平陵縣人，童年喪父，哀毀逾成人，嗣入太學習魯詩，講誦不輟，因此成名。章帝初年，召恭至白虎觀講經，為太尉趙熹所薦舉，拜中牟令，專務德化，不尚刑罰。鄰境有蝗蟲為災，獨不入中牟界內。袁安方為河南尹，恐傳聞失實，特遣掾屬肥親往視，果然不謬。恭與肥親偕行阡陌，並坐桑下，見白雉過集座前，適有童兒在側，親顧語童兒道：「何不捕執

此雉?」童兒笑道:「雉方懷雛!」親不待說畢,瞿然起立,向恭告別道:「我奉公到此,實欲覘君政績,今蟲不犯境,便是一異;化及鳥獸,便是二異;我若久留,反勞賢令供給,多致不安,請從此別!」言訖自行,返報袁安,安亦大為驚異。嗣又聞得中牟署內,生有嘉禾,乃即奏報朝廷,極言恭以德化民,屢迓天庥。章帝因徵恭入闕,擢為侍御史。後人嘗稱魯恭三異,作為口碑。小子亦有詩讚道:

魯公德政起中牟,闔邑興仁俗不偷。

草木昆蟲皆沐化,一時三異足千秋!

竇太后不從恭奏,仍遣竇憲等北征;且遷竇篤為衛尉,竇景為奉車都尉,頒發國帑,為造邸第。免不得物議沸騰,又有人出來諫阻了。欲知何人進諫,待至下回表明。

劉暢以外藩奔喪,事畢即當返鎮,乃戀戀不去,求見太后,果何為者?窺其意不特具幸進心,並且為求歡計。竇太后以美麗聞,度其年不過三十,色尚未衰,暢之欲為審食其也明矣。史稱其素行邪僻,言簡意賅,太后屢次召見,幾已入彀,微竇憲之從旁下手,幾何而不為雄狐之刺耶?然憲究不當擅殺藩臣,諱無可諱,乃欲出師徼功,自贖死罪;太后又為所惑,竟允憲議;殺一人且不足,尚欲舉千萬人之生命,作為孤注,何其忍也?郅壽直言諫諍,反致得罪,蒙冤自盡,而三公九卿,又屢諫不從,偏憎偏愛,固婦人之常態,而國紀已為之毀裂矣!太傅鄧彪,名為總己,乃片言不發,袖手旁觀,其負國也實甚,國家亦焉用彼相為哉?

第三十二回　殺劉暢懼罪請師　繫郅壽含冤畢命

第三十三回

登燕然山誇功勒石　鬧洛陽市漁色貪財

第三十三回　登燕然山誇功勒石　鬧洛陽市漁色貪財

卻說竇太后許兄北征，又為弟築宅，當有一位正直著名的大臣，再加諫阻。看官欲知他姓名，就是侍御史何敞，諫草中大略說是：

臣聞匈奴之為桀逆久矣！平城之圍，嫚書之恥，此二辱者，臣子所為捐軀而必死，高祖呂后，忍怒含忿，舍而不誅。伏唯皇太后秉文母之操，文母，即周文王妃太姒。陛下履晏晏之姿，匈奴無逆節之罪，漢朝無可慚之恥，而盛春東作，興動大役，元元怨恨，咸懷不悅！而猥復為衛尉篤、奉車都尉景繕修館第，彌街絕裡，臣雖斗筲之人，竊自驚異。以為篤、景親近貴臣，當為百僚表儀。今眾軍在道，朝廷憂勞，百姓愁苦，而乃遽起大第，崇飾玩好，非所以垂令德，示無窮也！宜且罷工匠，專憂北邊，恤民之困，儲存元氣。匪唯為宗廟至計，抑亦竇氏之福也！自知昧死，不敢不聞。

奏入不省。敞亦平陵人氏，與魯恭同鄉，兩人諫草，並光史乘。還有尚書僕射朱暉，已經乞病告歸，亦上疏力阻北征，仍不見從。暉字文季，籍貫已見前文，在三十一回中。幼年喪父，具有至性，年十三，適遭世亂，與外家奔入宛城，道遇賊黨，劫掠婦女衣飾，眾皆股慄，暉獨舞刀向前道：「財物可取，諸母衣不可得，今日為朱暉死日，願與拚命！」賊見其身小志壯，倒也驚憐，啞然失笑道：「童子可收刀，我從汝！」說罷，呼嘯自去。強盜也有善心。後來入朝為郎，乘便入太學肄業，進止有禮，名重儒林。新陽侯陰就，慕暉賢名，躬自往候，暉避匿不見。及東平王蒼，闢為掾吏，暉知蒼為賢王，方才應召。蒼格外敬禮，待若上賓。同邑耆儒張堪，素有學行，嘗在太學見暉，與為忘年交，且把臂與語道：「他日當以妻子託朱生！」暉因堪為先達，不敢遽對，別後不復相見。及堪歿後，暉聞堪妻子貧困，乃自往問候，給贍養資。暉少子頡怪問道：「大人未與堪為友，何故賑給？」暉答諭道：「堪雖不與我久交，但嘗以知己相託，我不忍忘懷，所以有此一舉呢！」暉又

與同郡陳揖友善，揖早逝世，有遺腹子，嘗由暉出資賙濟，使得成人。及桓虞為南陽太守，召暉長子駢為吏，暉卻另薦他友，不使駢往。虞嘆為義士，名譽益隆。嗣由臨淮太守，入為尚書僕射，以讜直聞；告老後尚因事陳言，真所謂進思盡忠，退思補過了！補述朱暉軼事，亦為通俗教育之一則。

且說車騎將軍竇憲，奉了皇太后的寵命，與耿秉等同出朔方。至雞鹿塞，度遼將軍鄧鴻，自稒陽塞來會，就是南單于屯屠何，亦由滿夷谷出兵，來迎漢將。各軍大集涿邪山，當由憲調動人馬，分遣副校尉閻盤，司馬耿夔、耿譚，與南單于合兵萬騎，進抵稽落山。適值北單于領眾到來，兩下交戰，自午至暮，大敗北虜。北單于抱頭竄去，餘眾奔潰。竇憲得前驅捷報，親率大軍追擊，諸部直至私渠北鞮海，斬名王以下萬三千級，獲生口、馬、牛、羊、橐駝百餘萬頭，收降北匈奴種落八十一部，約得二十餘萬人。史傳雖有此語，恐亦未免誇張。憲與秉共登燕然山，出塞已三千餘里，自謂聲威遠震，曠古無倫，遂令中護軍班固，作文錄石，表揚功德。固本擅長文辭，曾由蘭臺令史，遷官玄武司馬，丁母喪去官。服闋後，正遇竇憲出征，招令同行，使為中護軍，並兼參議。此時奉著憲命，遂得抒展長才，撰了一篇冠冕堂皇的銘詞，冠以序文。文云：

維永元元年秋七月，有漢元舅車騎將軍竇憲，寅亮聖明，登翼王室，納於大麓，唯清緝熙，乃與執金吾耿秉，述職巡御，理兵於朔方。鷹揚之校，螭虎之士，爰該六師，暨南單于、東烏桓、西戎、氐羌侯王君長之群，驍騎三萬，元戎輕武，長轂四分，雲輜蔽路，萬有三千餘乘，勒以八陣，蒞以威神，玄甲耀日，朱旗絳天。遂陵高闕，下雞鹿，經磧鹵，絕大漠，斬溫禺以釁鼓，血尸逐以染鍔；溫禺、尸逐，並匈奴諸王名號。然後四校橫組，星流彗掃，蕭條萬里，野無遺寇。於是域滅

第三十三回　登燕然山誇功勒石　鬧洛陽市漁色貪財

區單，返旗而旋。考傳驗圖，窮覽其山川，遂逾涿邪，跨安侯，水名。乘燕然，躡冒頓之區落，冒頓讀若墨特，係匈奴先世祖名，見《前漢演義》。焚老上之龍庭。冒頓子稽粥，號老上單于。上以攄高文之宿憤，光祖宗之玄靈；下以安固後嗣，恢拓境宇，振大漢之天聲。茲所謂一勞而久逸，暫費而永寧者也！乃遂封山刊石，昭銘上德，其辭曰：「鑠王師兮徵荒裔，勦凶虐兮截海外，夐其邈兮亙地界，封神邱兮建隆碣，熙帝載兮振萬世。」

　　文既撰就，當即鑴刻石上，班師南歸。但遣軍司馬梁諷等，帶領千騎，並攜金帛，再向北方進行。沿途宣揚國威，服從有賞，不服從加誅。北虜甫經荒亂，聞得此令，自然爭相趨附，求給賞賜，先後招降萬餘人。進抵西海，北單于正在避匿，探得漢官前來行賞，也即出迎。諷宣傳詔命，囑令歸化天朝，拜受恩賜，北單于稽首受命。諷因勸導北單于，教他修復呼韓邪故事，保國安民。呼韓邪事，見前文。北單于甚喜，即率眾與諷俱還。至私渠海，才知漢兵已經入塞，乃只遣弟右溫禺鞮王奉貢入侍，隨諷詣闕。憲因北單于未肯親來，竟將他侍弟遣還，不與修和。南單于屯屠何饋憲古鼎，鼎容五斗，旁有篆文云：「仲山甫鼎其萬年，子子孫孫永保用。」仲山甫，周人。憲將鼎進呈太后。太后大喜，且因憲立有大功，即使中原將持節慰勞，拜憲為大將軍，封武陽侯，食邑二萬戶。憲還想沽名，辭還封爵，太后未許，經憲再三固辭，乃暫罷侯封，但使為大將軍。舊制大將軍位置在三公下，獨憲立功回朝，威震宮廷，朝臣多阿諛取容，奏請憲位次太傅，居三公上。竇太后自然樂從，頒詔如議。於是大開倉府，分賜將吏，查得從徵諸軍士，係是諸郡二千石子弟，悉令為太子舍人。越年七月，復由竇太后下詔道：

　　大將軍憲，往歲出征，克滅北狄，朝加封賞，固讓不受，舅氏舊典，並蒙爵土。其封憲冠軍侯，邑二萬戶；篤為鄲侯，景為汝陽侯，瓌為復陽侯，各六千戶，以示掄賞。其毋辭！

竇篤、竇景、竇瓌，並皆受封，唯憲仍讓還，更率兵出鎮涼州。徵西將軍耿秉，自班師回朝後，亦得封美陽侯，官拜光祿勳。另遣侍中鄧迭行徵西大將軍事，佐憲赴鎮。北單于以侍弟遣還，復使車諧儲王等，款塞請朝，願見大使。憲據實奏聞，即令中護軍班固署中郎將，與司馬梁諷，出迎北單于。偏南單于欲掃滅北庭，只恐北單于受漢保護，不得逞志，因發兵掩擊北單于。北單于負創遁去，妻子被擒。班固等至私渠海，未得與北單于相見，折回涼州。南單于致書與憲，請即乘勝掃北。憲本來貪功，樂得依他計議，籌備兵馬，至永元三年仲春，風和草長，復遣左校尉耿夔，司馬任尚，出居延塞，往擊北單于。星夜馳行，已出塞好幾千里，未見北單于蹤跡，再令偵騎四出探尋，方知北單于遠駐金微山。山在漠北，去塞約五千多里，從前漢兵北征，從未到過此地。北單于挈領家屬，至此匿蹤，總道是個安樂窩，可以無恐，哪知漢將耿夔，執戈前驅，窮搜虜穴，竟趨至金微山下，圍住虜庭，任尚等又隨後繼進，併力殺入。虜眾不及措手，頓時亂竄，北單于慌忙逃避，已為流矢所傷，忍痛奔命，竟爾走死。所有名王以下五千餘人，或被殺，或被拘，連單于母閼氏，也一古腦兒做了囚奴。老番婦，有何用處？耿夔等掃蕩虜庭，乃收兵南歸。竇憲拜本奏捷，敘夔首功，有詔封夔為粟邑侯。唯竇憲既平北匈奴，功勳無比，勢傾朝野，用耿夔、任尚等為爪牙，鄧迭、郭璜為心腹，班固、傅毅為羽翼，刺史守令，多出竇門，苞苴公行，毫無忌憚。司徒袁安，司空任隗，卻還有一些剛骨，不肯從風盡靡，因聯名舉發二千石等因賄得官，共四十餘人。竇太后不便迴護，只好將他罷去。唯竇氏兄弟，引為大恨，不過因安、隗兩人，素負重望，未敢中傷。還想顧全名譽，未可厚非。河南尹王調，洛陽令李阜，諂媚竇氏，得叨祿位，蒞任後舉動自由，卻被尚書僕射樂恢，上書奏彈。竇瓌聞知，欲替二人說情，往候樂恢，恢竟拒絕不見，瓌怏怏回

第三十三回　登燕然山誇功勒石　鬧洛陽市漁色貪財

車。恢妻從旁勸諫道：「古人嘗容身避害，何必多言取禍？」恢嘆急道：「我在朝為官，怎忍素餐？非但王、李二人，不宜輕縱，就是竇氏一家，我亦要直言糾彈呢！」說著，因覆上疏抗諫道：

臣聞百王之失，皆由權移於下，大臣持國，常以勢盛為咎。伏念先帝聖德未永，早棄萬國，陛下富於春秋，纂成大業，諸舅不宜幹正王室，以示天下之私！《經》曰：「天地乖迕，眾物夭傷；君臣失序，萬人受殃；政失不救，其極不測。」方今之宜，上以義自割，下以謙自引，則四舅可保爵土之榮，皇太后永無慚負宗廟之憂，誠策之上者也！

看官試想，竇太后方寵任兄弟，怎肯為了樂恢一疏，便將他權位削去。恢待了數日，不見批答，乃再稱病乞休。詔令太醫視疾，恢遽稱疾篤，另薦任城人郭均，成陽人高鳳為代。偏又有詔令為騎都尉，恢復上疏辭謝道：

臣受國厚恩，無以報效。夫政在大夫，孔子所嫉；世卿持權，《春秋》所戒。聖人懇惻，不虛言也。近世外戚富貴，必有驕溢之敗。今陛下思慕山陵，未遑政事，諸舅寵盛，權行四方，若不能自損，誅罰必加。臣壽命垂盡，臨死竭愚，唯蒙留神！

這書呈將進去，竟邀批准，聽還印綬，恢乃繳印歸里。他本京兆長陵人，幼有孝行，父親為縣吏，身犯重罪，下獄待刑，恢年才十一，日至獄門，晝夜號泣，縣令不禁垂憐，釋親出獄。及恢年漸長，篤志好學，成為名儒。京兆尹張恂，召恢為戶曹史，秉公守法，請託不行。後任郡守，坐法被誅，故人莫敢往弔，恢獨奔喪，致干吏議，終因義俠可風，從寬減免。後為功曹，同郡楊政，常當眾毀恢，恢反舉政子為孝廉。自是聲容益著，為眾所稱。想是政子果可舉孝廉，否則，亦未免矯情。朝臣亦交章薦舉，徵拜議郎，遷至尚書僕射。偏因直言遭譴，免官還鄉。更可恨的是大將軍竇憲，恨恢不休，又囑託京兆尹嚴加管束，不

使自由。京兆尹希承憲旨，越覺得狐假虎威，督飭吏屬，時去監察。恢雖居住家中，彷彿與囹圄無二，不由的鬱憤填胸，仰藥自盡。門弟子俱往弔喪，縗絰送葬，不下數百人；就是鄉閭百姓，無不銜哀。唯寶憲前殺鄭壽，後殺樂恢，威焰逼人，炙手可熱，還有何人不顧生死，再去老虎頭上搔癢？寶氏得愈加驕橫，兄弟四家，競營臺榭，窮極土木。寶篤且得加位特進，寶景遷官執金吾，寶瓌升授光祿勳，蟠踞內外，傾動京師。瓌少讀經書，尚知斂範，篤與景並皆恣肆，景且尤甚。漢制執金吾屬下，向有緹騎二百人，景尚嫌不足，加入家僮門役。遊行都市，見列肆有珍寶玩物，輒強行奪取，不給價值。民間婦女，具有姿色，便勒令送入府中，作為妾媵；倘若不從，即將家屬硬行扳誣，充作罪犯。甚至僮僕等亦貪財漁色，相率效尤，強取人物，霸占民婦，不可勝計。商廛民宅，往往關門閉戶，如避寇仇。有司莫敢舉奏，還是寶太后留心外事，稍有所聞，乃免去景官，使就朝請。景爵如舊，故仍得朝請。漢制春日朝，秋日請。出瓌為魏郡太守。但寶氏族中，尚有十餘人得為顯宦：城門校尉寶霸，乃是寶憲叔父，霸弟褒，為將作大匠，褒弟嘉為少府，此外為侍中及大夫郎。就是憲婿郭舉，亦得為射聲校尉，舉父郭璜，併為長樂少府。即長樂宮之少府。互相連結，表裡為奸。永元三年十月中，和帝出幸長安，宣召寶憲，至行宮相會。憲奉命後，自涼州入關，謁見車駕，尚書以下，統至十里外迎接，且擬向憲跪伏，齊稱萬歲。丑極。獨尚書韓稜正色道：「古人有言：『上交不諂，下交不瀆！』寶大將軍雖功勳赫耀，究竟是個人臣，如何得呼為萬歲呢？」明明白白。大眾聞言，倒也知慚，因即罷議。尚書左丞王龍，私向寶憲車從，奉獻牛酒，被稜察出情弊，奏明和帝，罰為城旦。稜潁川人，素有膽略，與僕射鄭壽、尚書陳寵並稱。憲得知消息，雖然懷恨，卻也無可如何。待至謁見已畢，仍回涼州，和帝亦即還宮。越年由憲奏稱北單于走死，弟右谷蠡

第三十三回　登燕然山誇功勒石　鬧洛陽市漁色貪財

王於除鞬自立為單于,率眾數千,款塞投誠,應即賜給冊封,特置中郎將領護,如南單于故事云云。忽欲滅虜,忽欲存虜,究屬何為？有詔令公卿會議,太尉宋由等,以為可行,獨袁安、任隗謂北虜既滅,當令南單于返居北庭,並領降眾,不必再立北單于,多增一虜。說本甚是,偏廷臣多逢迎權戚,互有異言。安恐憲議得行,又獨出奏駁道：

臣聞功有難圖,不可豫見；事有易斷,較然不疑。伏唯光武帝之立南單于者,欲為安南定北之策也！恩德甚備,故匈奴遂分,邊境無患。孝明皇帝奉承先意,不敢失墜,赫然命將,爰伐塞北。洎乎章、和之初,降者十萬人,議者欲置之濱塞,東至遼東,太尉宋由,光祿勳耿秉,皆以為失南單于心,決不可行,先帝從之。陛下奉承鴻業,大開疆宇,大將軍遠師討伐,席捲北庭,此誠宣揚祖光,崇立弘勳者也,宜審其終,以成厥初。伏念南單于屯,先父舉眾歸德,自蒙恩以來,四十餘年,三帝累積,以遺陛下,陛下深宜遵述先志,成就其業。況屯首倡大謀,空盡北虜,輒而弗圖,更立新降,以一朝之計,違三世之規,失信於所養,建立於無功。由與秉本與舊議,而欲背棄先恩,夫言行君子之樞機,賞罰理國之綱紀,《論語》曰：「言忠信,行篤敬,雖蠻貊行焉。」今若失信於一屯,則百蠻不敢復保誓矣！又烏桓、鮮卑,新殺北單于,凡人之情,咸畏仇讎,今立其弟,則二虜懷怨,兵食可廢,信不可去。且漢故事,供給南單于,費值歲億九十餘萬,西域歲七千四百八十萬；今北庭彌遠,其費過倍,是乃空盡天下,而非建策之要也。言雖愚昧,實關至計,伏唯裁察！

這篇奏章,乃是司徒府掾周榮屬稿。榮廬江人,學行俱優,安有所奏,多出榮手。竇氏門客徐齮,私下嚇榮道：「竇氏已遣刺客圖君,君奈何不思保身,尚為司徒盡言？」榮慨然道：「榮一江淮孤生,得備宰士,就使被害,也所甘心！已有言謹誡妻孥,若猝遇飛禍,不必殯殮,任令屍骸暴腐,冀得感悟朝廷,此外尚有何求呢？」這數語斥退徐齮,卻也

未嘗招災。越是拚死，越是不死。唯竇憲聞安奏駁，亦再三陳請，與安辯難，甚至引光武誅韓歆、戴涉故事，為恫喝計。安終不少移。但竇氏有太后作主，終從憲議，竟遣大將軍左校尉耿夔，持冊封於除鞬為北單于；並令任尚為中郎將，持節屯伊吾，監護北庭，如南單于舊例。惹得司徒安憂憤成疾，竟致不起。小子有詩嘆道：

徒知掃虜已非謀，況復興戎更啟憂。

盡有危言終不用，老臣遺恨幾時休？

欲知司徒安病歿情事，容待下回敘明。

竇憲請伐北匈奴，袁安以下，多半諫阻，而竇太后獨違眾議，假憲以權，竟立大功，似乎儒臣之守經，未及權戚之達變。不知章、和之交，北匈奴已將衰滅，一南單于即足以制之，奚必勞大眾，興大役，然後有成？竇憲貪天之力，以為己功，勒銘燕然，虛張聲勢，何其誕也？且陽辭侯封，陰攬兵柄，兄弟姻戚，滿布朝堂，害直臣，植私黨，而竇景更縱使家奴，略人婦女，奪人財貨。穢惡至此，未聞憲有言相誡，憲之為憲可知矣！至若除一北單于，更立一北單于，出爾反爾，說更不經。吾料竇憲當日，必有私取賂遺之舉，特史家未之載耳。天道惡盈，幾何而不傾覆哉？

第三十三回　登燕然山誇功勒石　鬧洛陽市漁色貪財

第三十四回
黜外戚群奸伏法　馘首虜定遠封侯

第三十四回　黜外戚群奸伏法　殲首虜定遠封侯

　　卻說司徒袁安，鬱鬱告終，漢廷失了一位元老，都人士無不痛惜，只有竇氏一門，卻稱快意。也不長久了。太常丁鴻，代袁安為司徒。鴻係經學名家，砥礪廉隅，為和帝所特拔。和帝年已十四，也知竇氏專權自恣，必為後患，故選鴻代安，倚作股肱。會當季夏日食，鴻即借災進規，上書言事道：

　　臣聞日者陽精，守實不虧，君之象也；月者陰精，盈毀有常，臣之表也。故日食者臣乘君，陰陵陽；月滿不虧，下驕盈也。昔周室衰季，皇甫之屬，專權於外，黨類強盛，侵奪主勢，則日月薄食。故《詩》曰：「十月之交，朔日辛卯；日有食之，亦孔之醜。」《春秋》日食三十六，弒君三十二，變不空生，各以類應。夫威柄不以放下，利器不以假人，覽觀往古，近察漢興，傾危之禍，靡不由之。是以三桓專魯，田氏擅齊，六卿分晉，諸呂握權，統嗣幾移，哀、平之末，廟不血食。故雖有周公之親，而無其德，不得行其勢也。今大將軍雖欲束身自約，不敢僭差；然而天下遠近，皆惶怖承旨。刺史二千石，初蒙除授，雖已奉符印，受臺敕，不敢便去，久者至數十日，背王室而向私門，此乃上威損，下權盛也。人道悖於上，效驗見於天，雖有陰謀，神照其情，垂象見戒，以告人君。間者月滿先節，過望不虧，此臣驕溢背君，專功獨行也。陛下未深覺悟，故天重見戒，誠宜畏懼，以防其禍。《詩》云：「敬天之怒，不敢戲豫。」若敕政責躬，杜漸防萌，則凶妖銷滅，害除福湊矣。夫壞崖破巖之水，源自涓涓；干雲蔽日之木，起於蔥青，禁微則易，救末者難。人莫不忽於微細，以致其大；恩不忍誨，義不忍割，去事之後，未然之明鏡也。臣愚以為左官外附之臣，依託權門，諂諛以求容媚者，宜行一切之誅。間者大將軍再出，威振州郡，莫不賦斂吏人，遣使貢獻。大將軍雖不受，而物不還主，部署之吏，無所畏憚，縱行非法，不伏罪辜。故海內貪猾，競為奸吏，小民嗟籲，怨氣滿腹。臣聞天不可以不剛，不剛則三光不明；王不可以不強，不強則宰牧縱橫。宜因大變，改正匡失，以塞天意！

這封奏章，若被竇太后接閱，當然不歡。偏和帝已留心政治，密囑小黃門收入奏牘，須先呈閱一周，再白太后，因此丁鴻一疏，得達主知。即命鴻兼官衛尉，屯南北宮。是時鄧迭已受封穰侯，與竇憲同鎮涼州。迭弟步兵校尉磊，與母元出入長樂宮，為竇太后所寵愛；憲婿郭舉，亦得邀寵。彼此互爭權勢，兩不相容，勢將決裂。和帝已有所聞，很是焦灼，默想內外大臣，多是竇氏耳目，只有司空任隗與司徒丁鴻，不肯依附竇氏，尚可與謀。但若召入密商，必致機關漏洩，轉恐速禍。想來想去，唯有鉤盾令鄭眾，素有心計，不事豪黨，且平時嘗隨侍宮中，可免嫌疑。因此俟眾入侍，屏去左右，與議弭患方法。十四歲的小皇帝，便能謀除權戚，可謂聰明，特惜商諸宦官，未及老成，終致流弊無窮。眾請先調回竇憲，一體掩戮，方可無虞。計固甚是，然已可見中官之毒謀。和帝依言，乃頒詔涼州，但言南、北兩匈奴，已皆歸順，可弛邊防，大將軍宜來京輔政為是。一面往幸北宮，借白虎觀講經為名，召入清河王慶，共決大計。慶即前時廢太子，為竇太后所譖，貶爵為王，見前文。和帝素與相愛，留居京師。此時召慶入議，也知他銜怨竇氏，必肯相助。慶果代為設法，欲援據前朝〈外戚傳〉，作為引證，免致太后違言。唯〈外戚傳〉不便調取，只千乘王伉，藏有副本，當由慶前往借閱，託言備查。原來章帝遺有八子，除和帝及清河王外，尚有伉、全、壽、開、淑、萬歲六人。伉年最長，為後宮姬妾所出，生母無寵，史不留名，章帝時已封為千乘王。全已早殤。壽母為申貴人，開、淑萬歲母氏，亦未詳史策，大約與伉母相同。和帝永元二年，封壽為濟北王，開為河間王，萬歲尚幼，至永元五年，始封廣宗王，一病即殤。補敘章帝子嗣，筆不滲漏。唯和帝因伉為長兄，常相尊禮。伉見慶借取〈外戚傳〉，也不問明底細，立即取給。慶得書便歸，夜納宮中，和帝仔細披閱，如文帝誅薄昭，武帝誅竇嬰，昭帝誅上官桀，宣帝誅霍禹等故

第三十四回　黜外戚群奸伏法　殲首虜定遠封侯

事，並見《前漢演義》。雖俱載及，卻是簡略得很，因復令慶轉告鄭眾，使他鉤考詳情。正在祕密安排的時候，竇憲、鄧疊等奉詔還都，和帝函使大鴻臚持節郊迎，賞犒軍吏，多寡有差。時已天晚，憲等不及詣闕，須待翌日入朝。文武百官，已皆夤夜往候，如蠅附羶。哪知是夜已有變動，把鄧疊兄弟，郭璜父子，一古腦兒拘繫獄中。彷彿天空霹靂。自從和帝與鄭眾等定謀，專待憲至，即行發作。一聞憲已入都，立由鄭眾奉御車駕，夜入北宮，傳命司徒兼衛尉官丁鴻，嚴兵宿衛，緊閉城門，速調執金吾、五校尉等，分頭往拿鄧疊兄弟及郭璜父子。鄧疊方回家卸裝，與弟磊等暢敘離情；郭璜父子，正迎謁竇憲，事畢歸家，執金吾等奉詔往拿，順手牽來，一個沒有逃脫。竇憲尚倦臥家中，未曾聞知，一到天明，門外已遍布緹騎，由門吏傳報進去，方才驚起。出問情由，偏已趨入謁者僕射，宣讀詔書，收還印綬，改封為冠軍侯，促使就國。憲只得將印綬繳出。待至朝使出門，使人探問兄弟消息，俱已勒還官印，限令就封。俄而鄧氏郭氏諸家，統來報知凶信，累得竇憲瞠目結舌，不知所為。也只有這般伎倆麼？嗣復聞鄧疊兄弟，郭璜父子，俱皆綁赴市曹，明正典刑。又不多時，來了許多吏役，查明宗族賓客，一齊驅出，撐歸原籍。已而執金吾到來，傳布嚴詔，催憲啟行，就是竇篤、竇景、竇瓌三人，亦俱促就道，不准逗留。憲擬至長樂宮告辭，面乞轉圜，偏執金吾不肯容情，催趲益急。再密令家人通書長樂宮，又被外兵搜出，拿捉了去。於是力盡計窮，沒奈何草草整裝，出都自去。篤、景、瓌亦分路前往。隨身只許挈領妻孥，所有廣廈大宅，一律封閉，豪奴健僕，一律遣散。都中人民，統皆稱快，偌大的侯門貴戚，倏忽成空。儻來富貴，原同幻夢。和帝策勳班賞，稱鄭眾為首功，封為大長秋。官名。更鉤考竇氏餘黨，貶黜多人，連太尉宋由，亦遭連坐，飭令罷職。由懼罪自盡。太傅鄧彪，慌忙告病乞休，和帝因他年老龍鍾，不忍苛求，聽令

辭職歸里，彪幸得考終。司空任隗，亦即病逝。當時唯大司農尹睦，宗正劉方，常與袁安、任隗，同抗竇氏，和帝乃擢睦為太尉，兼代太傅，方為司空。並特簡嚴能吏員，囑使往督竇憲兄弟，逼令自殺。河南尹張酺，奉職無私，常因竇景家奴，擊傷市卒，立派吏役多人，捕奴抵罪。景又使緹綺侯海等五百人，毆傷市丞，復由酺拿住侯海，充戍朔方。至竇氏得罪，朝旨森嚴，酺卻請從寬典，慨然上疏道：

臣實蠢愚，不及大體，以為竇氏既伏厥辜，而罪刑未著，後世不見其事，但聞其誅，非所以垂示國典，貽之將來，宜下理官與天下平之。方憲等寵貴，群臣阿附，唯恐不及，皆言憲受顧命之託，懷伊、呂之忠；今嚴威既行，又皆言當死，不復顧其前後，考折厥衷。臣伏見夏陽侯瓌，每存忠善，前與臣言，常有盡節之心，檢敕賓客，未嘗犯法。臣聞王政骨肉之刑，有三宥之義，寧過厚，毋過薄。今議者為瓌選嚴能相，恐其迫切，必不完全，宜量加貸宥，以崇厚德！

和帝覽疏，乃有意免瓌，唯將憲、篤、景三人，遣吏威迫，先後畢命。光祿勳竇固早死，未及坐罪；安豐侯竇嘉，本奉前司空竇融祭祀，入為少府，至是亦免官就國，總算還儲存食邑，尚得自全。中護軍班固，為竇氏黨羽，和帝但將他褫職了事。偏是洛陽令種兢，前被固家奴醉罵，懷恨未忘，此次正好假公濟私，竟將固捕繫獄中，日加笞辱。固年已六十有餘，怎禁得這般凌虐？一時痛憤交迫，遂至捐生。兢自知闖禍，不得不羅織固罪，奏明死狀，有詔將兢免官，獄吏抵死。固曾為蘭臺令史，奉詔修撰《前漢書》，見前文。大致粗備，尚缺八表及天文志，他人不能賡續，只有固妹班昭，博學多才，特徵入東觀藏書閣中，屬令續成。班昭字惠班，一名姬，為同郡扶風人曹壽妻。壽字世叔，不幸早亡，佳人多薄命，但不如是不足成班昭之名。昭誓志守節，行止不苟。及奉詔入宮，貞操如故，後宮多奉為女師，號曰大家。家讀如姑。唯西

第三十四回　黜外戚群奸伏法　馘首虜定遠封侯

域長史班超，雖係班固兄弟，但在外有年，鮮與竇氏往來，當然不致得罪，且已積功升官，拜為西域都護。超自攻克莎車後，威揚西域，遠近震懾。回應三十一回。獨月氏國王曾遣兵助漢，擊破車師，因此致書班超，欲與漢朝和親，求尚公主。超不肯轉奏，竟將來書擲還。月氏王心下不平，即於永元二年，遣副王謝領兵七萬，進攻班超。超部下不過數千，欲召集各國兵馬，又是緩不濟急，遂致士心惶惶，相驚失色。超獨從容鎮靜，並無憂容，且召語吏士道：「月氏兵勢雖盛，但東逾蔥嶺，遠道至此，糧運定然不繼，怎能久持？我若固守城堡，堅壁清野，彼必飢蹙求降，不過數十日，便可無事，何容過慮呢？」吏士亦無他策，只好依令奉行。月氏副王謝，自恃驍勇，前驅挑戰；超督眾堅守，旬月不出一兵。謝屢攻不下，又未得與超接仗，決一勝負，看看糧食將盡，不得不分兵抄掠。誰知四面都是荒野，並無糧草可取，一時情急思援，特遣使齎著金銀珠玉，往賂龜茲，向他乞糧濟師。偏早被班超料著，預遣兵往伏東境，待月氏使經過路旁，齊出襲擊，盡行殺斃。當即梟了首級，並金銀珠玉，悉數取回，向超繳令。超卻把月氏使首，懸出城外，使謝聞知。謝果然大驚，遣使請罪，願得生還。超語來使道：「汝國無故犯我，罪有所歸。我已知汝糧盡勢窮，本當發兵乘敝，令汝片甲不回。但我朝方主懷柔，不尚屠戮，且汝既知罪，我亦樂得放汝回去。但此後須要每年貢獻，休得誤期，否則明日決戰，莫怪無情！」來使唯唯聽命，回營報謝。謝已但望生還，還有何心戀戰？因即再遣使致書，願如超約。超遂縱令西歸，並不出追。恩威兩盡，不怕月氏不降。謝當然感激，返告國王，說得超如何智勇，還是歲貢方物，尚可無憂。月氏王也覺驚心，依了謝言，歲貢如儀。

這消息遍傳西域，龜茲、溫宿、姑墨三國，並皆震恐，也遣人謝罪乞降，超乃據實奏聞。前次都護陳睦敗歿，漢廷擬棄去西域，撤銷都

護，及戊、巳校尉等官。至超復收服西域，乃將舊官重設，即擢超為西域都護，軍司馬徐幹為長史。並使龜茲侍子白霸歸國為王，特令司馬姚光，護送西行。光至西域，與超會商進止。超以龜茲本有國王，叫做尤利多，若使立白霸，尤利多必將抗拒；計唯帶兵同往，方足示威，壓倒尤利多。光聞言大喜，即與超同往龜茲，龜茲國王尤利多果欲拒絕白霸，嗣見來兵甚眾，料知難敵，只好俯首帖耳，推位讓國。超即使尤利多隨著姚光，共詣京師。尤利多不敢不從，便偕光出龜茲城，東往洛陽。超尚恐龜茲反覆，特留居龜茲它乾城，使徐幹屯駐疏勒。於是西域諸國，大半歸順。只有焉耆、危須、尉犁三國，因前時攻沒陳睦，未敢遽降。至永元六年孟秋，超發龜茲、鄯善等八國兵馬，合七萬名，並及吏士、賈客千四百人，共討焉耆。兵入尉犁國境，先遣使曉諭三國道：「漢都護率兵前來，無非欲鎮撫三國，如三國果改過向善，宜遣酋長迎師，都護當為國宣恩，賞賜王侯以下，各有彩帛；若再執迷不悟，敢抗天威，恐大兵入境，玉石俱焚，雖欲面縛出降，也已無及了！」焉耆王廣，聽到此語，即遣人探視超軍，果然兵多將眾，如火如荼，當下望風膽怯，忙遣左將北鞬支齎奉牛酒，出迎超軍。超聞北鞬支曾為匈奴侍子，歸秉國權，乃面加詰責道：「汝為匈奴侍子，莫非尚欲臣事匈奴麼？我率大兵到此，汝王不即出迎，想是汝在旁撓阻，所以遲來？」北鞬支慌忙答辯，不肯認罪。超反回嗔作喜道：「汝既未曾撓阻，可即歸告汝王，自來犒軍！」說著，即令取帛數匹，賞給北鞬支，北鞬支拜謝而去。軍吏向超進議道：「何不便殺北鞬支？」超搖首道：「汝等但知張威，未知立功。北鞬支在焉耆國中，威權甚重，若未入彼國，先將他殺死，適令彼國驚疑，設備守險，拚死相爭，我如何得至焉耆城下呢？」無往不用智謀。軍吏始皆拜服。超即麾軍進行，至焉耆國界，為河所阻。河上本架橋梁，叫做葦橋，本是焉耆國第一重門戶。北鞬支回國，恐超軍

第三十四回　黜外戚群奸伏法　殲首虜定遠封侯

隨入，故將橋梁拆去，杜絕交通。超在橋旁虛設營寨，但留老弱數百人，使他在營外司爨，晨夕為炊，自率大隊繞道馳入。越山度嶺，得於七月晦日，至焉耆城二十里外安營立寨，遣人促焉耆王犒師。焉耆王廣，方因北鞬支返報，與商迎超事宜，不防超軍已經深入，將到城下，那時心亂神昏，急欲挈眾入山，共保性命。北鞬支以為無虞，但教廣出城迎超，奉獻方物，便可保全。已入班超計中。議尚未定，焉耆左侯元孟，從前嘗入質京師，得蒙放歸，心中尚感念漢德，乃密遣人報超，謂國王將入山保守。超不待說完，驅出斬首，示不信用，並與諸國王定一會期，揚言當重加賞賜。焉耆王廣，遂與北鞬支等三十人，如期出會；唯國相腹久等十七人，懼誅遠遁。尉犁王汎，也聞令趨至，獨危須王不至。超大陳軍士，傳召二王入帳，甫經坐定，超即怒目詰廣道：「危須王何故不至？腹久等何故逃亡？」兩語說出，便顧令吏士，把二王以下諸人，全數拿下，押至陳睦所居故城，設立陳睦神主，就香案前綁住俘虜，一刀一個，殺得乾乾淨淨。陳睦有知，當亦喜出意外。當將二叛王首級，解送京都；一面縱兵抄掠，斬首五千餘級，獲生口萬五千人，馬畜牛羊三十餘萬頭，更立焉耆左侯元孟為焉耆王。自留焉耆城半年，撫定人民。自是西域五十餘國，俱納質內附，重譯來廷。和帝下詔酬庸，特封超為定遠侯。詔曰：

往者匈奴獨擅西域，寇盜河西，永平之末，城門晝閉。先帝深愍邊氓，嬰罹寇害，乃命將帥擊右地，破白山，臨蒲類海，取車師城。諸國震慴，相率響應，遂開西域，置都護。而焉耆王舜，舜子忠，獨謀悖逆，恃其險隘，覆沒都護，並及吏士。先帝重元元之命，憚兵役之興，故使軍司馬班超，安集於闐以西。超遂逾蔥嶺，迄縣度，出入二十二年，莫不賓從，改立其王，而綏其人，不動中國，不煩戎士，得遠夷之和，同異俗之心，而致天誅，蠲宿恥，以報將士之仇。司馬法曰：「賞不

逾月。」欲人速睹為善之利也。其封超為定遠侯，邑千戶，以示國家報功之至意。

超受封拜爵，宿願終償，萬里侯相的預言，至是果驗。小子有詩讚道：

投筆從戎膽略豪，積功才得換徵袍。

漫言生相原應貴，要仗胸中貫六韜。

西域已為超所平，北虜西羌，尚是叛服無常，屢勞征討。欲知詳情，試看下回續表。

先王立法，凡僕從侍御諸臣，悉選正士為之，所以弼主德，杜禍萌也。後世不察，乃以閹人充選，名為禁掖設防，實為宮廷養患。如和帝之欲除竇氏，不能直接外臣，但與鄭眾設策，計雖得行，而宦官竊權之禍，自此始矣，竇憲等俯首服罪，實屬無能，孤雛腐鼠之言，不為不驗；設非竇太后之縱容姑息，憲等皆不過碌碌庸材，何至驕橫不法，自取覆亡乎？班固文人，黨附竇氏，始至殺身；獨班超能立功異域，終得封侯。大丈夫原應自奮，安能久事筆硯間？觀於超之有志竟成，而固之無志可知，一榮一辱，優劣判焉，乃知人生處世，立志為先，慎毋媚世諧俗為也！

第三十四回　黜外戚群奸伏法　殲首虜定遠封侯

第三十五回
送番母市恩遭反噬　得鄧女分寵啟陰謀

第三十五回　送番母市恩遭反噬　得鄧女分寵啟陰謀

卻說北單于於除鞬，本由竇憲主議，因得嗣立。憲本欲派兵護送，使歸北庭，嗣因召還得罪，乃致中止。於除鞬聞竇氏伏辜，竟不待朝命，叛漢自去。漢廷得報，亟令將兵長史王輔，會同中郎將任尚，率領數千騎窮追。途中尚託詞護送，使於除鞬不生疑心。於除鞬探悉訛傳，果然中計，遂被漢兵追及，衝殺過去。於除鞬還疑漢兵誤認，拍馬向前，用言分辯。誰知漢長史王輔舞動大刀，搶步出陣，一聲吆喝，竟將於除鞬劈落馬下，結果性命。虜眾慌忙四走，已是不及逃生，漢兵四面兜殺，但見得頭顱滾滾，血肉橫飛，霎時間便屠盡殘虜，闃寂無人了。實為竇憲所害。王輔等還兵報捷，當有優詔褒獎，不消絮敘。唯南單于屯屠何，忽然病死，由弟左賢王安國嗣立；安國素乏聲威，國人不甚信服。左谷蠡王師子，為安國從兄，狡黠多力，屢與漢兵掩擊北庭，受漢賞賜，因此國中多敬憚師子，輕視安國。安國得為單于，師子當然為左賢王，因恐功高遭忌，不就左賢王盧帳，獨徙居五原界中。安國果然懷嫌，籠絡北庭降胡，欲圖師子。每召師子會議，師子輒稱病不往；漢度遼將軍皇甫稜，亦保護師子，使得安居。安國懷憤益甚，上表漢廷，指斥皇甫稜，漢廷將稜免官，改任執金吾朱徽，行度遼將軍事。但尚有一個中郎將杜崇，與皇甫稜同鎮北方，未曾掉換，仍然守稜遺制，反對安國。安國再上書訐崇。崇卻先令河西太守截住北使，不許通使，且轉告朱徽謂安國有叛漢意，徽即與崇聯銜會奏，略稱安國疏遠故明，親近新降，欲殺左賢王師子等，背叛漢廷，請飭西河安定上郡一帶，嚴兵固守，以防不測。和帝覽奏，令公卿集議方法。公卿等復言夷情難測，應派幹員至單于庭，與杜崇、朱徽等，觀察動靜，如有他變，即令便宜從事云云。和帝如言施行。徽、崇聞命，立即發兵擊單于庭，安國聞漢兵猝至，棄帳遁去。待至漢兵南歸，復引眾往攻師子，師子預先察悉，急率部眾入曼伯城，及安國追到城下，門已早閉，不能攻入，乃移駐五

原，與師子相持。朱徽遣吏調停，安國不從，因與杜崇發諸郡兵馬，往討安國。安國兩面受敵，支持不住，當然驚惶。安國舅骨都侯喜為等，恐並遭誅滅，不得已格殺安國，迎立師子。南庭原無異議，獨北庭降胡，感念安國遺惠，欲與復仇，夤夜襲師子盧帳，師子幾為所乘。還虧漢安集掾王恬，率衛士往援師子，擊走北庭降胡。怎奈降胡愈聚愈眾，共計有十五部，二十餘萬人，統皆蠢動，另立前單于屯屠何子逢侯為單于，肆行焚掠，賓士出塞。若先使屯屠何北歸就令，彼有內亂，亦不至擾動邊疆。漢廷再遣光祿卿鄧鴻行車騎將軍事，與越騎校尉馮柱，會合朱徽、任尚等，統領漢胡兵四萬餘眾，出討逢侯。南單于師子，與杜崇同屯牧師城，專待漢兵到來，會師北進。偏逢侯先發制人，竟率萬餘騎圍牧師城，連日攻撲。可巧鄧鴻至美稷縣，距牧師城不過數十里，逢侯乃聞風解圍，向滿夷谷退去。鄧鴻至牧師城下，再與師子、杜崇等，共追逢侯至大城寨，斬首三千餘級，得生口萬餘人。馮柱亦自率偏師，追擊逢侯別部，斬首四千餘級。任尚更率烏桓、鮮卑等眾，往滿夷谷邀擊逢侯，復得大捷，先後斬首萬七千餘級。逢侯帶著殘眾，向北竄去，漢兵不能遠追，只好退歸。朝議以鄧鴻沿途逗留，致失逢侯，召還論罪。旋復因朱徽、杜崇，輕挑邊釁，並皆逮歸，統令下獄，鴻、徽、崇三人，前後致死。但留馮柱屯守五原，另任雁門太守龐奮，行度遼將軍事。但從此朔漠一帶，又分作南北二部，擾攘頻年，後文再表。

　　且說匈奴紛爭的時候，羌人亦乘機思逞，再行犯邊。前次羌眾懾伏，全仗護羌校尉鄧訓，恩威兩濟，駕馭有方，所以全羌畏懷，不敢叛亂。永元四年，訓竟病歿，羌胡如喪父母，朝夕哭臨，且家家為訓立祠，禱祀不絕。獨迷唐回居頗巖谷，陰生幸心。回應三十二回。蜀郡太守聶尚，奉調為護羌校尉，他見鄧訓得羌人心，也想設法羈縻，沽恩市惠，乃遣譯使招撫迷唐，叫他洗心歸化，仍得還住大、小榆谷。真是多

第三十五回　送番母市恩遭反噬　得鄧女分寵啟陰謀

事。迷唐常思規復故地，唯恐後來校尉，與鄧訓智勇相同，因此未敢遽發；湊巧來了譯使，招回榆谷，正是喜出望外，當即挈領部屬，仍至大、小榆谷中居住。且使祖母卑缺，至聶尚處拜謝厚恩。聶尚大喜，統道迷唐受撫，出自真誠，即遣人迎入卑缺，格外優待，並出金帛相贈。及卑缺辭歸，復親送至寨下，為設祖帳餞行；又令譯使田汜等五人，護送至榆谷中。看官試想，這狼子野心的迷唐，豈是區區小惠，所可牢籠？他遣祖母入謝，明明是巧為嘗試，來覘虛實，既見聶尚無威可畏，樂得乘此反側。於是拘住田汜等人，召集諸羌，把汜等當做牛羊，破胸取血，滴入酒中，使大眾各飲一杯，約為同心，再圖入寇。羌眾本沒有什麼知識，忽散忽聚，可從即從，當下奉迷唐為酋長，聽從命令，進擾金城。聶尚不能制服，反向朝廷乞援。廷議自然歸咎聶尚，把他褫職，改命居延都尉貫友代任。貫友懲尚覆轍，主張討伐，先遣譯使分諭諸羌，誘以財帛，令他解散。諸羌又貪得賄賂，與迷唐背盟，不肯相從。貫友乃遣兵出塞，掩擊大、小榆谷，擒住首虜八百餘人，奪得麥數萬斛。唯迷唐又得倖免，逃出谷外。貫友未肯罷休，特在榆谷附近的逄留河旁，築城塢，作大航，建造河橋，為大舉計。迷唐卻也驚恐，率眾遠徙，至賜支河曲避居。到了永元八年，友復逝世，令漢陽太守史充，繼任護羌校尉。充決計掃滅迷唐，大發湟中羌胡出塞進攻，不意人多勢雜，趨向不同，反被迷唐擊敗，傷亡至數百人。聶尚以主撫敗事，史充又以主剿喪師，統是無材所致。充坐罪免歸，再調代郡太守吳祉往代。越年迷唐又率眾八千人，入犯隴西，脅迫塞內諸羌，共為盜寇。諸羌復多與聯合，共得步騎三萬名，擊破隴西守兵，殺死大夏縣長，蹂躪人民。警報傳達京都，詔遣行徵西將軍事劉尚，及越騎校尉趙世，調集漢羌胡兵三萬人，出討迷唐。尚屯狄道，世屯枹罕，再由尚司馬寇盱，督諸郡兵，四面並進，聲勢甚盛，嚇得迷唐膽顫心驚，忙將老弱棄去，奔入臨洮南

096

山。尚等從後追躡，好容易攻入山谷，與迷唐鏖鬥一場，斬虜千餘人，獲馬牛羊萬餘頭，迷唐敗走。漢兵死傷，卻也不少，未敢再進，乃收兵退回。是年，皇太后竇氏告崩，尚未及葬，忽由梁松子扈，令從兄禮古襢字。上書三府，即三公府。略稱漢家舊典，崇貴母氏，梁貴人親育聖躬，不蒙尊號，乞求申議等語。先是梁貴人自盡，由宮人草草藁葬，並不發喪；和帝時尚幼稚，向由竇后撫養，還道竇后是自己生母，不復憶及梁貴人。宮廷內外，都畏憚竇氏勢力，何人敢與和帝說明隱情？至竇氏既敗，方有人約略提及，但竇太后尚是生存，究竟還未便盡言。待到梁禮上書，正值太尉尹睦病終，由張酺進任太尉，酺召禮訊明顛末，方才入白和帝。和帝始知為梁氏所生，不禁悲慟，且泣且問道：「卿意以為何如？」酺答說道：「春秋大義，母以子貴，故漢興以來，帝母無不尊顯。臣愚以為宜亟上尊號，追慰聖靈，並應存錄諸舅，顧全親誼，方為兩安。」和帝點首道：「非卿言，朕幾罹不孝了！」酺退出後，又有奏章呈入，署名為南陽人樊調妻梁嫕，音意。就是和帝生母梁貴人的胞姊，和帝當即披閱，但見紙上寫著：

　　妾嫕同產女弟貴人，前充後宮，蒙先帝厚恩，得見寵幸，皇天授命，誕生聖明。而為竇憲兄弟所見譖訴，使妾父竦冤死牢獄，骸骨不掩；老母孤弟，遠徙萬里。獨妾倖免，逸伏草野，常恐沒命，無由自達。今遭值陛下神聖之運，親統萬幾，群物得所，竇憲兄弟奸惡，既伏辜誅，海內曠然，各獲其宜。妾得蘇息，拭目更視，乃敢昧死自陳所天。妾聞太宗即位，指漢文帝。薄氏蒙榮；即薄太后。宣帝繼統，史族復興。宣帝祖母史良娣遭難，嗣封史恭三子為侯。妾門雖有薄史之親，獨無外戚餘恩，誠自悼傷。妾父既冤，不可復生。母氏年逾七十，及弟棠等，遠在絕域，不知死生。願乞收竦朽骨，使母弟得歸故郡，則施過天地，存歿幸賴矣！

第三十五回　送番母市恩遭反噬　得鄧女分寵啟陰謀

　　和帝看到末句，亟命中常侍掖庭令，傳召梁嫕入宮。嫕已在闕下候命，一經宣召，當即入宮陳明。情詞確鑿，並無欺飾，掖庭令復報和帝，和帝因即引見。嫕舉止大方，談吐明白，說到母家蒙冤情事，禁不住珠淚盈眶，和帝亦為流涕。遂留嫕止宮中，旬月乃出，賞賜衣被錢帛，第宅奴婢，加號梁夫人。擢樊調為羽林左監。調係樊宏族孫，宏即光武帝母舅，曾為光祿大夫。是時司徒丁鴻，早已病逝，由司空劉方繼任司徒，用太常張奮為司空。三公聯名上奏，太尉張酺亦列在內。請依光武帝黜呂后故事，請貶竇太后尊號，不准與章帝合葬。和帝躊躇再四，究竟撫育有年，不忍依議，乃下詔答覆云：

　　竇氏雖不遵法度，而太后常自減損。朕奉事十年，深維大義：禮，臣子無貶尊上之文，恩不忍離，義不忍虧。案前世，上官太后亦未聞降黜，昭帝后上官氏，父安謀反被誅，后位如故。其勿復議！

　　手詔既下，群臣無復異言，乃奉竇太后梓宮，與章帝合葬敬陵，和帝此舉，不失忠厚。尊諡為明德皇后。復將生母梁貴人，改行棺殮，追服喪制，與姊梁大貴人俱葬西陵，諡曰恭懷皇后。且追封梁竦為褒親侯，予諡曰愍。即遣中使與嫕及梁松子扈，同赴漢陽，迎回竦喪，竦死漢陽獄中，見前文。特賜東園畫棺，玉匣重衾，東園署名，主司棺槨。就恭懷皇后陵旁，建造墳塋，由和帝親自送葬，百官畢會。徵還梁竦家屬，封竦子棠為樂平侯，棠弟雍為乘氏侯，雍弟翟為單父侯；食邑各五千戶，位皆特進，賞賜第宅、奴婢、車馬、兵弩等類。就是梁氏宗族，無論親疏，俱得補授郎官。梁氏復轉衰為盛，寵遇日隆。皇恩不可過濫，矯枉過正，又種下一段禍根。清河王慶，亦乞詣生母宋貴人塋前，祭掃致哀，和帝當然允許，並詔有司四時給祭。慶垂涕語左右道：「生雖不獲供養，終得奉承祭祀，私願已足。倘再求作祠堂，恐與恭懷皇后相似，復涉嫌疑。欲報母恩，昊天罔極，此身此世，遺恨無窮了！」

嗣又上言外祖母王氏，年老罹憂，病久失醫，乞恩准迎入京師，使得療疾。有詔許如所請，宋氏家屬，亦得並至都中。慶舅衍、俊、蓋、暹等，並補授為郎。唯竇氏從此益衰，夏陽侯竇瓌，就國後雖得倖存，終因貸給貧人，致遭廷譴，徙封羅侯，不得役屬吏士。貴盛時，受人貨貽，尚且無罪；衰落時出資貸人，反觸朝章，世態炎涼，即此可見。及梁棠兄弟，奉詔還都，路過長沙，與羅縣相距甚近，竟順道往脅竇瓌，逼令自殺。和帝方加恩諸舅，不復查問。可見得天道無常，一反一復，榮耀時不知謙抑，總難免家破身亡，貽譏後世呢！當頭棒喝。

且說和帝春秋日盛，尚未立后。後宮裡面已選入數人，入宮最早，承寵最隆，要算是前執金吾陰識的曾孫女兒。識為光烈皇后陰氏兄，即光武帝繼后陰麗華。世為帝戚。陰女年少聰慧，知書識字，面貌亦秀麗動人，因此亦選入掖庭，即邀恩寵，受封貴人，永元八年，立為皇后。偏又有一位世家閨秀，相繼充選，門閥不亞陰家，姿色且逾陰後，遂令施、旦爭妍，施、旦即西施、鄭旦。尹、邢鬥豔，尹、邢兩婕妤，皆武帝時宮妃，事見《前漢演義》。正宮不免搖動，終落得桃僵李代，燕去鴻來。是女為誰？乃是故護羌校尉鄧訓女，前太傅高密侯鄧禹孫。母陰氏，係光烈皇后姪女，生女名綏，五歲時已達書禮。祖母很加鍾愛，親為剪髮，因年高目昏，誤傷女額，女忍痛不言。旁人見她額上有血，未免驚問，女答說道：「非不知痛，實因太夫人垂憐及我，倘若一呼，轉傷老人初意，所以只好隱忍哩！」五歲弱女，能體貼老人心意，卻是難得。左右俱為嘆羨。六歲能作篆書，十二歲通《詩經》、《論語》，諸兄每讀經傳，輒從旁問難。母陰氏常嘲語道：「汝不學針黹，專心文學，難道想做女博士麼？」女乃晝習婦工，暮讀典籍，家人戲呼為女學生。父訓亦另眼相看，事無大小，輒與詳議。當陰后入選時候，女亦與選；適值父訓病歿，在家守制，因此謝卻。女日夕哭父，三年不飲酒食肉，憔

第三十五回　送番母市恩遭反噬　得鄧女分寵啟陰謀

悴毀容，幾至人不相識，又共稱為孝女。女嘗夢兩手捫天，蕩蕩正青，若有鍾乳狀，乃仰首舐飲。醒後亦自以為奇，詢諸占夢，占者謂堯夢登天，湯夢咶天，咶與舐通。這統是帝王盛事，吉不勝言。又有相士得見女容，也是極口誇獎，稱為成湯骨相。可惜是個女身。家人聞言，私相慶賀，不過未敢明言。太傅鄧禹在世時，常自嘆道：「我統兵百萬，未嘗妄殺一人，後世必有興旺的子孫。」禹從子陔，亦謂兄訓為謁者時，修石臼河，歲活數千人，天道有知，家必蒙福。及女年十六，喪服早闋，衣食如常，竟出落得豐容盛鬋，廣額修眉，如此方為福相。身長七尺二寸，肌膚瑩潔，好似玉山上人。宮中復將她選入，大小粉黛，俱相對無顏。和帝年將及冠，正是好色華齡，一經瞧著，怎肯放過？當晚即挈入寢室，諧成好夢。一宵恩愛，似漆投膠，越日即冊為貴人。好在這鄧貴人承寵不驕，恭慎如故，平時進謁陰后，必小心伺候，戰戰兢兢，待遇同列，務極撝謙；就是侍女隸役，亦皆好意撫馭，毫無倨容。因此闔宮悅服，譽滿一時。只有一人未愜，奈何？偶然感冒，竟致羅疾，和帝忙令鄧氏家屬，入視醫藥，許得自由往來，不限時日。鄧貴人反屢次陳請道：「宮禁甚重，乃使外家得自由出入，上令陛下弛防，下使賤妾蒙謗，這乃是上下交損，妾實不願叨此異恩！」和帝不禁讚嘆道：「他人以得見親屬為榮，今貴人反以為憂，深自抑損，真非常人可及哩！」嗣是益邀帝眷，寵逾正宮。鄧貴人仍然謹飭，並不矜張。每當六宮宴會，諸妃妾競加修飾，簪珥衣服，煥然一新，獨鄧貴人淡妝淺抹，自在雍容。平時衣服，或與陰后同色，當即解易；若與陰后同時進見，不敢並行，不敢正坐；每承上問，必逡巡後對，不敢與陰后同言。和帝知她勞心曲體，輒顧語道：「貴人修德鳴謙，幸毋過勞！」既而陰后不育，鄧貴人亦未得懷妊，後宮雖間有生產，輒致夭殤，貴人乃屢稱有疾，另選她女入御，冀得孳生。獨陰后相形見絀，妒恨日深，外祖母鄧朱，出入宮掖，陰后

常密與計議,擬令巫祝咒死鄧貴人,然後洩恨。誰知鄧貴人未曾遇禍,和帝卻抱病垂危,陰后忿極,密語左右道:「我若得志,不使鄧氏再有遺類!」外祖母亦曾姓鄧,且鄧貴人由陰氏所出,彼此戚誼相關,豈無香火情?乃存心如此,何婦人之陰狠乃爾?偏宮人多得鄧貴人厚惠,竟將密語傳告,鄧貴人流涕道:「我嘗竭誠盡心,侍奉皇后,乃不為所諒,竟致獲罪於天!婦人雖不必從死,但周公請代,武王有疾,周公禱告三王,願以身代死,事見《周書》。越姬自殺,越姬為勾踐女,楚昭王妃,昭王有疾,姬先自殺,事見《列女傳》。傳為盛德,我當先自引裁,上報帝恩,中免族禍,下不使陰氏貽譏人彘,雖死亦得瞑目了!」人彘即戚夫人事,見《前漢演義》。說著,即欲仰藥自盡。適宮人趙玉在旁,慌忙勸阻,且詐言帝疾已痊,可以無虞,貴人乃止。越日和帝果瘳,漸漸的把陰后密言,傳入帝耳,於是陰后愈為和帝所憎。眼見得長秋宮中,要讓與她人作主了!漢稱中宮,為長秋宮。小子有詩嘆道:

　　螽斯麟趾盡呈祥,樛木懷仁百世芳。
　　試看桐宮終飲恨,何如大度示包荒!

陰后廢居桐宮,詳見下回。

　　畢竟陰后被廢與否,待至下回再詳。

　　夷狄無親,非貪即狡,與其失之過愛,毋寧失之過威。竇憲既滅北匈奴,復立於除鞬,卒有後來之叛去;幸而王輔一出,叛虜授首,而北寇復平。至南單于之紛爭,亦由杜崇等之左袒師子,致啟兵戎。若聶尚之護送卑缺,見好迷唐,更不足道矣。迷唐為鄧訓所逐,徙居窮谷,防之且不暇,何可招之使歸,與跂踽言仁義?匪徒無益,反且招尤,聶尚遺事其明證也。竇太后崩而梁氏復盛,鄧貴人進而陰氏浸衰,外戚之興亡,莫非由於婦女之播弄。自作之而自受之,故梁、竇易勢,陰、鄧易

第三十五回　送番母市恩遭反噬　得鄧女分寵啟陰謀

位。觀於此而知妒婦之不可為也！史稱鄧貴人德冠後宮，稱揚不絕；然觀於後日之稱制終身，不肯還政，意者其入宮之始，毋亦心靈手敏，巧於奪嫡歟？而陰后之褊淺難容，自詒伊戚，則固出鄧氏下矣。

第三十六回
魯叔陵講經稱帝旨　曹大家上表乞兄歸

第三十六回　魯叔陵講經稱帝旨　曹大家上表乞兄歸

卻說陰皇后妒恨鄧貴人，已被和帝察覺，隨時加防，到了永元十四年間，竟有人告發陰后，謂與外祖母鄧朱等，共為巫蠱，私下咒詛等情。和帝即令中常侍張慎，與尚書陳褒，會同掖庭令，捕入鄧朱，並二子鄧奉、鄧毅，及后弟陰軼、陰輔、陰敞，一併到案，嚴刑拷訊。三木之下，何求不得？當即錄述口供，證明咒詛屬實，應以大逆不道論罪，定讞奏聞。和帝已與陰后不和，見了張慎等復奏，也不願顧及舊情，便命司徒魯恭，持節至長秋宮中，冊廢皇后陰氏，徙居桐宮。魯恭由侍御史擢至光祿勳，累蒙寵信。會司徒劉方，坐罪自殺，繼任為光祿勳呂蓋，不久又罷，遂升恭為司徒。恭奉命廢后，后已無計可施，只得繳出璽綬，搬向桐宮居住。長門寂寂，悶極無聊，即不氣死，也要愁死。況復父綱仰藥，弟輔斃獄，外祖母鄧朱，及母舅奉、毅，並皆為刑杖所傷，陸續斃命。陰鄧兩姓家屬，都被充戍日南，單剩了自己一身，悽惶孤冷，且悔且憤，且憤且悲，鎮日裡用淚洗面，茶也不飲，飯也不吃，終落得腸斷血枯，遽登鬼籙。誰叫你度量狹窄。宮人報聞和帝，總算發出一口棺木，草草殮訖，即日舁出宮外，藁葬平亭。鄧貴人聞陰后被廢，卻還上書勸阻，太覺得假惺惺了。和帝當然不從。貴人即自稱疾篤，不敢當夕，約莫有好幾旬，有司請續立皇后，和帝說道：「皇后為六宮領袖，與朕同體，承宗廟，母天下，豈可率爾冊立？朕思宮中嬪御，只鄧貴人德冠後庭，尚可當此！」這數語為鄧貴人所聞，連忙上書辭謝，讓與後宮周、馮諸貴人。好容易又是月餘，和帝決計立鄧貴人為后，貴人且讓至再三，終因優詔慰勉，方登后位。也好算得大功告成了，宮廷內外，相率慶賀；夢兆相法，果如前言。小子因一氣敘下，未便間斷，免不得中多闕漏，因再將和帝親政後事，略述數條：和帝崇尚儒術，選用正士，頗與乃父相似。沛人陳寵，係前漢尚書陳咸曾孫，咸避莽辭職，隱居不仕，見《前漢演義》。常戒子孫議法，寧輕毋重。及

東漢中興，咸已早歿，孫躬出為廷尉左監，謹守祖訓，未敢尚刑。寵即躬子，少為州郡吏掾，由司徒鮑昱辟召，進為辭曹，職掌天下訟獄，多所平反；且替昱撰《辭訟法》七卷，由昱上呈，頒為《三府定法》。嗣復累遷為尚書，與竇氏反對，出為泰山、廣漢諸郡太守，息訟安民。竇氏衰落，寵入為大司農，代郭躬為廷尉。躬通明法律，矜恕有聲，任廷尉十餘年，活人甚眾。及躬病逝，由寵繼任，往往用經決獄，務在寬平，時人以郭陳並稱，交口揄揚。唯司空張奮免職，後任為太僕韓稜，稜以剛直著名，迭見前事，當然為眾望所歸。太尉張酺，因病乞休，嘗薦魏郡太守徐防自代，和帝進大司農張禹為太尉，徵徐防為大司農。禹襄國人，族祖姑曾適劉氏，就是光武帝祖母；祖況隨光武北征，戰歿常山關；父歆為淮陽相。禹篤厚節儉，師事前三老桓榮，得舉孝廉，拜揚州刺史。嘗過江行巡，吏民謂江有伍子胥神靈，不易前渡，禹朗聲道：「子胥有靈，應知我志在理民，怎肯害我？」甚是。言畢，鼓楫徑行，安然無恙。後來歷行郡邑，決囚察枉，民皆悅服。嗣轉兗州刺史，亦有政聲。入為大司農，吏曹整肅，及擢拜太尉，正色立朝，為朝廷所倚重。徐防沛人，亦有令名，祖宣父憲，皆通經術，至防世承家訓，舉孝廉，乃入為郎。體貌矜嚴，品行慎密，累遷至司隸校尉，又出為魏郡太守。和帝因張酺薦引，召為大司農。適司空韓稜逝世，太常巢堪代任，未能稱職，乃進防為司空。防留意經學，分晰章句，經訓乃明。就是司徒魯恭，亦以通經致用。恭弟丕更好學不倦，兼通五經。章帝初年，詔舉賢良方正，應舉對策，約有百餘人，獨丕同時應舉，得列高第，除為議郎，遷新野令，視事期年，政績課最。擢拜青州刺史，後復調為趙相。門生慕名就學，追隨輒百餘人，關東人互相傳語云：「五經復興魯叔陵。」叔陵即丕表字。東漢自光武修文，歷三傳而並尚經學，故士人多以此見譽，亦以此致榮。旋復調任東郡、陳留諸太守，坐事免官，侍中賈逵，

第三十六回　魯叔陵講經稱帝旨　曹大家上表乞兄歸

　　獨奏稱丕道藝深明，宜加任用，不應廢棄，和帝乃再徵為中散大夫。永元十三年，帝親幸東觀，取閱藏書，召見侍中賈逵，尚書令黃香等，講解經義，丕亦在列。賈逵為賈誼九世孫，累代明經，至逵復專精古學，嘗作《左氏傳國語解詁》五十一篇，獻入闕廷，留藏祕館，入拜為郎；又奉詔撰《尚書古文同異》，及《齊魯韓詩與毛氏異同》，前漢時，轅固為齊詩，申公為魯詩，韓嬰為韓詩，毛萇為毛詩。並作《周官解詁》，凡十數卷，皆為諸儒所未及道，因此名重儒林。和帝遷逵為左中郎將，改官侍中，領騎都尉，內參帷幄，兼職祕書，甚見信用，盈廷俱推為經師。逵以經學成名，故特從詳敘。黃香為江夏人，九歲失母，號泣悲哀，幾致滅性，鄉人稱為至孝。年十二，為太守劉護所召，使居幕下，署名門下孝子，香得博覽經典，殫精道術，京師稱為天下無雙，江夏黃童。嗣入為尚書郎，超遷至尚書令。看官試想！這賈侍中、黃尚書兩人，一個是累代家傳，一個是少年博學，平時講貫有素，一經問答，統是口若懸河，不假思索。偏魯叔陵與他辯難，卻是獨出己見，持論明通，轉使賈、黃兩宿儒無詞可駁，也不免應對支吾。和帝顧視魯丕，不禁稱善，特賜冠幘履襪，並衣一襲。此時卻難為賈、黃。丕謝賜而退，越日覆上疏道：

　　臣以愚頑顯備大位，犬馬氣衰，猥得進見，論難於前，無所甄明，衣服之賜，誠為優過。臣聞說經者傳先師之言，非從己出，不得相讓；相讓則道不明，若規矩準繩之不可枉也。難者必明其據，說者務立其義；浮華無用之言，不陳於前，故情思不勞，而道術愈章。法異者各令自說師法，博觀其義，覽詩人之旨意，察〈雅頌〉之終始，明舜、禹、皋陶之相戒，顯周公、箕子之所陳，觀乎人文，化成天下。陛下既廣納謇謇以開四聰，無令芻蕘以言得罪，既顯巖穴以求仁賢，無使幽遠獨有遺失，則言路通而人才進，人才進而經說明，天下可不勞而理矣！

為此一疏，和帝乃下詔求賢，令有司選舉明經潔行，使侍經筵，且敕邊郡各舉孝廉。敕書有云：

幽并涼州戶口率少，邊役眾劇，束脩良吏，進仕路狹。朕唯撫接夷狄，以人為本，其令緣邊郡口十萬以上，歲舉孝廉一人，不滿十萬，二歲舉一人，五萬以下三歲舉一人。

看官閱此，應疑和帝既令邊郡各舉孝廉，何故限人限歲，嚴格如此？哪知孝不易得，廉亦難能，且邊郡人民，華夷雜處，性質多半愚蒙，尚未開明文化，能有幾個孝子，幾個廉士呢？這且無容細敘。且說涼州西偏，屢有寇患，叛羌迷唐，自被劉尚、趙世等擊走，奔往塞外，漢兵引歸。回應前回。廷議且謂尚、世畏懦，不敢窮追，應該坐罪，乃逮入詔獄，並令免職。議亦太苛。謁者王信，代領尚營，屯駐枹罕；謁者耿譚，代領世營，屯駐白石。譚復懸賞購募，招誘羌人，羌眾又陸續來歸。天下無難事，總教現銀子。迷唐見部眾離散，復起驚慌，因遣人乞降。譚令迷唐自至，方可允許。迷唐不得已趨詣漢營，譚與信會同受降，且遣迷唐詣闕投誠；餘眾不滿二千，統皆飢乏，暫入居金城，撥給衣食。及迷唐入京，朝謁已畢，和帝令他還居榆谷，不得再叛。迷唐未便多言，拜辭西行。奈何復縱之使去？到了塞下，卻不肯再回故地，他想榆谷附近，漢人已造河橋，往來甚便，如何保守得住？因致書護羌校尉吳祉，託言種人飢餓，不肯遠歸。吳祉得書，還道他是真言，多賜金帛，令得糴穀購畜，便即出塞。不料迷唐心變，至金城挈領部眾，順便鈔掠湟中諸胡，滿載而去。王信、耿譚、吳祉，統皆坐罪，又致奪職還鄉，改用酒泉太守周鮪為護羌校尉。永元十三年秋季，迷唐復至賜支河曲，率眾犯塞。周鮪與金城太守侯霸，調集諸郡兵士，湟中小月氏胡，合三萬人出塞，行至允川，未見羌蹤。鮪安營駐紮，使侯霸前往探哨。霸驍勇敢戰，在途巡邏，忽與迷唐相遇，毫不畏縮，即向前突陣，銳不

第三十六回　魯叔陵講經稱帝旨　曹大家上表乞兄歸

可當，羌眾慌忙退走，已晦氣了四百多人，做了枉死的無頭鬼。霸復驅兵追剿，急得羌眾走投無路，多半匍伏乞降，共計有六千餘口。迷唐只帶了數百殘騎，奔往賜支河北，伏匿巖谷間。及霸飛章告捷，漢廷因周鮪逗留，未曾與戰，飭令還都論罪；擢霸為護羌校尉。置校尉如弈棋，也屬不宜。既而安定降羌燒當種叛亂，由郡守發兵剿滅，沒入婦女，盡為奴婢。於是四海及大、小榆谷，無復羌寇。隃麋相隃麋為東漢侯國。曹鳳，上書獻議道：

西戎為害，前世所患，臣不能紀古，且以近事言之：自建武以來，其犯法者常從燒當種起事。所以然者，以其居大、小榆谷，土地肥美，又近塞內，諸種易以為非，難以攻伐，南得雜種以廣其眾，北阻大河，因以為固，又有西海魚鹽之利，緣山濱水，以廣田畜，故能強大。常雄諸種，恃其權勇，招誘羌胡；今者衰困，黨援壞沮，親屬離叛，餘兵不過數百人，竄走窮荒。臣愚以為宜及此時，建復西海郡縣，規固二榆，廣設屯田，隔塞羌、胡交通之路，遏絕狂狡窺伺之謀；又殖穀富邊，省委輸之役，國家可無西顧之憂矣！

和帝覽書，發交公卿會議，俱云可行。乃復置西河郡，即拜鳳為金城西部都尉，出屯龍耆。嗣金城長史上官鴻，復開置歸義、建威屯田二十七部，霸亦增置東、西邯屯田五部，及留逢二部，總計得三十四部。功將垂成，後因安帝永初元年，諸羌復叛，竟至中輟。唯迷唐孤弱失援，終至病死。有一子款塞來降，戶口不滿數千，西陲暫得少安。至若西北一帶，自從班超撫定西域，各國歸命，變亂不生。唯超由明帝永平十六年，奉命西行，直至和帝永元十二年，尚未得歸，先後約三十載，超年將七十，思歸故里。適值超掾史甘英，奉超令欲赴大秦，即羅馬國。行至條支，即阿剌。西臨大海，為安息人所勸阻，中道折回；安息國獻入獅子，及條支大鳥，超因遣子勇偕同外使，共詣洛陽，特拜疏

乞歸道：

　　臣聞太公封齊，五世葬周；狐死首丘，代馬依風。《韓詩外傳》云：「代馬依北風，飛鳥揚故巢。」夫周、齊同在中土，千里之間，猶且如此，況遠處絕域如小臣，能無依風首丘之思哉？蠻夷之俗，畏壯侮老，臣超犬馬齒殲，常恐年衰，奄忽僵僕，孤魂棄捐。昔蘇武留匈奴中，尚十九年，今臣幸得奉節，帶金銀，護西域，如自以壽終屯部，誠無所恨；然恐後世或因臣淪沒西域，舉以為戒。臣不敢望到酒泉郡，但願生入玉門關。老病衰困，冒死瞽言。謹遣子勇隨獻物入塞。及臣生在，令勇目見中土，亦所慰心。望闕哀鳴，伏冀垂鑑。

　　這疏呈入，和帝因超居西域，得外人心，急切無人可代，只得暫從擱置，俟後再圖。轉眼間又是二年，超久待朝命，杳無消息。但聞妹昭入宮續史，為後宮師，因特寄與一書，浼令設法求歸。昭本善文，援筆立就奏章，伏闕上陳。略云：

　　妾同產兄西域都護定遠侯超，幸得以微功特蒙重賞，爵列通侯，位二千石，天恩殊絕，誠非小臣所當被蒙。超之始出，志捐軀命，冀立微功，以自陳效。會陳睦之變，道路隔絕，超以一身奔走絕域，曉譬諸國。因其兵眾，每有攻戰，輒為先登，身被創痍，不避死亡，賴蒙陛下神靈，尚得延命沙漠。至今積三十年，骨肉生離，不復相識，所與相隨時人士，皆已物故。超年最長，今且七十，衰老被病，頭髮無黑，兩手不仁，耳目不聰明，扶杖乃能行，雖欲竭盡其力，以報塞天恩，迫於歲暮，犬馬齒索。蠻夷之性，悖逆侮老，而超旦暮入地，久不見代，恐開奸宄之源，生逆亂之心。而卿大夫咸顧目前，莫肯遠慮，如有猝變，超之氣力，不能從心，便為上損國家累世之功，下棄忠臣竭力之效，誠可痛也！故超萬里歸誠，自陳苦急，延頸遙望，三年於今，未蒙省錄。妾竊聞古者十五受兵，六十還之，亦有休息，不任職也。緣陛下以至孝理天下，得萬國之歡心，不遺小國之臣，況超得備侯伯之位？故敢觸死為

第三十六回　魯叔陵講經稱帝旨　曹大家上表乞兄歸

超求哀，勾超餘年，一得生還，復見闕庭，使國家永無勞遠之慮，西域無倉猝之憂，超得長蒙文王葬骨之恩，子方哀老之惠。子方姓田，為戰國時魏文侯師，文侯棄老馬，子方為棄馬非仁，收而養之。詩云：「民亦勞止，汔可小康；惠此中國，以綏四方。」超有書與妾生訣，恐不復相見。妾誠傷超以壯年竭忠孝於沙漠，疲老則便捐死於曠野，誠可哀憐。如不蒙救護，超後有一旦之變，如國家何？妾冀幸超家蒙趙母衛姬先請之貸，趙母謂趙括母，懼括敗，先請得不坐罪。衛姬係齊桓公姬，桓公與管仲謀伐衛，桓公入，姬先請衛罪。並見《列女傳》。愚戇不知大義，觸犯忌諱。無任翹切待命之至。

和帝見了此奏，不禁感動，乃召超還朝，命中郎將任尚代為都護。超欣然奉命，與尚交代。尚問超道：「君侯在西域三十餘年，遠近畏懷，末將猥承君後，任重才淺，還求明誨！」超喟然道：「超已年老，耳目失聰，任君屢當大任，經驗必多，何待超言？但既承明問，敢不竭愚！塞外吏士，本非孝子順孫類，皆因平時犯罪，徙補邊屯；戎狄又性同禽獸，難養易敗，今君來此撫馭，他不足慮，只性太嚴急，還宜少戒。水清無大魚，察政不得下和，宜改從簡易，寬小過，總大綱，便可收效了！」尚雖然謝教，心下卻未以為然，待超去後，私語親吏道：「我以為班君必有奇謀，誰料他所言止此，平淡無奇，何足為訓？」平淡中卻寓至理，奈何輕視？遂把超言置諸腦後，不復記憶。超至洛陽，詣闕進謁，和帝慰勞數語，令為射聲校尉。超素患胸疾，至是益劇，入朝不過月餘，便致告終，年七十一。和帝遣使弔祭，賻遺頗厚，令長子班雄襲爵。小子有詩詠道：

久羈外域望生還，奉詔登途入玉關。

老病已成身遽逝，此生終莫享餘閒！

班超如此大功，生雖封侯，死不予諡；那宦官鄭眾居然得加封為鄛

鄉侯，真是有漢以來，聞所未聞了！欲知後事，試看下回續敘。

　　經者常也，六經即常道也。聖賢之所以垂訓，國家之所以致治，於是乎在。自秦火一炬以後，簡殘編斷，得諸燹餘者，往往闕略不全。漢儒重興經學，意為箋注，已失古人精義；但先王之道，未墜於地，則猶賴漢儒之力耳。魯丕在東觀講經，能折賈、黃二宿儒之口，當非強詞奪理者可比。本回特從詳敘，所以表章經術，風示後世。經廢則常道不存，安得不亂且亡也？班超有撫定西域之大功，年老不得召歸，幸有同產女弟之博學貞操，為後宮所師事，方得以一篇奏牘，上感九重。至超歸而月餘即歿，狐死首丘，吾猶為超幸矣！夫蘇武歸而僅為典屬國，班超歸而僅得射聲校尉，至病逝後，並諡法而且靳之，漢之薄待功臣久矣！無惑乎李陵之降虜不返也！

第三十六回　魯叔陵講經稱帝旨　曹大家上表乞兄歸

第三十七回
立繼嗣太后再臨朝　解重圍副尉連斃虜

第三十七回　立繼嗣太后再臨朝　解重圍副尉連斃虜

卻說鄭眾封侯，乃是漢廷創例，和帝因他誅竇有功，班賞時又辭多就少，所以格外寵遇，竟給侯封。哪知刑餘小人，只可備供灑掃，怎得視若公卿？就使鄭眾馴良可取，有功不矜，究不能封他為侯。貽譏作俑，這便是教猱升木，引蟻決堤。光武帝辛苦經營的天下，要為了鄭眾封侯，自啟厲階，終落得七亂八糟，不可收拾呢！引起下文亂事。話休敘煩，且說永元十五年間，孟夏日食，有司以陰氣太盛，奏遣諸王就國。日食，乃天道之常，就使果應人事，亦為鄧后臨朝預兆，奈何歸咎諸王，請令就國？穿鑿附會，殊屬可笑。原來和帝性情友愛，遵循乃父故事，令兄弟留居京師。及有司奏請遣發，和帝尚不忍分離，有詔作答道：

日食之異，責由一人。諸王幼稚，早離顧復，弱冠相育，常有〈蓼莪〉、〈凱風〉之哀。〈蓼莪〉、〈凱風〉見《詩經》。還懦仁弱之意。之恩，知非國典，且復須留。

未幾又是冬日，和帝出祠章陵舊宅，光武帝改舂陵鄉為章陵縣，事見建武六年。令諸王一律從行。祠畢後大會宗室，飲酒作樂，備極歡洽。嗣又順道進幸雲夢，至漢水濱方擬再詣江陵，忽接到留守太尉張禹奏章，乃是諫阻遠遊，和帝乃還。清河王中傅衛訢，與清河王慶並同隨駕，沿途索賕，得千餘萬縑，事被和帝察覺，派吏鞫治，並責慶不先舉發。慶答覆道：「訢位居師傅，選自聖朝，臣本愚昧，但知言從事聽，不便糾察，所以未得先聞。」和帝聽了，頗以奏對合宜，待抄出衛訢私賕，一併賜慶。慶辭讓不許，乃拜受而退。太尉張禹，亦得蒙特賞；此外留守諸官，及隨從諸臣並各賜錢帛有差。會嶺南例貢生龍眼荔枝，十里一置，馬遞日置。五里一堠，司望日堠。互相傳送，晝夜不輟。臨武縣長唐羌，具陳貢獻勞苦情形，且請和帝勿重滋味。乃有詔禁止貢獻，飭太官毋受珍饈。這是和帝美政，故特表明。越年司徒魯恭，因事免官，遷

司空徐防為司徒，進大鴻臚陳寵為司空。寵已由廷尉進官大鴻臚。又越年改號元興，大赦天下，凡宗室因罪削籍，並得賜復。既而雍地忽裂，時人訝為不祥。待至十二月間，和帝不豫，逐日沉重，竟至告崩，享年只二十七歲，在位一十七年。當時儲君未立，後宮生子多殤，往往視宮中為凶地，遇有生育，輒使乳媼抱出宮外，寄養民間。及車駕將崩，群臣尚未知皇嗣下落，無從擁立，不得不稟明鄧后，請旨定奪。鄧后卻知後宮生子，遺存二人，長子名勝，素有痼疾，未便迎立；少子名隆，生才百日，已在宮外寄養，乃即令迎入，立為太子。當夜即位，尊鄧后為皇太后，臨朝聽政。不到半月，便已改歲，定年號為延平元年，進太尉張禹為太傅，司徒徐防為太尉，參錄尚書事，百官總己以聽。鄧太后以帝在襁褓，欲令重臣入居禁內，乃令張禹留衛宮中，五日一歸府；並擢光祿勳梁鮪為司徒，使繼徐防後任，備位三公。封皇兄勝為平原王，奉葬和帝於慎陵，廟號穆宗。總計和帝在位十七年，英明仁恕，有祖父風，少年即能擯除竇氏，收攬權綱；後來尊儒禮士，納諫愛民，凡蠲租減稅，賑饑恤貧諸詔，史不絕書；遇有災異，輒延問公卿，諭令極言得失，前後符瑞，得八十一處，皆自稱德薄，抑而不宣。可惜天不假年，未壯即歿。只晚年榮封鄭眾，以致宦官繼起用事，這乃是和帝一生遺累，種下絕大禍根。禍足亡國，故不憚煩言。喪葬既畢，清河王慶等，始俱令就國。慶追念和帝德惠，銜哀不已，甚至嘔血數升，力疾就道。鄧太后格外體恤，許得置中尉內史，所賜什物，皆取自和帝乘輿，俾作紀念。且因嗣皇幼弱，恐有不測，乃留慶長子祜，與嫡母耿姬，仍居清河邸中，以備非常。既有此慮，不如先立皇子勝，何必舍長立幼？一面使宮人歸園，特賜周、馮兩貴人策書道：

　　朕與貴人託配後庭，共歡等列，十有餘年。不獲福祐，先帝早棄天下，孤心煢煢，靡所瞻仰，夙夜永懷，感愴發中。今當以舊典分歸外

第三十七回　立繼嗣太后再臨朝　解重圍副尉連斃虜

園，慘結增嘆，〈燕燕〉之詩，曷能喻焉？〈燕燕〉為衛莊姜送戴媯詩。其賜貴人以王青蓋車、採飾輅驂馬各一駟，黃金三十金，雜帛三千匹，白越四千端；布名。馮貴人未有步搖環珮，亦加賜各一具，聊為贈別，不盡唏噓。

　　周馮兩貴人，奉策拜賜，辭別出宮，至園寢中陪侍山陵去了。鄧太后復接連下詔，大赦天下，凡建武以來得罪被錮，皆復為平民。又減節太官、導官、尚方、內署所供服食，太官掌御廚，導官掌擇御米。自非陵廟祭祀，食米不得導擇，朝夕唯一肉一飯，不得妄加。郡國貢獻，悉令減半，斥賣上林鷹犬，蠲省離宮別館米炭，所有掖庭侍女，及宗戚沒入諸官婢，一律遣歸，各令婚嫁。會因連月下雨，郡國或患水災，即敕二千石據實詳報，為除田租芻藁，不得欺隱。各處淫祀，不入祀典，概令罷免。這都是鄧太后初次臨朝的美政。總束一語。既而司空陳寵病歿，命太常尹勤為司空，且進虎賁中郎將鄧騭為車騎將軍。騭係鄧訓長子，為鄧太后親兄，表字昭伯，少時為竇憲府掾，及女弟立為貴人，乃與諸弟併為郎中，和帝嘗欲加封鄧騭，為鄧后所推讓，故遷官止虎賁中郎。及后既臨朝，遇有一切政務，不能不引騭入議，較免嫌疑，因擢騭為車騎將軍，儀同三司。三司就是三公，漢官中向無此名，自騭為始。太后臨朝，勢必引用外戚，後來一跌赤族，可慨可嘆！騭頗知斂抑，且受祖父鄧禹遺訓，居安思危。但女弟既為太后，年僅花信，不便屢見大臣，自己託在同胞，出入較便，只好勉強受命，就職任事。光陰易過，又是仲秋，那小皇帝竟感冒風寒，倉猝夭殤，年僅二歲，殯殮崇德前殿中。鄧太后忙與騭密商，議及繼統事宜。好在清河王慶子祜，尚留邸中，當由鄧太后創議迎立，騭亦贊成。再由騭商諸公卿，亦無異言，便夤夜使騭持節，用王青蓋車迎祜入宮，先授封長安侯，然後準備嗣位。鄧太后即下詔道：

先帝聖德淑茂，早棄天下，朕奉嗣皇，夙夜瞻仰日月，冀望成就。豈意猝然顛沛，天年不遂，悲痛厥心！朕唯平原王素嬰痼疾，未便繼承。念宗廟之重，思繼嗣之統，唯長安侯祜性忠孝，小心翼翼，能通詩論，篤學樂古，仁惠愛下，年已十三，有成人之志。親德系後，莫宜於祜。《禮》：「昆弟之子猶己子。」《春秋》之義：「為人後者為之子。」不以父命辭王父命，其以祜為孝和皇帝嗣，奉承祖宗，案禮議奏。

公卿等依詔定議，復奏進去；又由宮中撰就策命，交付太尉張禹，引祜受策。當由禹對祜宣讀道：

唯延平元年秋八月癸丑，皇太后曰：諮長安侯祜，孝和皇帝，懿德巍巍，光於四海。大行皇帝古稱帝喪為大行，大行者，不返之意。不永天年，朕唯侯係孝章帝世嫡皇孫，謙恭慈順，在孺而勤，宜奉宗廟，承統大業。今以侯嗣孝和皇帝後，其君臨漢國，允執厥中，一人有慶，萬民賴之！皇帝其勉之哉！

張禹讀罷，持策與祜，祜拜受後，再由禹奉上璽綬，乃擁祜即皇帝位，是為安帝。公卿以下，循例謁賀。但因安帝年甫十三，未能親政，仍由鄧太后臨朝。越月將崇德前殿的殯宮，奉葬康陵，幼主無謚，且無廟號，只稱作殤帝罷了。安帝本與嫡母耿姬，同居清河邸中，帝既入承大統，耿姬不便獨留，鄧太后即使中黃門送她歸國。唯安帝生母叫做左姬，左姬字小娥，有姊字大娥，係犍為人，伯父聖坐妖言伏誅，家屬俱沒入掖庭，二娥當然在列，並有才色，小娥更善史書，能詞賦，為眾所稱。會和帝命賜諸王宮人，清河王慶素聞二女豔名，特賄託宮中保母，求得二娥。好容易得遂心願，將二娥撥至清河邸中，慶得左擁右抱，其樂陶陶。廢太子也想縱歡麼？小娥有娠生子，便是安帝。相傳安帝幼時，屢有神光照室，又有赤蛇蟠護床中，近視又復不見，因此稱奇。這多是附會之談，實則安帝入嗣，由乃父無辜被廢，天道有知，巧為轉移

第三十七回　立繼嗣太后再臨朝　解重圍副尉連斃虜

而已。年至十歲，好學史書，和帝亦嘆為奇童，暇輒召見，與談文字。只大、小二娥，卻是始終薄命，做了清河王的姬妾，還是沒福消受，一對姊妹花，相繼淪謝。好花不久長。到了安帝入嗣，二娥已逝世有年了。清河王慶，就國踰年，也是形銷骨損，病入膏肓，至耿姬返後，病即垂危，乃囑清河中大夫宋衍道：「清河土薄，不堪塋葬，我意欲至我母墳旁，掘穴下棺。自思朝廷大恩，尚應賜築祠室，俾得母子並食，魂靈有所依庇，死後亦無遺恨了！」說至此，即令宋衍繕就遺表，乞將骸骨賜葬亡母宋貴人旁，越宿竟逝，年才二十有九。遺表傳達京師，鄧太后也覺含哀，函遣司空尹勤持節，與宗正同往弔祭，特賜龍旗九旒，虎賁百人，飾終典儀，盡仿東海王彊故事。一面使掖庭令送左姬遺棺，與慶合葬廣丘，諡曰孝王，長子虎威襲封。越年為永初元年，鄧太后又封宋衍為盛鄉侯，並分清河為二國，封虎威弟常保為廣川王，這且待後再表。且說車騎將軍鄧騭，自與太后定策立嗣後，不欲常居禁中，屢求還第，太后乃准如所請。騭有四弟，長弟京時已去世；次弟悝得升任城門校尉；三弟弘亦得為虎賁中郎將；季弟閶尚為郎中。鄧太后復增封騭為上蔡侯，悝為葉侯，葉音攝。弘為西平侯，閶為西華侯，食邑各萬戶。騭以定策有功，加邑三千戶。鄧太后前為兄弟辭封，此時何遽封為侯？騭表辭不獲，出都謝使，復懇切上陳，大略說是：

　　臣兄弟庸穢，無能可採，謬以外戚，遭值明時，託日月之末光，被雲雨之渥澤，並統列位，光昭當世，不能宣贊風美，補助清化，誠慚誠懼，不勝疚心。陛下躬天然之姿，體仁聖之德，遭國不造，仍罹大憂，開日月之明，運獨斷之慮，援立皇統，奉承太宗，聖策定於神心，休烈垂於不朽，本非臣等所能補效萬一。而猥推嘉美，並享大封，伏聞詔書，驚惶慚怖。追睹前世傾覆之誡，退自思念，不寒而慄。臣等雖無逮及遠見之慮，猶有庶幾戒懼之情，常聚母子兄弟，內相敕屬，冀以端愨

畏慎，一心奉戴，上全天恩，下完性命。刻骨定分，有死無二，終不敢橫受爵土，以增罪累，惶窘徵營，昧死待命。

　　鄧太后接閱驚書，尚不肯許，驚再申前請，且欲竄跡窮荒，於是太后收回成命，召令還都；唯封生母陰氏為新野君，以萬戶供湯沐邑。虎賁中郎將鄧弘，素治歐陽尚書，歐陽生字伯和，師事伏生，為前漢武帝時人。太后乃令他入傅安帝，自己亦從曹大家受經，兼習天文算數，晝治政事，夜覽書籍，習以為常。好算是巾幗丈夫，可惜陰盛陽衰。偏是內憂少靖，外患又迭起不休，西域都護任尚，不肯依從班超遺誡，專務苛察，致失眾心，西域諸國又相率叛漢，圍攻任尚。尚上書求救，漢廷令北地人郎中梁慬為西域副校尉，使率河西四郡羌胡五千騎，星夜赴援。慬尚未至，尚已解圍，因復據實報聞，有詔徵尚還都，另任騎都尉段禧為都護，西域長史趙博為騎都尉，同駐龜茲它乾城。城中形勢狹隘，梁慬往閱一周，謂西域方有變志，此城如何可守？乃特訪龜茲王白霸，與述朝廷厚恩，囑使勿負，且言龜茲勢孤，當邀都護等入城共守。白霸本由漢廷遣歸，得立為王，見三十四回。聽了梁慬議論，當然樂允；唯吏士同聲諫阻，霸乃不從。梁慬見眾有貳心，急命從吏飛報段禧，請即引兵入龜茲城。禧遂與趙博率兵八九千至龜茲國都。龜茲部眾，恨王招入漢軍，卻去聯結溫宿、姑墨兩國兵馬，來攻白霸，共計有數萬人，環繞龜茲城下，勢甚洶洶。白霸原是驚惶，連段禧、趙博兩人，亦自悔倉猝失圖，被他圍住。獨梁慬毫無懼色，慷慨誓師，出城奮擊，三戰三勝。叛眾自恃勢盛，雖屢經敗衄，尚未肯退。慬出戰一次，還守數日，出戰兩次，又還守數日，相持至好幾月，看得叛眾疲敝，索性與段禧、趙博等，併力出戰，大殺一陣，刀過處血風亂灑，槊落處胡馬齊傾，叛眾抵擋不住，自然盡潰，溫宿、姑墨兩國敗兵，也即散走。慬復引兵追擊，大振餘威，復梟得許多頭顱，奪得許多牲畜。總計先後斬虜首萬餘

第三十七回　立繼嗣太后再臨朝　解重圍副尉連斃虜

級，獲生口千餘人，駱駝牛羊萬餘頭，力窵梁。龜茲乃定。懂等自然奏捷。無如龜茲以外，餘國尚未肯服從，遂致道路梗塞，奏報不通，待至捷書到達，差不多有百餘日。一班公卿大夫，統是顧近忽遠，並言西域遙隔，向背無常，朝廷多耗餉糈，吏士屯田，連年勞苦，為費亦巨，不如取銷都護，迎師回朝為是。鄧太后亦不欲勞兵，依了眾議，就遣騎都尉王弘，發關中兵，及西陲羌胡，往迎段禧、趙博、梁懂等，及伊吾盧、柳中屯田諸吏士。看官聽著！班定遠數十年的勞績，至此乃甘心棄去，盡隳前功，說將起來，統是任尚一人，貽誤大事。可見得安內攘外，全仗人才，一或誤用，未有不立時敗壞呢！慨乎言之。朝廷大臣，不知另舉才能，出鎮西域，反以為撤銷都護，可無外患。誰知一誤不足，還要再誤，為了迎還西師一役，又惹出羌人的變亂來了。先是燒當羌酋東號，挈眾內附，見三十二回。有子麻奴，隨父同降，寓居安定。東號死後，麻奴繼立，種人滋生日繁，散居河西諸郡縣。吏人豪右，往往目為賤種，隨時差役，積成眾怨。及王弘奉命徵調，發遣金城、隴西、漢陽諸羌，使迎西師，羌人還疑是調署西域，往往裹足不前。郡縣官吏，嚴行逼迫，約有數千百騎，到了酒泉，復不願出關，陸續逃避。官吏當作叛羌相待，發兵邀截，非殺即拘，或把他舊居廬落，盡行毀去。於是諸羌益驚，閧然盡潰，麻奴亦支撐不住，也西走出塞。先零別種滇零，與鍾羌諸種，反得乘隙為亂，據住隴道，大為寇掠。一時不得兵械，就將竹竿當作戈矛，板案充作盾牌，四出滋擾。郡縣官無法抵敵，不得不連章奏聞，鄧太后乃使車騎將軍鄧騭，發兵徵羌；再用任尚為徵西校尉，令歸鄧騭節制，一同西行。小子有詩嘆道：

良言不納總無成，輕隳前功罪豈輕。

如此庸材猶屢用，邊陲何日得澄清？

鄧騭、任尚西行徵羌,究竟能否制服羌人,待至下回再敘。

鄧后以賢德見稱,跡其行誼,殆亦得半失半,瑜不掩瑕。和帝崩後,應援立嗣以長之大經,諮詢群臣,然後定議,奈何遽以生經百日之嬰兒,驟使嗣位?謂非貪立幼主,希攬政權,其誰信之?及幼主已殤,又徒與親兄定策,迎立清河王子祜,一朝元首,乃出自兄妹二人之私意,試問國家建置三公,果何為乎?且臨朝未幾,即封兄弟四人為侯,違反祖制,專顧私親,而其他之煦煦為仁,轉不足道。微鄧騭等之猶知退讓,幾何而不為竇氏也?洎乎西域變起,措置失常,梁慬有卻寇之材,不使專閫,反聽朝臣鄙議,甘舉西域而盡棄之,定遠有知,能無隱恫?況棄西域而復構西羌,雖屬內外之失人,究由宮廷之失策!詩曰:「哲夫成城,哲婦傾城。」鄧后雖非傾城之婦人,其亦不能無譏乎?

121

第三十七回　立繼嗣太后再臨朝　解重圍副尉連斃虜

第三十八回
勇梁慬三戰著功　智虞詡一行平賊

第三十八回　勇梁慬三戰著功　智虞詡一行平賊

　　卻說車騎將軍鄧騭與徵西校尉任尚等，出討諸羌，因各郡兵馬尚未到齊，乃留屯漢陽，但遣前哨數千騎，窺探諸羌動靜。不意到了冀西，突與鍾羌相遇，急切不能抵敵，竟被殺死千餘人，餘眾狼狽逃歸。可巧西域副校尉梁慬馳歸，行抵敦煌，奉詔為鄧騭援應，因即引兵轉赴張掖，擊破諸羌萬餘人，斬獲過半。再進至姑臧，羌豪三百餘人，畏威乞降，慬曲為曉諭，遣還故地，各羌豪喜躍而去。是年邊疆未靖，腹地多災，郡國十八處地震，四十一處雨水，二十八處大風雨雹。太尉徐防，司農尹勤，相繼引咎，上書辭職。鄧太后准令免官，三公以災異罷免，實自此始。命太傅張禹為太尉，太常周章為司空。宦官鄛鄉侯鄭眾，及尚方令蔡倫，乘機干政，為鄧太后所寵幸。外戚宦官，更迭干政，有何好處？司空周章，屢次規諫，並不見用。章素性戇直，因見外戚宦官，內外矇蔽，鄧太后始終未晤，免不得憤激起來，當下密結僚友，謀誅鄧騭兄弟，及鄭眾、蔡倫諸人，並且廢去太后嗣皇，改立平原王勝。事尚未發，竟致漏洩機關，把章褫職；章自知不免，忙即服毒自盡。是何等事，乃敢倉猝妄行？死不累家，尚是僥倖！潁川太守張敏，入為司空；司徒梁鮪病逝，仍起魯恭為司徒。魯恭免官，見前回。越年二月，遣光祿大夫樊準、呂倉，分巡冀兗二州，賑濟災民。准上移民政策，謂賑給不足濟事，應將災民徙置荊、揚熟郡。鄧太后依準所議，民得少蘇。會仲夏大旱，鄧太后親幸洛陽寺，令若盧獄中囚犯，解入寺中，面加訊問。官之所居曰寺，若盧獄為少府所掌，主鞫將相大臣。有一囚徒犯殺人罪，實是屈打成招，冤枉牽累，當時已奄奄一息，由吏役扛抬至前，可憐他舉頭四顧，尚不敢言，太后察出情隱，溫言訊鞫，具得實情，乃將囚徒釋免，收繫洛陽令抵罪。行未還宮，甘霖大降，群臣喧呼萬歲。太后雖有心恤囚，但以一婦人，親加訊鞫，究非國法所宜。未幾又接任尚敗報，復致憂勞。原來車騎將軍鄧騭，出屯經年，因使任尚及從事中

郎司馬鈞，帶領各部兵馬，出討羌豪滇零，到了平襄，與滇零等接仗多時，尚軍大敗，傷亡至八千餘人，慌忙遁回。此人原不堪典軍。滇零得了勝仗，竟自稱天子，招集武都、參狼、上郡、西河諸羌種，東犯趙魏，南入益州，攻殺漢中太守董炳，轉掠三輔，氣焰甚盛。湟中諸縣，粟石萬錢，百姓死亡，不可勝計。朝廷既要轉餉輸兵，又欲發粟賑民，弄得日夜徬徨，不知所措。故左校令龐參，坐法遭譴，充作若廬獄中工作，特令子俊上書道：

方今西州流民擾動，而徵發不絕，水潦不修，地力不復，重之以大軍，疲之以遠戍，農功消於轉運，資財竭於徵發，田疇不得墾闢，禾稼不得收入，搏手困窮，無望來秋，百姓力屈，不復堪命。臣愚以為萬里運糧，遠就羌戎，不若總兵養眾，以待其疲。車騎將軍鄧騭，宜且振旅，留徵西校尉任尚，使督涼州士民，轉居三輔，休徭役以助其時，止煩賦以益其財，令男得耕種，女得織紝。然後蓄精銳，乘懈沮，出其不意，攻其不備，則邊民之仇報，奔北之恥雪矣。臣身負罪戾，自知昧死，區區一得，不敢不聞，伏希賜鑑。

鄧太后得書後，尚在躊躇。適光祿大夫樊準，自冀州回京覆命，聞得龐參上書言事，具屬可行，且素知參材足任事，因上疏薦參道：

臣聞鷙鳥累百，不如一鶚。昔孝文皇帝悟馮唐之言，而赦魏尚之罪，使為邊守，匈奴不敢南向。夫以一臣之身，折方面之難者，選用得也！臣伏見故左校令河南人龐參，勇謀不測，卓爾奇偉，高材武略，有魏尚之風，前坐微法，輸作經時，今羌戎為患，大軍西屯，臣以為如參之人，宜在行伍。唯明詔採前世之舉，觀魏尚之功，免赦參刑，以為軍鋒，必有成效，宣助國威不難矣！謹此上陳，唯陛下裁察之。

為此一疏，參得蒙恩赦罪，進拜謁者，奉使西行，監督三輔諸軍，屯田防邊。且詔令梁慬進屯金城。慬得三輔軍報，知叛羌隨處騷擾，迫

第三十八回　勇梁慬三戰著功　智虞詡一行平賊

近園陵，乃即引兵往擊，轉戰武功、美陽間，武功、美陽皆縣名。身先士卒，連敗羌眾，奪還被掠生口多人，截獲馬畜財物，不可殫述。鄧太后得慬捷書，心下少慰，特用璽書勞勉，委慬剿撫諸羌，節制各軍；一面從龐參計議，徵還鄧騭，但留任尚屯兵漢陽。騭奉詔東歸，途次又接太后恩詔，拜為大將軍。騭並無功勞，何得升官？可見太后全是為私。既至都門，大鴻臚持節出迎，中常侍齎牛酒犒勞，王侯以下，相率候望，絡繹道中。及詣闕入謁，復特賜束帛車馬，真是寵靈顯赫，震耀京師。若使掃平諸羌，不知如何待遇？太后既優待鄧騭，不得不加賞任尚，遂封尚為樂亭侯，食邑三百戶。敗軍之將，且得封侯，鄧太后真是憒憒。唯將護羌校尉侯霸召還，說他不能馭羌，黜為庶人，也是冤枉。即令前西域都護段禧，代為護羌校尉。怎奈羌勢日盛，終不能制，永初三年孟春，三輔告急，因復遣騎都尉任仁，督領諸郡屯兵，往援三輔。仁屢戰屢敗，羌眾越加猖獗，當煎勒姐種羌，攻陷破羌縣，鍾羌攻陷臨洮縣，連隴西南部都尉，都被擒去。司徒魯恭，年近八十，乞請致仕，乃改任大鴻臚夏勤為司徒。勤既就職，日慮國用不足，往往仰屋興嗟，不得已商諸太尉張禹，及司空張敏，援照前漢入粟拜爵的故例，聯名上奏，許令吏民納入錢穀，得為關內侯，或虎賁羽林郎，及五官大夫府吏緹騎營士各有差。鄧太后見三公同意，自然准議。無如天災屢降，常患饑荒，上半年河洛水溢，京師大饑；下半年并涼水溢，人自相食。接連又傳到許多警報，海賊張伯路等，寇掠沿海九郡，渤海、平原劇賊劉文河、周文光等，遙與勾連，攪亂得一塌糊塗。還有代郡、上谷、涿郡間，又由烏桓、鮮卑兩路叛胡，一再入犯，殺敗五原太守，傷斃郡中長吏。南匈奴骨都侯，陰助烏桓、鮮卑，也是逆焰滔天，不可收拾；甚且南單于亦背叛漢朝，把美稷守將耿種圍住，危急非常。那時漢廷將相，無從隱諱，當然奏白鄧太后。鄧太后很是著忙，只好與親兄鄧騭等會

議，一路一路的調遣人馬，前去征討。出剿海賊的一路，委任了侍御史龐雄；出救五原一路，委任了車騎將軍何熙；出擊南單于一路，委任了遼東太守耿夔；又調梁慬行度遼將軍事，使出為耿夔後應。軍書四達，蕃鼓齊鳴，不但漢廷當日，忙亂得什麼相似，就是小子一支禿筆，從今追敘，也覺得東顧西應，煞費精神了。我說是好看得很。侍御史龐雄，出剿海賊，究竟賊眾烏合，不能抵敵王師，張伯路屢敗乞降；渤海平原等劇賊，也望風瓦解，四處避匿。龐雄遽報肅清，有詔遷雄為中郎將，令他引兵西行，往副車騎將軍何熙。那遼東太守耿夔，與行度遼將軍事梁慬，統皆百戰名將，一經會師，便向美稷城出發，行至屬國故城，遇著南匈奴部酋奧鞬日逐王，約有三千餘騎，截住途中，夔當先衝陣，慬在後繼進，兩將似生龍活虎一般，攪入匈奴陣中，三千人不值一掃，奧鞬日逐單騎走脫，所有輜重什物，盡被漢軍奪來。

　　此時南單于師子，已早病亡，從弟檀嗣立為單于。永初三年六月間，曾詣闕入朝，隨從有一降虜的漢人，叫做韓琮，朝畢還國，琮與語道：「關東水潦為災，兵民統皆飢死，若發兵進擊，必可得志！」單于檀為琮所惑，因此叛漢興兵，圍攻美稷。至日逐王子身敗還，才知漢軍仍然厲害，但還以為未曾親睹，總要自己督兵，與漢軍決一雌雄，方肯罷休。乃將美稷撤圍，親率精騎八千人，來敵漢軍。湊巧與梁慬相遇，慬部下不過二三千人，單于大喜，總道以眾敵寡，無患不勝，當下麾動騎兵，將慬圍住。哪知慬全不懼怕，披甲持槊，躍馬突陣，部曲各持械隨上，一蕩一決，十蕩十決，把虜騎衝作數截，不能成圍，只好退去；南單于檀，也是顧命要緊，奔還虎澤，未幾又移寇常山。梁慬與耿夔合兵萬人，倍道往援，南單于又復卻還。車騎將軍何熙，已到五原，擊退烏桓、鮮卑叛胡，龐雄亦至，熙適攖疾，聞得常山被攻，因遣雄馳救。及雄到常山，虜兵已退，遂與梁慬等會合，共得萬六千人，進攻虎澤。

第三十八回　勇梁慬三戰著功　智虞詡一行平賊

南單于兩番敗走，已經膽落，又見漢軍連營並進，布滿曠野，越嚇得魂魄飛揚，遂召責韓琮道：「汝言漢人盡死，今是何等人到來，有此聲威哩？」琮無辭可答，匍匐謝罪，當被單于斥退。琮本漢人，乃敢訛虜為寇，死有餘辜，南單于輕信琮言，也是笨鳥。即遣奧鞬日逐王，至梁慬營中乞降；慬訓斥一番，且令單于檀自來謝過，方可赦罪。單于檀接得復報，已是無可奈何，只得徒跣面縛，出來投誠。慬與龐雄耿種等，排開兵馬，列成數大隊，各執兵械站著，然後傳出號令，召檀進見。檀到了案前，不待斥責，已是把頭亂搗，爆得怪響。經慬責他忘恩負義，不堪汙刃，所以貸死，此後不得再作妄想，且須遣子為質，方才還軍。檀慌忙承認，誓不復叛。方由慬等許令起來，改容相待，叫他回帳送出侍子。檀諾諾而去，不到半日，便遣子為質，且繳還前時所掠的漢民。慬等乃班師就道，移至五原。五原地方，尚有烏桓餘黨，出沒往來，再經梁慬等領兵回擊，斬獲多人，殘眾乃降。車騎將軍何熙，病不能起，竟致去世，漢廷實授梁慬為度遼將軍，鎮守塞下，召還中郎將龐雄，擢為大鴻臚。唯耿夔得功最少，且因他不能窮追單于，在道逗留，應該處罰，乃左遷為雲中太守。北方一帶，總算弭平。唯海賊張伯路，悔罪乞降，隔了一年，又復與渤海、平原賊相連，攻入厭次縣，戕殺長官。詔遣御史中丞王宗，督同青州刺史法雄，徵集幽、冀兵數萬人，大舉從事，連破賊黨。會有赦書到來，解散賊眾，賊眾以軍未解甲，不敢投誠。王宗聽部佐計議，意欲乘間出擊，法雄獨進諫道：「兵係凶器，戰乃危機，勇不足恃，勝不可必。賊若航海入島，未易蕩平，今正可宣布赦書，罷兵解嚴，使他解散脅從，然後輕兵裹甲，殲除賊首，這乃所謂事半功倍呢！」確是弭盜良策。宗方才稱善，收兵斂跡，但將赦書宣示賊黨，令將所掠人物，一體交還，許令免死。賊遵令而行，嗣見東萊郡兵，尚未解甲，因復遁匿海島中，唯脅從多半散去，只剩了張伯路等幾

個頭目。過了月餘,島中無糧可用,乃入內地劫掠,法雄早已嚴兵待著,把他截住,見一個,殺一個,見兩個,殺一雙,伯路等並皆授首,海賊乃平。三路並了。是時獨叛羌未服,屢擾西陲,羌豪滇零,且進寇褒中。漢中太守鄭勤,移兵駐防。漢廷因任尚久戍無功,傳旨召歸,令率吏民還屯長安。謁者龐參,復致書鄧騭,謂宜徙邊郡難民,入居三輔。騭頗以為然,且欲棄去涼州,專戍朔方。因召公卿等會議,公卿等尚有異辭,騭慨然道:「譬如敝衣已破,並二為一,尚可補完;若非如此辦法,恐兩不可保了!」大眾聽了此言,只得勉強贊成。光祿勳李修,方因張禹病免,代為太尉。幕下有一個智士,方拜郎中,姓虞名詡,字升卿,係陳國武平縣人。詡以謀略見稱,故履歷從詳。少時失怙,孝養祖母,縣吏舉為順孫。及既為郎中,聞鄧騭決棄涼州,甚以為疑,自覺官小職卑,未便入朝駁議;只有新任太尉李修,本是當道主人,不妨直言相告,託他挽回,因即向修建議道:《通鑑輯覽》誤作張禹,此時禹已免官,應從〈虞詡列傳〉。

竊聞公卿定策,當棄涼州,求之愚心,未見其便。先帝開拓土宇,勤勞後定,而今憚小費,舉而棄之,一不可也。涼州既棄,即以三輔為塞,則園陵單外,二不可也。諺曰:「關西出將,關東出相。」觀其習兵壯勇,實過餘州,今羌胡所以不敢入據三輔,為心腹之患者,以涼州在後故也。涼州士民,所以摧堅折銳,蒙矢石於行陣,父死於前,子戰於後,無返顧之心者,為臣屬於漢故也。今若棄其疆域,徙其人民,安土重遷,必生異志,倘猝然發難,因天下之飢亂,乘海內之虛弱,豪雄相聚,席捲而東,雖賁育為卒,太公為將,猶恐不足以御之。如此則函谷以西,園陵舊京,非復漢有,此不可三也!議者喻以補衣猶有所完,詡恐其疽食浸淫而無限極也。

李修既得詡議,大為感悟,便進詡與語道:「若非汝言,幾誤國家

第三十八回　勇梁慬三戰著功　智虞詡一行平賊

大事；但欲保涼州，須用何策？」詡答說道：「今涼州擾動，人情不安，防有他變。誠使朝中公卿，收羅該州豪傑數人，作為掾屬，又引牧守子弟，授為散官；外示激揚，令他感激，內實拘致，防他為非，涼州有何難保呢？」這一席話，說得李修頻頻點首，當即入朝再議，公卿等俱同聲稱善。好似牆頭草一般。鄧騭見口眾我寡，只好取消前議，但心中很是不平，意欲伺隙害詡。設心如此，全是憸人行徑。會聞朝歌賊寧季聚眾數千，攻殺長史，猖狂日甚，州郡不能制，乃即命詡為朝歌長，促令指日到任。竟欲借刀殺人。故舊都為詡加憂，同時往弔，詡反笑說道：「志不求安，事不避難，乃是人臣的職分！若不遇盤根錯節，如何得見為利器呢？」早有成算。說罷，當即束裝就道，直抵朝歌，先謁河內太守馬稜，稜嘆息道：「君係儒生，應在朝就職，參贊謀猷，為何奉使到此？」詡答說道：「詡奉遣時，士大夫俱來弔詡，也道是詡無能為。詡既為人臣，何敢避難？詡思朝歌為韓、魏郊野，背太行，山名。臨大河，去敖倉只百里，青、冀人民，流亡萬數，賊不知開倉招眾，劫庫兵，守城皋，斷天下右臂，可見他實無大志，不足為憂。唯目前賊勢新盛，未可爭鋒，兵不厭權，願明府寬假轡策，勿與拘牽，詡自然有法平賊呢！」稜慨然許諾。此公也特具青眼。詡即告別就任，懸賞購募壯士，分列三等：上等是專行攻劫；中等是好為偷盜；下等是不事家產，遊蕩失業。這三等莠民，令掾史以下，各舉所知，招羅得數百人，由詡親自挑選，汰弱留強，尚得百餘。當下設酒與宴，許貸前罪，囑使投入賊中，誘令劫掠，一面伏兵待著。等到賊眾前來，便由伏兵突出，併力兜拿，得擒斬數百人；餘賊經此巨創，不敢出頭。詡又想到別法，潛召縫紉為業，家況貧窮的男婦，叫他傭作賊衣，縫就記號，另許優給薪資，遣令依計辦理。百姓已恨賊切骨，得了詡命，自然往覓賊巢，替賊縫衣。賊眾不知祕謀，待衣縫就，便往市里遊行，不意為捕役所察，輒被

拿住。捕役尚未肯與他說明，頓令賊犯莫名其妙，驚為神明，於是賊皆駭散，朝歌復安。小子有詩讚道：

不經盤錯不成材，功業都從患難來。

試讀升卿虞氏傳，一回嘆賞一驚猜。

詡既平賊，上書報功，鄧騭至此，也無可如何了。欲知後事，且看下回再表。

鄧騭統兵徵羌，踰年兩敗，何功足言？及召之使歸，反擢為大將軍。任尚既失西域，復衄平襄，乃賞以侯封，漢廷之賞罰倒置，莫如此時！夫當日之號為良將者，無過梁慬，慬連敗羌人，復制服南單于，功無與比，委以專閫，遊刃有餘；且胡人既服，正可調彼徵羌，削平叛寇，奈何滿朝將相，倉皇失措，反欲輕棄涼州耶？虞詡為國宣猷，保全西土，鄧騭反視若仇敵，徙治朝歌，非詡之智慧平賊，則陷謀士於群賊之中，天下皆引以為戒，不敢復聞朝廷事矣。吾嫉鄧騭，吾尤不能無憾於鄧太后云。

第三十八回　勇梁慬三戰著功　智虞詡一行平賊

第三十九回

作女誡遺編示範　拒羌虜增灶稱奇

第三十九回　作女誡遺編示範　拒羌虜增灶稱奇

卻說永初四年九月，鄧太后母新野君患疾，新野君見前文。太后親往省母，連日留侍，未見還宮，三公上表固請，方才返駕。安帝此時已十有七歲，何不共請還政？既而新野君病劇，再去送終臨喪，極盡悲哀，棺殮時給用長公主赤綬，特贈東園祕器，玉衣繡衾，東園祕器，注見前。使司空張敏持節護喪，儀比清河王臨終遺制，諡曰敬君，清河王臨終，見三十七回。又賜布三萬匹，錢三千萬。鄧騭等辭還錢布，並乞退位守制，還居禮第。太后尚未肯許，詢諸曹大家班昭，昭因上疏復陳道：

伏唯皇太后陛下，躬盛德之美，隆唐虞之政，闢四門而開四聰，採狂夫之瞽言，納芻蕘之謀慮，妾昭得以愚朽身當盛明，敢不披露肝膽，以效萬一！妾聞謙讓之風，德莫大焉！故典墳述美，神祇降福。昔夷齊去國，天下服其廉高；太伯違邠，孔子稱為三讓，所以光昭令德，揚名於後者也。《論語》曰：「能以禮讓為國，於從政乎何有！」由是言之，推讓之誠，其旨遠矣。今國舅深執忠孝，引身自退，而以方隅未靖，拒而不許，如後有毫毛加於今日，誠恐推讓之名，不可再得。緣見逮及，故敢昧死竭其愚誠，自知言不足採，聊以示蟲蟻之赤心，伏冀鑑察。

鄧太后素師事班昭，因即聽從，許令騭等還第終喪，且封昭子曹成為關內侯。昭此時續著漢史，已經垂成，昭續《漢書》，見三十四回。出示士大夫，多半未解。故伏波將軍馬援從孫融，與昭同郡，得為校書郎，至闕下從昭受讀。融兄名續，少甚敏慧，七歲通《論語》，十三明《尚書》，十六治《詩》，博覽群經，又通《九章算術》。鄧太后聞續才名，亦召入東觀，使他參考《前漢書》，再為校正。故《前漢書》百二十卷，除班氏兄妹編著外，續亦略有損益，然後大成。見〈曹大家傳〉。班昭復作《女誡》七篇，作為內訓：第一篇標目，是卑弱二字，第二篇是夫婦，第三篇是敬慎，第四篇是婦行，第五篇是專心，第六篇是曲從，第七篇

是和叔妹,總計不下數千言,流傳後世,近俗呼為女四書。小子無暇盡述,但記得她有一序文,照錄如下:

鄙人愚闇,受性不敏,蒙先君之餘寵,賴母師之典訓,年十有四,執箕帚於曹氏,於今四十餘載矣。戰戰兢兢,常懼黜辱,以增父母之羞,以益中外之累;夙夜劬心,勤不告勞,而今而後,乃知免耳。吾性疏頑,教導無素,恆恐子谷負辱清朝,《後漢書》引三輔《決錄注》云:子谷即曹成子。聖恩橫加,猥賜金紫,即授封關內侯事。實非鄙人庶幾之望也。男能自謀矣,吾不復以為憂也。但傷諸女方當適人,而不漸訓誨,不聞婦禮,懼失容他門,取羞宗族。吾今疾在沉滯,性命無常,念汝曹如此,每用惆悵,閒作《女誡》七章,願諸女各寫一通,庶有補益裨助,汝身去矣,其勖勉之!

校書郎中馬融,見了七篇《女誡》,特為抄錄,歸示妻女,囑令講習,所以逐漸流傳,千古不磨。此外尚有賦、頌、銘、誄、問注、哀辭、書論、上疏、遺命,凡十六篇。至昭歿後,由子婦丁氏編成全集,自撰〈大家贊〉一則,附入集中,姑媳能文,可作彤史佳話。昭有夫妹曹豐生,亦有才慧,嘗作書與昭論難,詞亦可觀。當昭逝世時,年已七十有餘,鄧太后且素服舉哀,厚加賻贈,特派使臣監護喪事。這真好算作士女班頭,生榮死哀了!才德如曹大家,應該褒揚。當時尚有廣陵人姜詩妻,河南人樂羊子妻,也有賢名,並垂不朽。姜詩為廣陵人,事母至孝,妻為同郡龐盛女,奉事尤謹。姜母好飲江水,去家約六七里,龐氏隨時往汲,攜歸奉母。一日適遇大風,歸家較遲,致母渴不能耐,詩因怒責龐氏,將她斥歸。龐氏涕泣出門,借寓鄰舍,日夕紡績,託鄰媼轉遺姜母,數月間餽問不絕。姜母不免驚異,詳問鄰媼,鄰媼始據實相告。姜母且感且慚,忙囑詩召還龐氏,格外憐愛。龐氏益曲體母心,始終無違。有子少長,為姑汲流,竟致溺死,龐氏恐姑哀傷,未敢相告,

第三十九回　作女誡遺編示範　拒羌虜增灶稱奇

但託言出外求學，未便常歸。姜母更好嗜魚鱠，又不願獨食，夫婦嘗合力勤作，得資買魚，為鱠供母，並令鄰媼作陪，冀博母歡。既而孝感動天，有湧泉流出舍側，每旦必雙鯉躍起，使供母膳。龐氏亦再得生子，不致絕嗣。地方官吏，因舉詩為孝廉，入拜郎中。尋復出宰江陽，頗有治績，居官數年，病歿任所。人民為詩立祠，並將詩妻龐氏，一併繪像供奉。姜門雙孝，流播千秋。舉此可以勸孝。樂羊子妻，姓氏失傳。羊子嘗出外遊行，拾得遺金一餅，還家示妻，妻瞿然道：「妾聞志士不飲盜泉水，廉士不受嗟來食，齊黔婁賑饑，見餓者與語曰：『嗟！來食！』餓者以其無禮，竟不食死。奈何貪利拾遺，自汙清行哩？」羊子大慚，亟將遺金還擲原地，一面尋師求學。踰年還，妻跪問歸家理由，羊子道：「久別懷思，並無他故。」妻起身取刀，趨近機前，指示羊子道：「此織生自蠶繭，成自機杼，積縷累寸，積寸累尺，累積不已，方成丈匹，今若割斷，便是自棄前功，終至無成。夫子既出外求學，應該學成乃歸；若中道輟業，便與斷機無異了！」羊子慌忙攔阻，情願再出求學，妻始將刀放下。羊子遂去，七年不返。羊子尚有老母，妻殷勤奉養，又嘗遠饋羊子。會有鄰雞誤入園中，羊子母竟盜雞宰食，妻對雞不餐，潸然淚下。母怪問何因，妻答說道：「自傷居貧，使食有他肉。」母方有慚色，將雞棄去。嗣有盜賊入門，逼妻受汙，妻操刀趨出，盜見她執刀，便把羊子母劫住，且威嚇道：「汝若釋刀從我，當使兩全；否則先殺汝姑！」羊子妻舉首仰天，長嘆一聲，竟舉刀刎頸，流血畢命。盜也覺驚愕，捨去羊子母，揚長自去。羊子母報聞太守，太守捕盜抵罪，賜她縑帛，依禮安葬，號曰貞義。舉此可以勸節。後來尚有漢中人陳文矩繼妻，表字穆姜，生有二男，前妻亦有四子，文矩出為安眾令，在任病故，穆姜與諸子攜櫬歸葬。四子以穆姜本非生母，每有憎嫌；穆姜卻慈愛溫仁，加意撫養，衣食一切，比親子還要加倍。鄰人語穆姜道：「四子不孝，可

謂已甚，何不與之分居，免得受嫌？」穆姜答說道：「我方欲以仁義相導，令他自知遷善，奈何反與分居呢？」鄰人乃懷慚退去。嗣因前妻長子陳興，遇疾甚篤，穆姜親調藥食，晝夜探問，不厭煩勞。好幾月始療興疾，興方才感悟，起呼三弟道：「繼母仁慈，出自天授，我兄弟不識恩養，行同禽獸，雖母德從此益隆，我輩過惡，也從此益深了！」使他自悟，方為善教。說著，遂挈三弟詣南鄭獄中，具陳母德，且述自己從前不孝，乞許就獄治罪。縣令卻暗暗稱奇，往白郡守。郡守提訊四子，四子陳述如前，郡守乃勸諭道：「汝等既自知不孝，革面洗心，此後可在家侍奉，格外孝謹，借贖前愆，既往不咎，權從寬免罷了！」四子方相引歸家，共至穆姜前跪下，願受家法。穆姜道：「知過能改，還有何言？」說著，那郡中已遣吏至門，代為旌表，且免除全家徭役；穆姜率諸子拜謝。嗣是興等悉遵母訓，併為良士。穆姜年至八十餘乃歿，遺命薄葬，不得好奢，諸子奉行維謹，見稱鄉曲。舉此可以勸慈。這三婦的德性，與曹大家相較，看似貴賤不同，行為互異；但試看古今婦女，能有幾人懿言美行，得如三婦？怪不得史冊流芳，推為賢媛呢！這且按下不提。

　　且說鄧太后為母服喪，踰年乃畢，復因天時久旱，親幸洛陽獄錄囚，理出死罪三十六人，餘罪八十人，方才還宮。至永初七年正月，率命婦等往謁宗廟，與安帝交獻親薦，禮畢乃還，詔省時物二十三種。古禮：「天子入祭宗廟，與后並獻。」此時皇后尚未冊立，所以母子交獻如儀。待到安帝二十二歲，方冊立貴人閻氏為后。閻氏母為鄧弘姨，故得冊立，後文自有交代。唯屢年羌寇不絕，邊警頻聞，漢中太守鄭勤，戰死褒中，鄭勤出屯褒中，見前回。主簿段崇，與門下史王宗、原展，奮身捍勤，並皆鬥死。騎都尉任仁，出援三輔，戰無一勝，亦見前回。部下兵又不守紀律，乃由朝廷派遣緹騎，將仁繫歸，下獄處死。護羌校尉段禧病歿，接替乏人，不得不再起侯霸，使他出屯張掖，防禦羌人。

第三十九回　作女誡遺編示範　拒羌虜增灶稱奇

侯霸見黜，俱見前回。羌眾轉寇河內，百姓多南奔渡河，絡繹不絕。北軍中侯朱寵，奉命率五營兵士，往守孟津；屯騎、越騎、步兵、長水、射聲、為五營。並有詔令魏郡、趙國、常山、中山數處，繕築塢候六百十六所，分段禦邊。偏是沿邊長吏，多籍隸內郡，不願在外戰守，紛紛請徙郡縣人民，暫避寇難；朝廷亦弄得沒法，乃令隴西徙治襄武，安定徙治美陽，北地徙治池陽，上郡徙治衙縣。這令一下，四郡長吏，當然大喜，急促人民徙居，自己也好避開虎口。我能往，寇亦能往，豈趨避所能了事？無如百姓多戀居故土，不願徙去，惹動官吏怒意，飭吏役刈去禾稼，撤去牆屋，毀去營堡，除去積聚，硬迫百姓移徙。可憐百姓流離分散，顛沛道旁，老弱轉溝壑，婦女蹟山谷，一大半送命歸陰；只有一小半壯丁，還能勉強支撐，隨官流徙，僥倖生存。比羌寇還要厲害。前徵西校尉任尚，已經免官，再奉召為侍御史，出擊叛羌。至上黨牛頭山，與羌眾交鋒數次，幸得勝仗，羌眾散走，河內少安。乃撤回孟津屯兵，仍戍洛陽。俄而漢陽賊杜琦，及弟季貢，與同郡王信，聚眾通羌，奪據上邽城，自稱安漢將軍，散布偽檄。漢陽太守趙博，潛遣刺客杜習，混入上邽，梟得杜琦首級，還獻郡守。趙博以聞，詔封習為討奸侯，賜錢百萬；再令侍御史唐喜，領兵往討杜季貢、王信。信等據住樗泉營，被唐喜一鼓攻破，斬首六百餘級，信亦伏誅。唯季貢逃脫，奔依滇零。適滇零病死，子零昌繼為羌酋，年尚幼弱，未知大計，但使季貢為將軍，別居丁奚城。這統是永初五六七年間的事情。到了永初八年，改號元初，又出了一個羌豪號多，為當煎勒姐諸羌總帥，抄掠武都漢中。巴郡有一種蠻人，當前漢開國時，曾受高祖恩詔，免輸租賦，蓄息多年，因聞羌人屢擾漢中，所以奮然投效，願為漢助。蠻俗好用板楯，與敵相鬥，時人號為板楯蠻。這板楯蠻約有數千，與漢中五官掾程信會師，出擊號多，號多敗走，退屯隴道，與零昌合。護羌校尉侯霸，率同

騎都尉馬賢，復掩擊號多，殺斃二百餘人，號多復遁。越年侯霸病終，即令前謁者龐參接任。參招誘號多，恩威並用，號多乃率眾請降。參遣號多入朝，蒙給侯印，使還原鎮；參亦移治令居，專顧河西通道，防禦零昌。既而屯騎校尉班雄，即班超子。出屯三輔。左馮翊司馬鈞，奉命行徵西將軍事，督率右扶風仲光，安定太守杜恢，北地太守盛包等，合兵八千餘人，與龐參分道出討零昌。參部下亦有七八千，行至勇士縣東首，為杜季貢所邀擊，失利引還。獨司馬鈞等進攻得勝，乘虛入丁奚城。季貢方擊退龐參，回至城下，見城上已插漢幟，並不返攻，便即竄去。明明有詐。鈞令仲光、杜恢、盛包三人，領兵數千，出刈羌禾，臨行時亦囑他謹慎，不得分兵。光等違鈞節度，四處刈禾，只管深入，被季貢伏兵掩殺，不能相救。鈞恨光等不遵號令，雖有所聞，也不赴援，終至光等敗沒。季貢復乘勝殺來，鈞見孤城難守，又復走還。光等有應死之咎，鈞坐視不救，罪亦相同。事為朝廷所聞，敕將司馬鈞、龐參，一併逮繫獄中。又因北地、安定、上郡三處，並遭羌害，特使度遼將軍梁慬，遣發邊兵，救拔三郡吏民，徙入扶風界內。慬即遣南單于兄子優孤塗奴，引兵往徙，事畢回來，慬以塗奴有勞，先給羌侯印綬，然後報聞。哪知朝廷責他專擅，也召慬還都下獄。還虧校書郎中馬融，力請赦免龐參、梁慬二人，始蒙貸死；唯司馬鈞無人救解，自盡獄中。於是詔令馬賢為護羌校尉，且將班雄調回，遷任尚為中郎將，督屯三輔。始終不忘此人。朝歌長虞詡，已調為懷令，進謁任尚，乘便獻議道：「《兵法》有言：『弱不攻強，走不逐飛！』這乃自然定理。今叛羌類皆騎馬，日行數百里，來如風雨，去似斷弦，若欲使步兵追擊，如何能及？故雖屯兵二十餘萬，曠日持久，毫無效用。為使君計，莫如罷諸郡兵，各令出錢數千，就二十人兵餉，移買一馬，可得萬騎；萬騎兵逐虜數千，尾追掩擊，不患無功，這豈不是利民卻敵，一舉兩得麼？」此議尚無甚奇

第三十九回　作女誡遺編示範　拒羌虜增灶稱奇

特，如何他人未曾想著？尚大喜道：「君言甚是。」當即令詡主稿，奏達京師，復詔盡如詡議。尚汰兵買馬，選得輕騎萬人，襲擊丁奚城。杜季貢倉猝出禦，終不能支，尚軍得斬首四百級，獲馬、牛、羊數千頭，回營報功。尚覆上書奏捷，鄧太后乃器重虞詡，擢詡為武都太守。詡率吏屬赴任，行近陳倉、崤谷間，探得前面有羌眾數千，截住要道，遂停車不進，揚言須請兵保護，方可前行。羌眾信以為真，分掠旁縣，詡得乘虛衝過。星夜急走，每日馳行百餘里，且每一駐足，必令吏士各作兩灶，逐日加倍，好容易至武都。屬吏私下懷疑，至是方向詡啟問道：「古時孫臏行軍，逐日減灶，今公乃令逐日加增；且兵法嘗云：『日行不過三十里，所以防備不虞。』今乃日行至二百里，究為何因？」詡笑答道：「寇眾我寡，徐行必被追及，速行方可遠害；我令汝曹增灶，無非示虜不測，虜見我灶日增，總道是郡兵來迎，眾多行速，不宜追我，因此我得無憂。從前孫臏減灶，故意示弱；我今卻欲示強，情勢不同，虛實互異，汝等何必多疑？」屬吏方才省悟，憬然退出。嗣聞羌人因詡脫走，果來追詡，及見詡逐日增灶，然後卻還，吏士越佩服詡謀。詡查閱郡兵，不滿三千，又費躊躇，外面又傳入警報，謂有羌眾萬人，圍攻赤亭。詡急令軍士操演箭法，約閱二三旬，技射並精，乃令羸兵至赤亭誘敵，有退無進。羌眾踴躍追來，將到城下，詡因發出弓弩手數百名，先用小弩，後用強弓。小弩不能及遠，只有數十步可射，羌眾以為矢力甚弱，不足為懼，遂猛撲城壕，併力急攻；詡再發號令，使弓弩手各用強弩，且命二十人專射一羌，發無不中，中無不踣，羌眾前隊多死，當然駭退。詡復親率吏士，出城奮擊，斃羌甚多，餘羌退至數里外下營，詡亦收兵還城。翌日大開城門，環列士眾，從東郭門入北郭門，復自北郭門入東郭門，迴轉數週，屢換軍裝。仍與增灶法同意，先後用一疑兵計。羌人遙望詡兵，不知有多少，士卒互相驚嚇，倉皇夜走。到了淺水灘邊，躍馬

亂渡，忽聽得一聲鼓號，有許多官兵殺出，齊聲大呼道：「羌奴快留下頭來！」正是：

　　一呼已破群羌膽，百變尤奇太守謀。

　　欲知淺水灘旁的官兵，從何而來，容待下回說明。

　　本回敘述曹大家遺事，並錄《女誡》序文，實為《列女傳》增一色彩。至若姜、樂、陳三婦，亦隨筆敘入，並非畫蛇添足，殆有鑑夫人心不古，女教益衰，不得不臚述前型，為女界留一榜樣，作者之寓意甚深，其用心亦良苦也。《後漢書·列女傳》中，尚有一周郁妻，不能諫夫，竟致自盡，蓋猶有遺憾存焉；略而不記，去取從嚴，比《范史》且更進一層矣。虞詡增灶，千古稱奇，厥後之奇謀迭出，更見智慧。自永初元年，羌人為亂，連擾至十餘年，將士絡繹，不絕於途，求一謀略如虞詡，不可再得，漢亦可謂無人，而詡之名乃益盛。誰謂白面書生，不可與語行軍哉？

141

第三十九回　作女誡遺編示範　拒羌虜增灶稱奇

第四十回
駁百僚班勇陳邊事　畏四知楊震卻遺金

第四十回　駁百僚班勇陳邊事　畏四知楊震卻遺金

　　卻說羌眾奔渡淺水灘，被官軍一聲呼喝，已是心驚膽落；再加夜色昏暗，辨不出官兵若干，但覺得刀槊縱橫，旌旗錯雜，嚇得羌眾拚命亂跑，所有輜重，盡行棄去，命裡該死的，統做了灘中水鬼，餘皆逃散，再不敢還寇武都。其實這班官軍，只有四五百名，由虞詡遣伏灘旁，料知羌眾必從此返奔，正好乘夜掩殺，果然不出所料，大獲勝仗，官軍奏凱還城。詡犒勞已畢，復出巡四境，審視地勢，添築營壘百八十所，招還流亡，賑貸貧民，疏鑿水道，開墾荒田。初到郡時，穀每斗千錢，鹽石八千，戶口只一萬三千，及任職三年後，米斗八十，鹽石四百，民增至四萬餘戶，家給人足，一郡大安。此之謂為政在人。鄧太后特簡從兄鄧遵為度遼將軍，邀同南單于檀，及左谷蠡王須沈，合兵萬騎，同至靈州，擊破羌豪零昌，斬首八百級，有詔封須沈為破虜侯，並賜南單于以下金帛有差。至元初三四年間，中郎將任尚，也遣兵擊破丁奚城，乘勢招募敢死士，往攻北地，得捕誅零昌妻孥，搜得零昌父子僭號文書，把廬帳盡行毀去。尚再買結當闐種羌榆鬼等五人，使他投入杜季貢寨中，伺隙刺死季貢，攜首歸報；由尚替榆鬼請封，得受封破羌侯。季貢遇鬼，安得不死？三輔一帶，羌勢少衰。唯餘羌流入益州，勢尚蔓延，朝廷曾使中郎將尹就往討，好多日不能蕩平，乃將就徵還坐罪，改命益州刺史張喬代領就軍。喬剿撫並用，羌眾或降或逃，漸歸平靖。任尚已進為護羌校尉，再購募效功種羌號封，刺殺零昌，號封得受封為羌王。零昌雖死，尚有謀主狼莫，擁兵北地，未肯降附。於是尚與騎都尉馬賢，合擊狼莫，相持至兩月餘，與狼莫大戰富平河畔，斬首五千，狼莫乃遁。諸羌自是知懼，次第詣鄧遵營，櫬械投降，隴右始平。唯狼莫在逃未獲，由鄧遵募得羌人雕何，偽尋狼莫，幸與相遇，狼莫引為腹心，終被刺死，將首級獻與鄧遵。遵報稱大功垂成，且具陳雕何勞績，詔封遵為武陽侯，食邑三千戶；雕何亦得為羌侯。唯任尚與遵爭功，互有齟齬，遵

劾尚虛報虜首，並受贓至千萬以上，鄧太后偏信遵言，赫然震怒，竟派大員拘拿任尚，用檻車囚入都中。有司仰承鳳旨，鍛鍊成獄，即將尚推出市曹，梟首示眾，家產俱籍沒充公。尚有罪時，可誅而反賞，此次平羌，不為無功，且反棄市，真正令人不解！看官聽說！自從羌人叛亂十餘年，調兵遣將，歲時不絕，軍需用去二百四十餘億，兵士死亡，不可勝數。至零昌、狼莫刺死，群羌瓦解，三輔益州，方得不聞寇警；但并、涼二州，從此耗敝，就是國家府庫，亦用盡無餘，漢廷元氣，已漸就銷磨了。到了元初七年間，立皇子保為太子，復改年號為永寧元年。皇子保為後宮李氏所生，安帝本欲立李氏為后，嗣因閻姬入宮，閻氏名姬。饒有姿色，專寵後房，且與鄧太后戚誼相關，遂得由貴人進為皇后。閻姬為鄧弘姨妹所生，已見前回。事在元初二年。閻后素性妒忌，視李氏如眼中釘，竟將李氏鴆死，唯保得僅存。安帝待后生男，五六年不得一產，乃立保為太子。閻后無法諫阻，只得由他冊立。內外臣僚，方入宮慶賀，忽由敦煌太守曹宗，呈入奏章，請發兵擊北匈奴，並取西域。原來西域為漢廷所棄，各國復為北匈奴所制，連兵寇邊。敦煌太守曹宗，曾奏薦掾吏索班，使行長史事，出屯伊吾，招撫西域。車師前王及鄯善王，復聞風請降。永寧元年，車師後王軍就，連結北匈奴兵馬，攻殺索班，並擊走車師前王，略有北道。曹宗乃表請北征，報怨雪恥。鄧太后以事關重大，不得不召集群臣，會議進止。群臣以羌寇初平，瘡痍未復，不如閉住玉門關，免得勞師。太后猶豫未決，繼思前西域軍司馬班勇，為前定遠侯班超次子，頗有父風，不妨召令與議。勇奉召入闕，獨與眾議未合，別伸己見，大略說是：

昔孝武皇帝患匈奴強盛，兼總百蠻，以逼障塞，於是開通西域，離其黨羽，論者以為奪匈奴府藏，斷其右臂。嗣遭王莽篡逆，徵求無厭，胡夷忿毒，遂以背叛。光武中興，未遑外事，故匈奴負強，驅率各國；

第四十回　駁百僚班勇陳邊事　畏四知楊震卻遺金

及至永平，再攻敦煌，河西諸郡，城門晝閉。孝明皇帝獨抒廟策，命虎臣出征西域，故匈奴遠遁，邊境得安；及至永元，莫不內屬。間者羌人叛亂，西域復絕，北虜遂遣責諸國，備其逋租，高其價值，嚴以期會，鄯善車師，皆懷憤怨，思樂事漢，其路無從；前所以時有叛者，皆以牧養失宜，還為其害故也！今曹宗徒恥於前負，而不尋出兵故事，猶未度當時之宜也。夫徼功塞外，萬無一成，若兵連禍結，悔無所及。況今府藏未充，師無後繼，是示弱於遠夷，暴畜僕。短於海內，臣愚以為不可許也！舊敦煌郡有屯兵三百人，今宜復之，復置護西域副校尉，居於敦煌，如永元故事。又宜遣西域長史，將五百人屯樓蘭，西當焉耆、龜茲徑路，南彊鄯善、于闐心膽，北捍匈奴，東近敦煌，然後可徐圖招懷，服西域而卻北虜也！臣勇謹議。

這議既上，便由各尚書詰問道：「今立副校尉，如何稱便？但置長史屯樓蘭，有何利益？」勇答說道：「從前永平末年，始通西域，初遣中郎將居敦煌，復置副校尉住車師，既足節度胡虜，又禁止漢軍侵擾，所以外域歸心，匈奴畏威。今鄯善王尤還，為漢人外孫，若匈奴得志，尤還必死。彼等雖行同鳥獸，也知趨吉避凶，若使長史出屯樓蘭，樓蘭與鄯善相近，自足使尤還安心。故愚見以為便利呢！」道言甫畢，又有長樂衛尉鐔顯，廷尉綦母參，司隸校尉崔據，同聲出駁道：「朝廷前棄西域，無非因西域無益中國，反多糜費，所以決計棄去。今車師已屬匈奴，鄯善未可保信，一旦反覆，試問班司馬能保北虜不為邊害麼？」口亦厲害。勇復答道：「朝廷分建郡國，各置州牧，豈不是防寇詰奸，安民利國麼？若州牧能長保治安，勇亦願拚此身首，長保匈奴不為邊害！試想今日能通西域，北虜勢必衰微，自不致常為我害。若再不遣置校尉，分屯長史，西域諸國，更覺絕望；望絕必屈就北虜，合兵窺我，恐沿邊諸郡，將屢為所侵，河西城門，終日長閉，不能復開了！照此看來，為了目前惜費，反令北虜勢盛，難道是長久計策麼？」駁得好。鐔顯等理

屈詞窮，只好默然。忽又有一人出詰道：「今若更置校尉，西域必絡繹遣使，要索無厭。若一概給與，必致耗費無窮；不與便啟彼異心；一旦為匈奴所迫，又要向我求救，徒致煩擾，有損無益，何必多此一舉哩？」此說更屬牽強。班勇瞧著，乃是太尉掾屬毛軫，便開口辯難道：「今若將西域讓與匈奴，匈奴果肯感念漢恩，不再犯邊，倒也罷了；否則匈奴得西域租賦，養兵蓄銳，來犯我境，是適為仇讎增富，暴夷增勢，如何可行？勇請再置校尉，意在令西域內向，杜北虜外侵，免得費財耗國，常為我憂！且西域諸國，無他需求，不過使節往來，稍費廩餼；若為此拒絕，俾歸北虜，北虜必與西域併力，入寇幷、涼，那時不能不防，不能不禦，勞師糜餉，不可勝計！何止千億百億呢？」仍是引伸前意。毛軫聽了，也只得啞口無言。鄧太后見班勇所議，確有至理，因復敦煌郡營兵三百人，置西域副校尉，使居敦煌。鄯善諸國，始無異志。唯匈奴與車師國，尚是連兵入寇，鈔掠河西，待至班勇出屯，方見戰功，後文再表。

　　且說前大將軍鄧騭，自母喪還第後，與諸兄廬墓守制，還算勉盡孝思。季弟閶哀慟過甚，竟至骨立，尤得時譽。及服闋後，鄧太后召令復職，仍授前封，騭等固辭，乃止令並奉朝請，遇有大議，方詣闕參謀。已而鄧弘病逝，鄧太后親服齊衰，安帝亦服緦麻，並往弔喪。有司請追贈弘驃騎將軍，封西平侯，太后因弘有遺言，不願加贈，但賜錢千萬，布萬匹。騭等復辭還不受，乃詔令大鴻臚持節，就弘靈前，封弘子廣德為西平侯。嗣因弘曾為帝師，備有勞績，復封廣德弟甫德為都鄉侯。都鄉由西平分出，名為兩侯，食邑實未嘗加增，不過虛示顯榮罷了。旋復封鄧京子珍為陽安侯，兼職黃門侍郎。不意鄧弘歿後，未及三年，鄧悝、鄧閶，相繼謝世，皆遺言薄葬，不受爵贈。早死為幸。太后並如所言，唯封悝子廣宗為葉侯；閶子忠為西華侯，自是鄧氏兄弟五人，唯騭

第四十回　駁百僚班勇陳邊事　畏四知楊震卻遺金

尚存。何不速死？免有後責！騭子鳳官拜侍中，嘗與尚書郎張龕書，極稱郎中馬融才能，說他應居臺閣。又復受中郎將任尚贈馬，尚坐罪棄市，見上文。鳳懼連坐，先在騭前自首，騭髡妻及鳳，以謝天下，輿論稱賢。鄧太后嘗徵和帝弟濟北、河間王子女，濟北王壽，河間王開，俱見三十四回。凡四十餘人，又鄧氏近親子孫三十餘人，為開邸第，教學經書，親自監試，威愛兼施。且詔敕從兄河南尹鄧豹，越騎校尉鄧康等云：

吾所以引納群子，置之學宮者，實以方今承百王之敝，時俗淺薄，巧偽滋生，五經衰缺，不有化導，將遂陵遲，故欲襃崇聖道，以匡失俗。《傳》不云乎：「飽食終日，無所用心，難矣哉！」今末世貴戚，食祿之家，溫衣美食，乘堅驅良，而面牆無術，不識臧否，斯故禍敗所從來也！永平中，四姓小侯，皆令入學，所以矯俗厲薄，返諸忠孝。先公既以武功書之竹帛，兼以文德教化子孫，故能束身修心，不觸刑網。誠令兒曹上述祖考休烈，下念詔書本意，則足矣。其勉之哉！

鄧氏子弟，素承訓誡，雖似保泰持盈，有所顧忌，但聲勢已是赫耀，宮廷內外，無不曲意趨承。時三公已皆易人，太尉李修，已經去世，後任為大司農司馬苞，不久又歿，代以太僕馬英；司空張敏罷職，改任太常劉愷為司空；未幾司徒夏勤免官，進劉愷為司徒，用光祿勳袁敞為司空。三公為漢廷重官，故每有沿革，備敘不遺。敞為故司徒袁安子，廉正不阿，與鄧氏子弟有嫌。尚書郎張俊，有私書與敞子，述及省中祕議，當時尚無人知曉。俊有同僚朱濟、丁盛，品行不修，為俊所嫉，意欲上書彈劾，偏兩人得悉風聲，轉浼同官陳重、雷義，代為緩頰。陳、雷俱豫章人，向係好友，並有義行，陳重得舉孝廉，讓與雷義，義當然不受，兩人交讓數次，太守張雲，因相繼並舉，均得入為尚書郎。鄉里有謠傳云：「膠漆自謂堅，不如雷與陳。」隨筆敘入雷陳交誼，

是消納法。此次為朱濟、丁盛所託，兩人不知他品行失檢，只因同僚相委，不便固卻，乃轉告張俊，乞免奏彈。俊年少氣盛，怎肯聽從？雷陳亦樂得辭退，復告朱濟、丁盛。濟與盛越加啣恨，遂私賂侍史，使求俊短，得俊與敞子書稿，便即封好上奏。朝廷因他漏洩省事，拘俊下獄，且責袁敞教子不嚴，交通郎官，策免司空官職。敞憤急自盡，俊坐罪論死。虧得他文藝素優，在獄上書侃侃論辯，鄧太后愛他文辭，特馳詔赦免死刑。俊已被刑官推出都門，引頸待戮，死裡逃生，可謂僥倖萬分。敞子亦得免死，並賜復敞官，仍用三公禮殮葬，繼任為太常李郃。郃未幾罷官，復另任衛尉陳褒。司徒劉愷，與李郃同時罷免，特簡太常楊震為司徒。震字伯起，弘農郡華陰縣人，父名寶，習歐陽尚書，注見前。隱居不仕。相傳寶年九歲時，出遊華陰山北，見一黃雀為鴟梟所傷，墜落樹下，被螻蟻困住，寶心懷不忍，將雀取歸，置巾笥中，飼食黃花，百餘日毛羽豐滿，縱令飛去，是夕有黃衣童子入見，向寶再拜道：「我乃西王母使者，蒙君仁愛，拯我災厄，謹酬白環四枚，令君子孫清白，位登三公，有如此環！」說畢，將環呈上，寶方才接受，轉眼間童子已杳，詫為奇事。後來娶妻生子，取名為震。震少年喪父，能承遺志，博通經籍，家貧無資，課徒為生，暇輒親植菜蔬，供養老母，門生替他種植，震卻不願，特拔起更種，免得弟子服勞，諸儒交口相讚道：「關西孔子楊伯起。」嗣復有鸛雀銜三鱣魚，飛集講堂前，有都講取魚進說道：「蛇鱣為卿大夫服，鱣數有三，便是三臺預兆，先生當從此升遷了！」酬環銜鱣事，趁手敘明。時震年已至五十，果由大將軍聞名辟召，得舉茂才。四遷至荊州刺史。調任東萊太守，道經昌邑，縣令王密，本由震舉薦茂才，至是乘夜進謁，獻金十斤。震勃然道：「故人知君，難道君不知故人麼！」密答說道：「暮夜進饋，何人知曉？」震搖首道：「天知地知，汝知我知，共有四知，何謂無知？」說著，舉金擲還，密懷慚引退。震

第四十回　駁百僚班勇陳邊事　畏四知楊震卻遺金

就任年餘，又轉為涿郡太守，持身廉介，不受私謁，子孫常蔬食步行。或勸震少營產業，留貽子孫，震正色道：「使後世稱我為清白吏，便是貽澤子孫，比較貽金積產，好得多哩！」四世貴顯，賴此餘澤。元初四年，徵入為大司農，永寧元年，升任司徒，朝野無不欽慕，就是鄧太后亦另眼相看。唯安帝年將及壯，鄧太后尚未還政，臨朝如故。先是郎中杜根，奏請歸政嗣皇，語甚切直，惹動太后盛怒，令用縑囊盛根，下杖撲死。刑罰亦奇。棄屍城外，竟得復甦，逃奔宜城山中，為酒家保，埋名避難。還有平原郡吏成翊世，亦奏請太后歸政，坐罪繫獄。越騎校尉鄧康，因宗族盛滿為憂，屢勸太后恬退深宮，太后不從，康謝病不朝。太后使侍婢探視，侍婢本由康家入宮，服事太后多年，當時老年內侍，多稱中大人，所以侍婢奉命視康，及門通名，亦以中大人自呼，康召婢入內，厲聲呵叱道：「汝出自我家，敢自稱中大人麼？」說得侍婢滿面羞慚，回宮覆命，便誣康心存怨望，詐稱有疾。太后不禁怒起，竟將康罷免官職；但存夷安侯舊封，遣令就國，削絕屬籍。若非鄧氏支裔，性命休矣。及永寧二年仲春，太后不豫，咳逆唾血，尚力疾起床，乘輦出殿，召見侍中尚書，順便至太子宮中監視。還宮後大赦天下，賜諸園貴人，及王侯公主錢帛有差。到了春暮，病勢日篤，竟爾歸天，享年四十一歲，臨朝至十有八年。小子有詩詠道：

屈指臨朝十八年，母儀雖美總貪權。

千秋書法留遺憾，何若含飴馬氏賢！

馬氏指明帝后。

欲知鄧太后臨終後事，待至下回再詳。

黷武窮邊，古有明戒！然既已奏功於當日，不應隳績於後時！試思班超以二三十年之勞苦，得定西域，而卻北虜，乃以後任非才，一旦輕

棄，豈不可惜？勇承父志，再議屯邊，朝臣多以為非計，即史家亦謂其復圖西域，致貽河西以寇虜之憂。不知西域不通，河西亦未必免寇，勇之駁斥群僚，並非強詞奪理。且觀其後來出屯，終復父業，坐言起行，勇固為定遠肖子乎！楊震不受遺金，四知之言，可質天地；並欲清白傳子孫，卒能貽澤後人，休光四世。後之為子孫計者，何其燻心富貴，但知貽殃，未知貽德耶？而關西夫子楊伯起，卒以此傳矣。

第四十回　駁百僚班勇陳邊事　畏四知楊震卻遺金

第四十一回
黜鄧宗父子同絕粒　祭甘陵母女並揚威

第四十一回　黜鄧宗父子同絕粒　祭甘陵母女並揚威

卻說安帝永寧二年三月，鄧太后駕崩，安帝方得親政。尊諡鄧太后為和熹皇后，與和帝合葬慎陵。自從鄧太后臨朝以來，連年水旱，四夷外侵，盜賊內起，幾至岌岌不安。還虧鄧太后宵旰勤勞，知人善任，每聞民飢，輒達旦不寐，減膳撤樂，力救災厄，故天下復安，歲仍豐穰。平時施恩布惠，常有所聞，就是廢后陰氏家屬，本已由和帝詔命，充戍日南，見三十六回。鄧太后不念舊惡，仍令赦歸，給還資財五百萬。這都是太后寬仁，非尋常婦女可及。平望侯劉穰，嘗上書安帝，請令史官著〈長樂宮聖德頌〉，雖不免獻諛貢媚，卻也非全出虛誇。不過臨朝日久，未肯還政，鄧氏外戚，總不免加恩太厚，遂致見譏當世，貽禍母家，下文便見敘明。小子且說安帝親政，已將太后梓宮，奉葬慎陵，當即有一班希旨承顏的大臣，請追上安帝本生父母尊號。奏疏有云：

昔清河孝王至德淳懿，孝王即清河王諡法，見三十七回。載育明聖，承天奉祚，為郊廟主。漢興高皇帝尊父為太上皇，宣帝號父為皇考，序昭穆，置園邑，太宗之義，舊章不忘。宜上尊號曰孝德皇，皇妣左氏曰孝德后，孝德皇母宋貴人，追諡曰敬隱后，以存《春秋》「母以子貴」之大義，並彰陛下孝思維則之隆規，謹此奏聞。

安帝得奏，當然准議，遂告祠高廟，使司徒持節，與大鴻臚奉策書璽綬，至清河追上尊號；並添置園邑，號孝德皇墓為甘陵；又追封敬隱后父宋楊為當陽侯，予諡曰穆，楊四子皆封列侯。孝德皇元妃耿姬尚存，尊為甘陵大貴人。嫡母為貴人，生母為皇后，嫡庶倒置，究屬不宜。耿貴人為牟平侯耿舒孫女，舒即故好畤侯耿弇弟，兩姓襲封；孫耿寶尚嗣侯爵，為耿貴人兄，乃召使監羽林軍，侯封如故。又封帝妹侍男等四人，皆為長公主，錫類推恩，備極優渥。句中有刺。唯因中常侍蔡倫，前承竇后意旨，附會成獄，逼令宋貴人自盡，即敬隱后事，見前文。此時回溯前冤，特令倫自詣廷尉，追究罪狀。倫料難免辱，即沐浴

整衣，飲藥畢命。倫與剿鄉侯鄭眾，皆為鄧太后所寵，嘗受封龍亭侯，眾已早死，倫尚為長樂太僕，時人因他功足抵罪，頗為嘆惜。原來倫有才學，並有巧思，在宮中監作器械，無不精工；且有一種特別的製造，流行後世，就是古今通用的字紙。古時書契，多用竹簡編成，筆或用鐵，或用竹木，蘸墨為書。自秦蒙恬用獸毛作筆，柔軟耐用，於是竹簡亦改為縑帛。但簡重縑貴，總嫌未便，經倫獨出心裁，採用樹皮麻頭，及破布魚網，搗煮如法，攤晒成紙，遂為後人所利用，時稱為「蔡侯紙」。嗣倫且奉詔校書，監同通儒謁者劉珍，與博士良史等，並詣東觀勘正經籍，功亦頗多。只為了屈死宋貴人一案，遂至不得令終，咎雖自取，但宦官中卻也不能多得呢！褒貶得當。一蟹不如一蟹，果有中常侍江京、李閏等，相繼並起，取悅安帝，得竊政權。還有安帝乳母王聖，盤踞宮掖，亦得肆行無忌，與江京等朋比為奸，遂致興起大獄，要推翻那鄧氏外戚，乘間徼功。

先是安帝兄平原王勝，多病傷生，歿後無嗣，鄧太后令千乘王伉孫得過繼。伉係和帝長兄。得父寵已改封樂安王，得因過繼與勝，襲封平原王。未幾得又病逝，亦無子息，乃再命河間王開子翼為平原王，仍奉勝祀。翼容止翩翩，溫文爾雅，鄧太后愛他韶秀，留住京師。安帝少時，亦號聰明，所以得立。及年既逾冠，喜暱群小，失德頗多，轉為鄧太后所嫌。乳母王聖，常恐安帝被廢，密與江京、李閏等，伺察太后顏色，報聞安帝，語中免不得帶著蹊蹺，叫安帝預先加防。安帝還道他是好人，引作心腹，暗中卻怨鄧太后寡恩。及太后既崩，加封宋、耿二族，尚先封鄧騭為上蔡侯。嗣由王聖等妄想圖功，屢談鄧氏短處，再加後宮女寺，從前受過鄧太后責罰，正好乘此報怨，遂誣告鄧悝、鄧弘、鄧閶，曾從尚書鄧訪，查取廢帝故事，謀立平原王。王聖與江京、李閏，復從旁煽惑，不由安帝不信，況安帝素有心跡，自然一齊發作，便

第四十一回　黜鄧宗父子同絕粒　祭甘陵母女並揚威

囑令有司追奏鄧氏兄弟，嘗圖廢立，罪坐大逆。當日即有復詔批准，廢去鄧弘子西平侯廣德，都鄉侯甫德，鄧京子陽安侯珍，鄧悝子葉侯廣宗，鄧閶子西華侯忠，一古腦兒俱為庶人。鄧氏子弟封侯，俱見前回。鄧騭本應連坐，因前時未曾與謀，但徙封羅侯，遣令就國；宗族一體免官，勒歸原籍。並抄沒鄧騭等資財田宅，充戍尚書鄧訪，及訪妻子等至遠方。郡縣官吏，更仰承上意，迫令廣宗及忠，並皆自盡。唯廣德兄弟，與閻后有中表誼，因得不死，寓居都中。閻后母為鄧弘姨，見三十九回。鄧騭見家族被誣，無從訴枉，又聞王聖等從中媒孽，料知將來亦多凶少吉，一時憂憤交並，索性不飲不食，由他餓死了事。子鳳見乃父絕粒，也即斷食，一同畢命。騭從弟河南尹鄧豹，度遼將軍武陽侯鄧遵，將作大匠鄧暢，得知同宗並坐大罪，嚇得心緒不寧，輾轉圖維，還是速死為上，免得逮繫取辱，因皆服毒而終。只前越騎校尉鄧康，前被太后削去屬籍，徙往夷安，此時卻得特邀寵命，徵為太僕。鄧康被黜，見四十回。平原王翼，也坐貶為都鄉侯，遣歸河間。虧得翼閉門謝客，不再與聞政事，方得倖免。朝臣自三公以下，莫敢進諫，唯大司農朱寵痛騭無辜遇禍，不忍不言，乃輿櫬詣闕，肉袒上書。書中說是：

伏唯和熹皇后，聖善之德，為漢文母。兄弟忠孝，同心憂國，宗廟有主，王室是賴；功成身退，讓國遜位，歷世外戚，無與為比，當享積善履謙之祐。而橫為宮人單字所陷，利口傾險，反亂國家，罪無申證，獄不訊鞫，遂令騭等罹此酷濫，一門七人，死非其命，騭父子及豹、遵、暢與廣宗、忠，並死七人。屍骸流離，冤魂不返，逆天感人，率土喪氣。宜收還塚次，寵樹遺孤，奉承血祀，以謝亡靈。臣自知言出必死，但願陛下俯納臣言，臣雖碎首，亦無遺恨矣！輿櫬待罪，生死唯命。

這封書奏，卻是激切得很，安帝頗為動容。偏故司空陳寵子忠，劾寵黨同鄧氏，竟致免官。從前和熹皇后初正中宮，三公欲追封后父訓為

司空，陳寵時亦在朝，謂無故事可援，打消廷議，因此鄧氏與寵有嫌。寵子忠素有才譽，父歿後浮沉郎署，不能得志，所以朱寵上言，忠不願為鄧氏洗罪，竟將朱寵劾去。統是器小不堪。哪知人心未死，公論猶存，百姓也為鄧氏呼冤，連上封章，籲請公卿代陳。安帝不得已加謫郡縣，責他逼迫廣宗等人；且令騭等遺櫬，還葬洛陽，派使致祭，祠以中牢；鄧氏宗戚，亦使還居都中，這且無庸細敘。唯鄧氏既除，安帝得報復私嫌，遂改永寧二年為建光元年，大赦天下，封江京、李閏為列侯，且令閻后兄弟閻顯、閻景、閻耀，入為卿校，並典禁兵。中常侍樊豐、劉安、陳達，皆為京、閏羽翼，互作黨援；乳母王聖，權勢甚盛，甚至聖女伯榮，亦得出入宮掖，交通賄賂。婦女閹寺，互相煽蔽，累得安帝昏迷日甚，耳目不聰。太尉馬英，已經病逝，再起前司徒劉愷為太尉。愷與司空陳襃，不過以資格充選，無甚材能；獨司徒楊震，看得婦寺干政，忍不住熱忱上進，即抗疏上奏道：

　　臣聞政以得賢為本，治以去穢為務。是以唐虞俊乂在官，天下咸服，以致雍熙。方今九德未事，嬖倖充庭。阿母王聖，出自賤微，得遭千載，奉養聖躬，雖有推燥居溼之勤，前後賞惠，過報勞苦，而無厭之心，不知紀極，外交囑託，擾亂天下，損辱清朝，塵點日月。《書》誡牝雞牡鳴，《詩》刺哲婦喪國。昔鄭嚴公即鄭莊公，明帝諱莊，故改莊為嚴。從母氏之欲，恣驕弟之情，幾至危國，然後加討，《春秋》貶之，以為失教。夫女子小人，近之喜，遠之怨，實為難養。《易》曰：「無攸遂，在中饋。」言婦人不得與於政事也。宜速出阿母，令居外舍，斷絕伯榮，莫使往來，令恩德兩隆，上下俱美。尤願陛下絕婉孌之私，割不忍之心，留神萬機，戒慎拜爵，減省獻御，損節徵發；令野無鶴鳴之嘆，朝無小明之悔，大東不興於今，勞止不怨於下。〈鶴鳴〉、〈小明〉、〈大東〉、〈勞止〉俱詩名，並見〈小雅〉。擬蹤往古，比德哲王，豈不休哉？

　　這疏呈入，安帝竟取示王聖。聖略通文墨，看到這奏，自然忿懣得

第四十一回　黜鄧宗父子同絕粒　祭甘陵母女並揚威

很，侟至安帝面前，自陳被誣，且泣請出宮。安帝正加寵遇，怎肯聽她出去？反用好言勸慰，待遇益優；聖女伯榮，當然照常出入，毫無禁忌。時有泗水王劉歙從曾孫瓌，久居京師，生成一副媚骨，專與王聖母女交通。泗水王歙，為光武族父，傳國至孫護，無子國除。伯榮年已及笄，見瓌放誕風流，惹動情竇，免不得與他笑謔。瓌正欲挑逗伯榮，湊巧針鋒相對，自然不待媒妁，先偷試雨意雲情，枕畔密盟，願與偕老，然後向王聖說明，再行六禮。好一個自由結婚，若生今之世，必稱她為文明女子。一對野鴛鴦，變作真鶼鰈，卿卿我我，越覺情濃。伯榮遂替瓌入宮乞封，居然得邀恩准，使襲故朝陽侯劉護封爵，並官侍中。可謂妻榮夫貴。護為劉歙曾孫，且年齡比瓌為輕，不過早殀無嗣，因致絕封；瓌為護再從兄，怎得牽合過去？司徒楊震，又不禁憤激，再行上疏道：

　　臣聞高祖與群臣約，非功臣不得封，故經制父死子繼，兄亡弟及，以防簒也。伏見詔書封故朝陽侯再從兄瓌，襲護爵為侯；護同產弟威，今猶見在。臣聞天子專封，封有功；諸侯專爵，爵有德。今瓌無他功行，但以配阿母女，一時之間，既位侍中，又至封侯，不稽舊制，不合經義，行人喧譁，百姓不安。陛下宜覽鏡既往，順帝之則，勿使貽譏將來，則表率先端，垂譽無窮矣。

　　奏入不報，安帝既沉湎酒色，委政外戚、內閹，及王聖母女，就是邊疆有事，亦置諸度外，不願與聞。燒當羌酋麻奴，自奔徙出塞後，雖伏居不動，終未肯向漢投誠。護羌校尉馬賢，亦因他首鼠兩端，不甚撫卹，遂致麻奴黨羽忍良等，俱有怨言，於是慫恿麻奴，並寇湟中，轉攻金城諸縣。還算馬賢引兵剿撫，解散諸羌，殺敗麻奴。麻奴窮蹙飢困，方至漢陽太守耿種處乞降。耿種據實奏聞，安帝也無心詳察，但令有司援照前例，假給金印紫綬，並賜金銀綵繒，算作了事。嗣由鮮卑寇居庸關，雲中太守成嚴，及功曹楊穆，同時戰歿；鮮卑復移掠雁門、定襄，

並及太原。警報傳達京師，亦未聞發兵防討，只晦氣了邊疆百姓，被他掠去若干，飽載而去。安帝置若罔聞，反至寵臣馮石家內，連日留飲，經旬方歸。也好算是無愁天子。石為故陽邑侯司空馮魴孫，馮魴為司空，見前文。魴子柱曾尚明帝女獲嘉公主，石得襲爵獲嘉侯，兼官衛尉。生平無他伎倆，專能逢迎上意，取悅一時，卻是希寵梯榮的好手段。所以安帝格外加寵，時有賞賜；且進石子世為黃門侍郎，世弟二人並為郎中。是年秋冬二季，郡國水災，多至二十七處，地震至三十五處，安帝反令翌年改元，號為延光元年。接連又是京師雨雹，或如斗大，損及室廬；未幾京外郡縣，又報地震，又報大水，安帝仍然不理，耽樂如故。高句驪為武帝時所滅，夷作郡縣，東道始通。見《前漢演義》。至王莽篡位，發高句驪人伐匈奴，高句驪人不願西行，亡奔塞外，遂為寇盜。東漢初興，復遣使朝貢，因得賜復王封。明章以來，貢使不絕；及安帝嗣立，四方多難，高句驪亦停止貢獻，抄掠遼河東西。建光元年，高句驪王宮，復率馬韓、濊貊諸部落，進攻遼東，太守蔡諷，出戰陣亡，宮復往圍玄菟城，幾被陷沒，幸虧城北有扶餘國，與漢廷通好有年，急遣子尉仇臺領兵二萬餘人，來救玄菟，才得與郡守姚光，合破高句驪兵，宮乃遁還。既而宮死，子遂成立，姚光請乘喪往討，朝議多半贊成，唯陳忠已擢任尚書僕射，援據《春秋》大義，不伐人喪，謂宜遣使往弔，且責讓前罪。安帝巴不得疆場無事，遂從忠請。幸喜事還順手，去使西歸覆命，謂高句驪嗣王遂成，情願降漢，將前時所掠人口，一併放還，當即馳詔赦罪，東陲少安。招撫高句驪事，卻還辦理合宜，不得為陳忠咎。只姚光素性戇直，專喜糾發奸慝，幽州刺史馮煥，也與姚光相類，怨家遂偽造璽書，譴責兩人；又矯詔傳飭遼東都尉龐奮，叫他收繫光、煥，就地取決。奮不知有詐，遽令屬吏齎詔殺光，復往幽州治煥。煥聞得光已被戮，連及自己，不如先時自盡，免得受刑。煥子焜

第四十一回　黜鄧宗父子同絕粒　祭甘陵母女並揚威

卻穎悟過人，勸父忍待須臾，察視真偽。待至遼東使人持詔到來，細閱詔書，果有疑竇，乃拒詔不受，竟上書自訟冤屈。朝廷果不知此事，立徵龐奮到京，下獄抵罪。看官試想！龐奮所接的偽詔，想總由宮廷奸慝，主使出來，否則奮亦有口，豈能不辯？為何但將奮坐罪，並未究及主名哩？顯見是安帝糊塗。安帝嫡母耿姬，居守甘陵，乳母王聖，及瓊妻伯榮，奉詔往祠陵廟，並省視耿大貴人。當即備齊車馬，召集僕從，凡宮中大小宦官，及屯衛兵士，多半隨行。王聖算是正使，高坐車中，威儀烜赫；伯榮算作副使，乘車先驅，繡帷高卷，故意露出嬌容。但見她巧蟠鳳髻，淡掃蛾眉，滿頭珠翠，遍體綾羅，上身披著全紅猩氅，下面繫著五彩蝶裙，彷彿是出塞昭君，可比那入吳西子。沿途經過郡縣，所有當差官吏，都是望風伺候，先日綢繆。道里不平，發民繕治；驛傳未足，派吏補充。一切供張，統皆安排妥當，專待二貴使到來。好容易盼到使車，便不管命官體統，就在石榴裙下，屈膝叩頭。伯榮首先承受，竟爾端坐不動，由他拜跪。甚至河間王開，及列侯二千石，俱出郊迎謁，甘拜下風。莫非想作劉瓌麼？等到伯榮母女，驅車過去，又取出許多金帛，獻作贐儀，此外千乘萬騎，亦統有餽贈。及行至甘陵，清河嗣王延平，是時清河王慶子虎威已歿，無嗣，由樂安王寵子延平過繼。亦已在陵旁恭候，見了伯榮母女，也是望車拜倒，執禮甚恭。待祭過陵廟，謁過耿大貴人，徐徐的回京覆命。那伯榮母女，已是出盡風頭，貯滿私囊，這正是一場好差事哩！小子有詩嘆道：

　　駿奔宗廟貴欽承，淫女如何使祭陵？
　　濁亂如斯君不悟，履霜寧特兆堅冰！

　　伯榮母女，回朝覆命，當有一個朝右大臣，聞知伯榮母女路上的威風，出頭彈劾，欲知此人為誰，容待下回報明。

炎炎者滅，隆隆者絕，高明之家，鬼瞰其室，是為莽大夫揚雄遺言。雄之行誼不足稱，但其言確有至理，豪宗貴戚，往往不能逃出數語。試觀鄧騭兄弟，守祖宗遺訓，尚知斂抑，而卒為婦寺所誣，橫罹大獄，七人斃命，全族遭殃。騭且如此，遑論竇憲、耿寶諸人乎？王聖以乳養之勞，竟得干政，淫女伯榮，尤為驕橫，連結中官，交通外戚，安帝不加檢束，反令其出祭園陵，清河賢王地下有知，度亦不願享此淫婦之主祭也！而清河王延平，與河間王開等，奴膝婢顏，尤為可恥。悍嫗淫女，且大出風頭，漢之為漢可知矣！

第四十一回　黜鄧宗父子同絕粒　祭甘陵母女並揚威

第四十二回
班長史搗破車師國　楊太尉就死夕陽亭

第四十二回　班長史搗破車師國　楊太尉就死夕陽亭

卻說伯榮母女，奉命祭陵，驕縱不法，上干天變，下致人怨。尚書僕射陳忠，也不禁激發天良，繕疏上奏道：

臣聞位非其人，則庶事不敘；庶事不敘，則政有得失；政有得失，則感動陰陽，妖變為應。陛下每引災自厚，不責臣司；臣司狃恩，莫以為負，故天心未得，災異薦臻。青、冀之域，淫雨決河；兗、岱之濱，海水坌溢；兗、豫蝗螟滋生；荊、揚稻收儉薄；并涼二州，羌戎叛戾；加以百姓不足，府帑虛匱，自西徂東，杼柚將空。臣聞〈洪範〉五事，一曰貌，貌思恭，恭作肅；貌傷則狂而致常雨。春秋大水，皆為君上威儀不穆，臨涖不嚴，臣下輕慢，貴幸擅權，陰氣盛強，陽不能禁，故為淫雨。陛下以不得親奉孝德皇園廟，遣中使致敬甘陵，朱軒軿馬，相望道路，可謂孝至矣。然臣竊聞使者所過，威權翕赫，震動郡縣，王侯二千石，至為伯榮獨拜車下，儀體上僭，侔於人主；長史惶怖譴責，或邪諂目媚，發民修道，繕理亭傳，多設儲偫，征役無度，老弱相隨，動有萬計，賂遺僕從，人數百匹，顛踣呼嗟，莫不叩心。河間託叔父之屬，河間王開為安帝叔父。清河有靈廟之尊，指清河王延平。及剖符大臣，皆猥為伯榮屈節車下，陛下不問，必以陛下欲其然也！伯榮之威，重於陛下，陛下之柄，在於臣妾，水災之發，必起於此。昔韓嫣託副車之乘，受馳視之使，江都誤為一拜，而嫣受歐刀之誅。刑人之刀謂歐刀。臣願明主嚴天元之尊，正乾綱之位，職事鉅細，皆任賢能，不宜復令女使，干錯萬機。重察左右，得無石顯洩漏之奸；尚書納言，得無趙昌譖崇之詐；公卿大臣，得無朱博阿傅之援；外屬近戚，得無王鳳害商之謀。自韓嫣以下故事，並見《前漢演義》。若國政一由帝命，王事每決於己，則下不得偪上，臣不能干君，常雨大水，必當霽止，四方眾異，亦不能為害矣！

安帝得疏，並不知悟，反封乳母王聖為野王君。有識諸徒，俱為扼腕。忠嘗因安帝親政，奏請徵聘賢才，宣助德化，又薦引杜根、成翊世等，入朝錄用。杜根因請鄧太后歸政，撲死復甦，為宜城山中酒保，至

是乃為忠所聞，派吏徵召，入為侍御史。成翊世亦與杜根同罪，繫獄有年，也虧陳忠保救，得為尚書郎。此外尚有幾個隱士，曾由內外臣工薦舉，特下徵車，偏數人志行高潔，不願投身危亂，相率固辭，史家播為美談，垂名後世。相傳汝南人薛包，年少失恃，父娶後妻，不願撫包，把他逐出，包日夜號泣，不忍遠離。後母慫恿乃父，橫加鞭撻，不得已在戶外棲宿，每旦復入內灑掃。誰知又觸動父怒，不准他棲宿戶外，乃至里門旁暫居，晨昏定省，依然如故。父母倒也感慚，仍使還家同住。及父母相繼亡故，諸弟求分產異居，包不能止，因將家財按股照分，唯自己情願認虧，瘠田、敝器、老奴婢，悉歸自取；後來諸弟屢次破產，輒復賑給，因此人人稱他孝友。名達朝廷，安帝召為侍中，包誓死不肯就職，乃許令歸里，在家考終。同時汝南尚有黃憲，表字叔度，父為牛醫，憲少年好學，履潔懷清，年方十四，與穎川人荀淑相遇，淑目為異器，相揖與語，終日方去，臨別握手道：「君真可為我師表哩！」郡人戴良，才高性傲，獨見憲必正容起敬，別後歸家，尚惘然如有所失。良母輒已料著，便問良道：「汝復見牛醫兒麼？」良答道：「兒不見叔度，自謂相符；及既相見，畢竟勿如，叔度原令人難測哩！」還有同郡陳蕃、周舉，亦常相告語道：「旬月不見黃生，鄙吝心又復發現了！」太原人郭泰，少遊汝南，先訪袁閎，不宿即去，轉訪黃憲，累月乃還。或問泰何分厚薄，泰與語道：「奉高器量，奉高係袁閎字。譬諸氾濫，質非不清，尚易挹取；叔度汪洋，若千頃波，澄不見清，淆不見濁，這才是不可限量了！」憲初舉孝廉，旋辟公府，友人勸他出仕，憲亦未峻拒，到了京師，不過住了一二月，便即告歸。延光元年病終，只四十八歲，天下號為徵君。黃憲以外，又有周燮，也是汝南人氏，學行深沉，隱居不仕，郡守舉他為賢良方正，均以疾辭。尚書僕射陳忠，更為推薦，安帝特用玄纁羔幣，優禮致聘，燮仍不起，宗族俱勸令就徵，燮慨然道：「君子待

第四十二回　班長史搗破車師國　楊太尉就死夕陽亭

時而動,時尚未遇,怎得輕動呢?」他如南陽人馮良,少作縣吏,沉滯多年,三十歲奉縣令檄,往迎督郵,途次忽然幡悟,裂冠毀衣,遁往犍為求學,十年不歸,妻子都以為道死,替他服喪,不意他學成歸來,勵節隱居,朝廷亦遣使往徵,始終謝病,不入都門。這雖是甘心肥遯,別具高風,但也是有託而逃,所以為此避人避世呢!類敘高人,仍是箴勵末俗。

且說南單于檀降漢後,北方幸還少事,就是前單于屯屠何子逢侯,與師子構釁,奔往北塞,見前文。至此亦部眾分散,無術支持,仍然款塞請降。漢廷從度遼將軍計議,徙逢侯居潁川郡,時度遼將軍尚為鄧遵。免得復亂。獨北匈奴出了呼衍王,收集遺眾,得數萬人,又復猖獗,常與車師寇掠河西。亦見前文。朝議又欲閉住玉門關,專保內地。敦煌太守張璫,獨上書陳議,分作上、中、下三策,上策請即發酒泉及屬國吏士,先擊呼衍王,再發鄯善兵討車師,雙方並舉,依次討平,為一勞永逸的至計;中策謂不能發兵,可置軍司馬將士五百人,出據柳中,令河西四郡供給軍糒,尚得相機進行,安內攘外;下策謂棄去西域亦應收鄯善王等,徙入塞內,省得借寇齎糧,樹怨助虜。這三議卻是有條有理,毫不說謊,安帝將原奏頒示公卿,令他酌定可否。尚書僕射陳忠,擬採用張璫中計,因上疏說明道:

臣聞八蠻之寇,莫甚北虜。漢興,高祖窘平城之圍,太宗屈供奉之恥,故孝武憤怨,深唯長久之計,命遣虎臣浮河絕漠,窮破虜廷。當斯之役,黔首隕於狼望之北,財幣糜於盧山之壑,狼望、盧山,皆匈奴地名。府庫殫竭,杼柚空虛,算至舟車,資及六畜,夫豈不懷?慮久故也。遂開河西四郡,以隔絕南羌,收三十六國,斷匈奴右臂。是以單于孤持,鼠竄遠藏!至於宣元之世,遂備藩臣,關徼不閉,羽檄不行。由此察之,戎狄可以威服,難以化狎。西域內附日久,區區東望叩關者數

矣,此其不樂匈奴慕漢之效也。今北虜已破車師,勢必南攻鄯善,棄而不救,則諸國從矣。若然則虜財賄益增,膽勢愈殖,威臨南羌,與之交連,恐河西四郡,自此危矣。河西既危,不得不救,則百倍之役興,不貲之費發矣。議者但念西域悠遠,恤之煩費,不見先世苦心勤勞之意也。方今邊境守禦之具不精,內郡武衛之備不修,敦煌孤危,遠來告急;復不輔助,內無以慰勞吏民,外無以威示百蠻,蹙國減土,經有明戒。臣以為敦煌宜置校尉,案舊增四郡屯兵,以西撫諸國,庶足折衝萬里,震怖匈奴。謹此上聞。

這疏經安帝批准,且因前時班勇所陳,與忠議相合,遂令勇為西域長史,率兵五百人,出屯柳中。勇議見前文。勇受命即行,既至樓蘭,即因鄯善誠心歸漢,傳詔獎勉,特加該王三綬。復派吏招撫龜茲。龜茲王白英,尚懷疑未服,勇再開誠示信,加意懷柔,白英乃自知悔罪,約同姑墨、溫宿二王,自行面縛,向勇乞降。勇親為解縛,好言慰撫;令各處發步兵騎士,共討車師。白英等既已投誠,自然從命,當下湊集萬餘人,受勇排程,直入車師前庭。前庭已歸後王軍就占領,軍就仍居後庭,由北匈奴伊蠡王守住伊和谷,回應前文。被勇衝殺過去,不到多時,便搗破虜營,伊蠡王遁去;尚有軍就留戍的兵士,及前庭被脅諸降卒,約有六七千名,見匈奴兵尚被擊走,哪裡還敢抵敵?當即逃去了一二千人,餘皆跪伏軍前,稽顙聽命。勇全數收撫,共得五千人,仍令住居車師前庭,自至柳中屯田。柳中距前庭只八十里,呼應甚便,可以無虞。勇擬暫從休養,籌備芻糧,俟至士飽馬騰,再擊車師後王。好容易已越一年,係延光四年。春光和煦,塞外寒消,草木已漸生長,正好乘此興師。勇遂發敦煌、張掖、酒泉三郡兵馬,共六千騎,又徵鄯善疏勒及車師前部兵,亦不下五六千,由勇親自督率,往攻車師後王軍就。軍就亦領兵萬餘人,出庭迎敵,不意班勇部下,統是勇壯得很,一陣交

第四十二回　班長史搗破車師國　楊太尉就死夕陽亭

鋒，已被殺得人仰馬翻，軍就連忙退回，部眾已喪失了好幾千名。一時惶急失措，欲向北匈奴求援，又恐道遠難及，沒奈何硬著頭皮，再圖守禦。偏來兵厲害得很，乘勝直入，銳不可當，部眾出去招架，不是驚散，就是殺死。霎時間庭中大亂，只見外面大刀闊斧，一齊殺來，此時欲逃無路，還想拚死再戰，驀聽得一聲箭響，仔細審視，那箭鏃已到面前，慌忙把頭一偏，右肩上適被射著，痛不可耐，竟致暈倒。待至甦醒轉來，四肢早經捆住，不能動彈；還有匈奴使人，也在旁邊陪綁，束作一堆。俄而有數人馳至，把他兩人扛抬了去，好似牛羊一般，直至漢前長史索班死處，作為祭品。號炮兩振，軍就與匈奴使人，頭皆落地，魂靈兒從頭中飛向鬼門關上掛號去了。不願同生，但願同死，兩語可為兩人寫照。班勇既梟斬軍就，傳首京師，露布報捷。自是車師前後庭，又得開通，西域各國，復震懾漢威，陸續歸附。真個是父作子述、兩世重光呢！好肖子。

　　安帝聞得西域復通，心又放寬，樂得逍遙自在，倒把那班勇功績，擱置一旁，並沒有什麼賞賚。且當時廉直大臣，第一個要算司徒楊震。永寧二年秋季，遷震為太尉，似乎知人善任，偏是小人道長，君子道消，結果是易明為昏，崇邪黜正，終落得朝廷柱石，化作塵沙，說來既覺可痛，尤覺可嘆！太尉劉愷，因病免官，由震繼為太尉，另用光祿勳劉熹為司徒。帝舅耿寶，已拜大鴻臚，特為宦官李閏兄弟說情，託震錄用。震不肯相從，寶一再往候，且與震語道：「李常侍為國家所重，欲令公闢除乃兄，主上亦曾允許，寶唯有傳達上命罷了！」震正色道：「如朝廷欲令三府辟召，應先敕下尚書，但憑私囑，不敢聞命！」寶見震定意拒絕，悻悻自去。后兄閻顯，亦進任執金吾，向震有所薦託，震亦不許。司空陳褒，已經罷去，後任為宗正劉授。他想討好貴戚，一得風聲，不待請託，便辟召李閏兄，及閻顯意中的私親，旬日間並見超擢。

嗣復有詔為野王君造宅，王聖為野王君，見前文。大興工役，中常侍樊豐，及侍中周廣、謝惲等，更相煽惑，傾動朝廷。震為漢家首輔，實屬忍無可忍，因再上書力諫道：

　　臣聞古者九年耕，必有三年之儲，故堯遭洪水，人無菜色。臣伏念方今災害滋甚，百姓空虛，不能自贍，重以螟蝗，羌虜鈔掠，三邊震擾，戰鬥之役，至今未息，兵甲軍糧，不能復給，大司農帑藏匱乏，殆非社稷安寧之福！伏見詔書為阿母興起第舍，合兩為一，合兩坊為一宅里。雕修繕飾，窮極巧技；今盛夏土王，而攻山採石，轉相迫促，為費巨億。周廣、謝惲兄弟，與國無肺腑枝葉之屬，依倚近幸奸佞之人，與樊豐、王永等，分威共權，屬託州郡，傾動大臣，宰司辟召，承望旨意，招徠海內貪汙之人，受其貨賂，至有臧錮棄世之徒，復得顯用；黑白混淆，清濁同源，天下喧譁，為朝結譏。臣聞師言，上之所取，財盡則怨，力盡則叛；怨叛之人，不可復使。故曰：「百姓不足，君誰與足？」唯陛下度之！

　　這書呈入，好似石沉大海一般，並不見答。樊豐、周廣、楊惲等，統皆切齒，就是野王君王聖母女，亦視若仇讎，恨不將震即日摔去。且因安帝不從震言，越好肆無忌憚，匪但王聖第宅，造得非常工巧，連樊豐等一班權閹，也膽敢捏造詔書，調發司農錢穀，大匠現徒材木，各起塚舍園池，役費無數。遂致變異相尋，京都地動。楊震因屢諫不從，憤悶已極，何不引退？因歲暮不便陳詞，勉忍至次年正月，申上直言道：

　　臣備臺輔，不能奉宣德化，調和陰陽；去年十一月四日，京師地動。臣聞師言：「地者陰精。」當安靜承陽，而今動搖者，陰道盛也。其日戊辰，三者皆土，位在中宮，此中臣近官持權用事之象也！臣伏唯陛下以邊境未寧，躬自菲薄，宮殿垣屋傾倚，枝柱而已，無所興造，欲令遠近咸知政化之清流，商邑之翼翼也。而親近倖臣，驕溢逾法，多發徒士，盛修第舍，賣弄威福，道路喧譁，眾聽聞見，地動之變，近在城郭，殆

第四十二回　班長史搗破車師國　楊太尉就死夕陽亭

為此發！又，冬無宿雪，春節未雨，百僚焦心，而繕修不止，誠致旱之徵也。《書》曰：「僭恆暘若。」臣無作福作威玉食，唯陛下奮乾坤之德，棄驕奢之臣，以掩妖言之口，奉承皇天之戒，無令威福久移於下，則陽長陰消，天地自無不交泰矣！

震言雖然激切，怎奈安帝已為群小所蒙，任他如何說法，始終不理。且嬖倖愈加側目，往往在安帝旁謗毀楊震，安帝已漸覺不平。唯震為關西名儒，群望所歸，若一時將他除去，免不得物議沸騰，搖動大局，所以群小尚有畏心，未敢無端加害。尚知畏清議麼？會有河間男子趙騰，詣闕上書，指陳時政得失，安帝不禁怒起，說他無知小民，也來多嘴，當即詔令有司，捕騰下獄。中官最恨謗言，私下囑託有司，讞成「訕上不道」的罪名，處騰死刑。楊震身為太尉，怎能坐視不救？乃復上疏諫諍，略云：

臣聞堯舜之世，諫鼓謗木，立之於朝；殷、周哲王，小人怨詈，則還自敬德。所以達聰明，開不諱，博採負薪，極盡下情也。今趙騰所坐，激訐謗語，為罪與手刃犯法有差，乞為加恩，全騰之命，以誘芻蕘、輿人之言，則國家幸甚！

安帝得疏，仍然不聽，竟把趙騰處死，伏屍市曹。伯起！伯起！何不起身亟去？是年為延光三年，安帝想往外面遊覽，藉著望祀岱宗的名目，出都東巡。文武百官，多半扈行，獨太尉楊震，及中常侍樊豐等，卻都留住京都，未嘗隨去。豐等因乘輿外出，越好擅用帑藏，移修第宅。原來為此，故未隨行。偏被太尉掾高舒，召大匠令史等，底細考核，查出豐等前時捏造偽詔，呈與楊震。震因安帝東巡，未便舉發，只好待迴鑾後，然後奏聞。何不飛使馳奏？豐等聞信，很是慌張，日夕與黨羽密商，意欲先發制人，為自保計。也是楊伯起命運該絕，不先不後，竟有星變逆行的天象，被閹黨作為話柄，構成邪謀。一俟安帝回

來,將到都門,急忙先去迎謁,偽言還宮須待吉時,請安帝至太學中,暫時休息,應吉乃入。安帝還道他是真心愛主,當即依議。及駕入太學,豐等得乘間密奏,說是太尉楊震,袒庇趙騰,前因陛下不從所請,心懷忿懟,意圖構逆,所以上見星變,顯示危機,請陛下先行收震,方可入宮。安帝尚未肯信,躊躇半晌,方語樊豐道:「震為名士,難道也如此不法麼?」豐應聲道:「震為鄧氏故吏,鄧氏既亡,怪不得震有異心了!」讒口可畏,震由鄧騭辟舉,見前文。安帝愕然點首,便夜遣中使,往收太尉印綬,策免震官。震不防有此一舉,既被權閹占了先著,悔亦無益,當將印綬交出,坦然歸第,閉門韜晦,謝絕交遊。哪知安帝還宮以後,擢耿寶為大將軍,寶與震挾有宿嫌,又由樊豐等從旁煽構,竟奏稱震不服罪,仍懷怨望。有詔遣震歸里。震奉詔即行,至夕陽亭,慨然語諸子門人道:「人生本有一死,死不得所,也是士人常事。我叨居宰輔,明知奸臣狡猾,不能驅除;嬖女傾亂,不能禁遏,有何面目再見日月?我死後可用雜木為棺,粗布為被,蓋形掩體,已自知足,不必歸就墓次,添設祭祠了!」說畢,即飲鴆而死,時已七十餘歲。小子有詩嘆道:

拚死何如預見機,網羅陷入已難飛。

夕陽亭下沉冤日,應悔當年不早歸!

楊震已死,樊豐等尚不肯干休,還要設法擺布,欲知他如何逞毒,待至下回敘明。

西域諸國,勢如散沙,各酋長亦皆庸鄙,無一有為,但得中國良將一人,出而鎮撫,便得制馭各國,使之帖服,非若冒頓父子之桀驁難馴也!試觀班氏父子之出使,不待勞師費財,即此用夷攻夷之一策,已能指揮如意,無往不宜,誰謂外域之不可以馭乎?唯安內之謀,比攘外為

第四十二回　班長史搗破車師國　楊太尉就死夕陽亭

尤亟，安帝有一楊震而不能用，反且聽信群小，黜逐正人，漢之綱紀，自此紊矣！唯震為關西名士，當知以道事君之義，合則留，不合則去，胡為乎刺刺不休，坐聽讒人之構陷，而未能自拔也？彼薛包、黃憲、周燮、馮良諸人，則倜乎遠矣。

第四十三回

祕大喪還宮立幼主　誅元舅登殿濫封侯

第四十三回　祕大喪還宮立幼主　誅元舅登殿濫封侯

卻說樊豐等聞楊震已死，還不肯干休，密遣心腹赴弘農郡，囑令太守移良，派吏至陝，阻住震喪，不准他攜櫬歸葬；並令震諸子充當苦役，走驛傳書。路人共知冤情，代為流涕。野王君王聖，與大長秋江京，大長秋中官名。連結樊豐等一班權閹，復要尋事生風，謀易儲位，見好中宮。先將太子保乳母王男，廚監邴吉，構成死刑，流徙家屬；然後與閻皇后串同一氣，讒毀太子，及東宮屬下的官僚。閻后嘗鴆死太子生母李氏，見前文。只恐太子長成以後，察悉毒謀，必圖報復，因此處心積慮，欲將太子除去。且太子保已逾十齡，為了王男、邴吉兩人，無端致死，時常嘆息。閻后及王聖、江京等，見太子已有知識，越覺情急，遂日夜至安帝前，訴說太子過惡。安帝本愛寵閻后，再加她三寸妙舌，一副嬌容，裝出許多淚眼愁眉，就使明知架誣，也要顧妻舍子，枕蓆之言，最易動聽。況又有乳母王聖，倖臣江京、樊豐，從旁證實，幾把那十齡童子，當作梟獍一般。看官試想這糊塗皇帝，尚能不入他彀中麼？婦寺之所以可畏者，如此。當下召集公卿，擬廢太子。大將軍耿寶，首先贊成。唯太僕來歷，與太常桓焉，廷尉張皓，同聲梗議道：「經有常言，人生年未滿十五，過惡尚不及身；且王男、邴吉，果有逆謀，亦未肯與童年說知，皇太子怎能預聞？應亟選賢良保傅，輔導禮義，自能弼成儲德。若遽欲廢立，事關重大，請聖恩且從寬緩，不可速行！」安帝不省，竟廢太子保為濟陰王，使居德陽殿西鐘下。於是太僕來歷，邀同光祿勳祋諷，祋，丁外反，姓也。宗正劉瑋，將作大匠薛皓，侍中閭邱弘、陳光、趙代、施延，及大中大夫朱倀等十餘人，共詣鴻都門，力白太子無過，籲請收回成命。安帝聞知，勃然變色，竟使中常侍草就詔旨，至鴻都門宣讀道：

父子一體，天性自然；以義割恩，為天下也！歷、諷等不識大典，而與群小共為喧譁，外見忠直，而內希後福，飾邪違義，豈事君之禮？

朝廷廣開言事之路，故且一切假貸；若懷迷不返，當顯明刑書，毋貽後悔！

這詔讀罷，除太僕來歷外，統皆失色，薛皓更汗流浹背，慌忙叩首道：「誠如明詔！」語才說畢，即由來歷從旁呵叱道：「薛君近作何言，奈何遽先背約？大臣處置國事，難道好這般反覆麼？」皓又懼又慚，覷隙自去。伇諷、劉禕等，料知諫諍無益，依次引退。實是首鼠兩端。來歷獨居宿闕下，好幾日不肯退回，惹動安帝懊惱，使中常侍往諭尚書，叫他共劾來歷。諸尚書不敢不遵，遂推陳忠領銜，劾歷跡近要君，失人臣禮。陳忠奈何復為此舉？安帝有詞可借，便將歷褫去官職，削奪國租，且黜歷母武安長公主，不准入宮。原來歷字伯珍，為故徵羌侯來歙曾孫。歙子名褒，褒子名稜，皆襲侯爵。稜且尚明帝女武安公主，歿後公主尚存。子歷既得嗣封，復因帝室姻戚，入朝登仕，由侍中遷至太僕，平素剛方持正，與權閹杜絕往來，至是因言得罪，閉戶伏居，不與親友交通，親友亦無敢過問，可見得群陰交冱，天地晦盲了！是年京師及郡國地震，共二十三次，大水雨雹，共三十六次，安帝毫不知儆，反於永光四年二月，趁著和風麗日，鼓動遊興，挈了嬌嬌滴滴的閻皇后，帶同國舅閻顯兄弟，並及寵豎江京、樊豐等人，出都南巡。六龍並駕，五鳳齊飛，騶從如雲，旗旄如雨，說不盡的繁華烜赫，看不完的錦綺羅叢，沿途官吏，盛設供張，忙個不了。只是百姓又都遭殃，把賣男鬻女的血錢，供作龍輿鳳輦等行樂費。藻不妄抒。好容易到了宛城，安帝忽然不豫，飲食無味，寒熱交侵，樂極生悲。忙令御醫診視，服藥罔效。那時不便再行，只好中途折回，才抵葉縣，已是病入膏肓，不可再救，眼睜睜的看著閻后，及閻顯兄弟等人，想傳下兩三句遺囑，怎奈痰已上壅，不能出口，一剎那間，兩目上翻，嗚呼歸天。在位一十九年，年止三十有二。閻后記得雨露深恩，不禁大哭，閻顯兄弟，與江京、樊豐

第四十三回　祕大喪還宮立幼主　誅元舅登殿濫封侯

等在旁，連忙向後擺手，叫令休哭。待后收淚，即密語道：「今皇上晏駕途中，濟陰王尚在京師，倘被大臣擁立，必為所害，我等將身無死所了！」閻后聽著，也覺著忙，急向大眾問計。到底三五權閹，有些奸計，勸閻后祕不舉哀，但言安帝病劇，移乘臥車，至入都後，方可發喪。閻后依計施行，便將帝屍置入臥車內，兼程還都，路上仍省問起居，及朝夕進食。鬼鬼祟祟的過了四日，方得馳入都中，尚佯遣司徒劉熹，往禱郊廟社稷，籲天請命。俟至晚間，方由宮中傳出哀耗，令即治喪；一面迎立濟北王壽子北鄉侯懿為嗣，尊閻后為皇太后，授閻顯為車騎將軍，儀同三司。濟陰王保，聞喪入哭，卻被內侍阻住，不得上殿，但許在梓宮外面，遙望舉哀。可憐保有冤莫白，有口難言，徒向那靈帷前大慟一場，幾致暈倒地上，好多時方才趨出，接連不飲不食，約有數日。內外群僚，見他童年負屈，又能曲盡孝思，莫不唏噓流涕，代抱不平。為後文迎立張本。北鄉侯懿，尚在沖齡，閻太后貪立幼君，所以與閻顯等定策禁中，迎立幼主。既已即位，然後奉安帝梓宮，出葬恭陵。閻太后即日臨朝，閻顯攬政。顯卻陰忌大將軍耿寶，及野王君王聖，中常侍樊豐等人，於是交歡三公，密圖進行。時衛尉馮石，迭經超遷，已代楊震為太尉，馮石見四十一回。閻顯且奏聞太后，擢石為太傅，進司徒劉熹為太尉，參錄尚書事，起前司空李郃為司徒。石本是個唯唯諾諾的人物，又蒙顯一力保舉，當然唯命是從；劉熹、李郃，也得拔茅連茹，感激不遑，何人再與閻氏反對？閻顯遂與三公同奏一本，彈劾大將軍耿寶，中常侍樊豐，侍中謝惲、周廣，乳母野王君王聖，結黨營私，罪俱難逭云云。閻太后立即下詔，飭拿樊豐、謝惲、周廣下獄，嚴刑拷訊，三人受不起痛苦，並皆斃命。貶耿寶為辛侯，寶服毒自盡；王聖母女，流徙雁門。當日威風，而今安在？於是擢閻景為衛尉，耀為城門校尉，耀弟晏為執金吾，兄弟並處權要，威福自由。前車覆，後車鑑，奈何仍

然不知？過了數月，幼主懿冒寒得病，病且日劇。中常侍孫程，前曾為鄧太后服役，與樊豐、江京等志趣不同，因見樊豐雖死，江京尚存，要想自己出頭，總非容易，朝思夜想，不如迎立濟陰王，把閻顯、江京等一概推倒，乃是絕好機會，穩取侯封。主見已定，即往語濟陰王謁者興渠道：「濟陰王本係嫡統，並無失德，先帝誤信讒言，遂致廢黜。若北鄉侯一病不起，正好將王迎入，摔去江京、閻顯，事必可成！」渠喜答道：「此計甚善，幸亟安排！」孫程即退約私黨，祕密籌備。先是中黃門王康，曾為太子保府史，太子被廢，康常嘆憤，又長樂太官、王國，與程素來莫逆，彼此會商，各願效勞。十月二十七日，幼主懿竟爾殂世，閻顯替太后畫策，再徵諸王子弟，擇為帝嗣。諸王俱在外藩，中使往返需時，未能驟至，孫程忙聯繫十八人，約於十一月二日，共詣德陽殿西鐘下。屆期十八人俱到，姓氏官職，備錄如下：

　　王國長樂太官丞。王康　黃龍　彭愷　孟叔　李建　王成　張賢　史汎　馬國　王道　李元　楊佗　陳予　趙封　李剛　魏猛　苗光以上併為中黃門。

　　十八人聚集一處，與孫程議定密謀，截衣為誓。待至次日夜間，各持利械，闖入章臺門，直登崇德殿。內侍江京、劉安、李閏、陳達四人，守衛殿中，驚見孫程等擁入，不知何因。京仗著累年威勢，出來呵止，才說一語，已被孫程拔出短刀，砍落京首。劉安、陳達、李閏，驚慌的了不得，連忙向內逃入；偏是心下愈急，腳下愈慢，走了幾步，即為孫程、王康追及，一刀一個，殺斃劉安、陳達。凶狡何益？只有李閏還是活著，抖做一堆，眾人又欲將他殺死，獨孫程向眾搖手，但用刀攔住閏肩，厲聲與語道：「今日當迎立濟陰王，汝若贊成，無得搖動，否則立誅！」閏已嚇倒地上，渾身亂顫，忙應了幾個諾字。原來閏在宮中，頗有權術，為內外所畏服，所以程脅使同事，不願加刃。既得閏連聲允

第四十三回　祕大喪還宮立幼主　誅元舅登殿濫封侯

諾，乃扶閏起來，共至德陽殿西鐘下，迎入濟陰王保，擁他登位。保年才十一，是為順帝。孫程等宣傳詔命，遍召尚書僕射以下，扈從帝駕，轉幸南宮雲臺；程等留守省門，捍蔽內外。閻顯時在禁中，聽報順帝即位，驚愕失措，不知所為。實是沒用的東西。小黃門樊登，見顯雙眉緊蹙，踟躕不安，便向前獻計，勸即用太后詔旨，傳入越騎校尉馮詩，虎賁中郎將閻崇，守住朔平門，調兵禦變。顯如言頒詔，當即來了校尉馮詩，閻太后授詩符印，且與語道：「能得濟陰王，封萬戶侯；得李閏封五千戶侯。」詩受印即出。顯尚慮詩兵寥寥，特使樊登與詩偕行，至左掖門外號召吏士。哪知詩陽奉陰違，一出禁門，遽將樊登格殺，揚長自去。衛尉閻景聞報，急從省中還至外府，召集衛兵數百人，欲進盛德門。孫程傳順帝詔敕，令尚書郭鎮，引羽林軍出捕閻景。鎮方臥病，聞命躍起，立刻點齊值宿羽林軍，趨出南止車門，兜頭碰著閻景，便揚聲說道：「閻衛尉下車聽詔！」說著，即一躍下馬，持節宣讀詔書。景不肯下車，且怨叱道：「這詔從何而來？」一面說，一面即拔劍出鞘，來斫郭鎮。鎮眼明手快，早已閃過一旁，掣出佩劍，刺入車中，喝一聲著，景即從車中撲出，一個斤斗，仰墮地上。鎮左右各持長戟，雙管齊下，叉住景胸，因即將景擒住。景兵統皆潰散。當由郭鎮送景入獄，景已受重傷，夜分即死。越宿辰刻，復遣使入宮，向閻太后索取璽綬。閻太后無可如何，不得不將璽綬交出，轉呈順帝。順帝既得璽綬，便出御嘉德殿，使侍御史持節收繫閻顯，及顯弟耀晏，一併下獄，各處死刑；並將閻太后遷居離宮。又是一貴戚推翻，報應何速？尚書令劉光等，乘機上奏道：

昔孝安皇帝聖德明茂，早棄天下，陛下正統，當奉宗廟，而奸臣交構，遂令陛下龍潛藩國，群僚遠近，莫不失望。天命有常，北鄉不永；漢德盛明，福祚孔章。近臣建策，左右扶翼，內外同心，稽合神明。陛下踐祚，奉遵鴻緒，為郊廟主，承續祖宗無窮之烈，上當天心，下厭民

望。而即位倉猝，典章多缺，請條案禮儀，分別具奏，臣等不勝待命之至。

未幾即有復詔頒出，准如所請，令有司參考舊議，規定新制。一面開南北宮門，撤銷屯兵，大封功臣。詔書有云：

夫表功錄善，天下之通義也。故中常侍長樂太僕江京、黃門令劉安、鉤盾令陳達，與故車騎將軍閻顯兄弟，謀議惡逆，傾亂天下，中黃門孫程、王康、長樂太官丞王國等，懷忠憤發，戮力協謀，遂歸滅元惡，以定王室。《詩》不云乎？「無言不仇，無德不報」。程為謀首，康、國協同，其封程為浮陽侯，食邑萬戶；康為華容侯，國為酈侯，各九千戶；中黃門黃龍為湘南侯，食邑五千戶；彭愷為西平昌侯，孟叔為中廬侯，李建為復陽侯，各四千二百戶；王成為廣宗侯，張賢為祝阿侯，史汎為臨沮侯，馬國為廣平侯，王道為范縣侯，李元為褒信侯，楊佗為山都侯，陳予為下雋侯，趙封為析縣侯，李剛為枝江侯，各四千戶；魏猛為夷陵侯，食邑二千戶；苗光為東阿侯，食邑千戶。朝廷量功加賞，無偏無私，爾眾侯其因功加懋，毋忽朕命！

看官記著：這就叫做十九侯。前時竇氏伏法，封侯唯一鄭眾，食邑只千五百戶，已為有識所憂；此次多至十九人，推孫程為首功，封邑竟至萬戶，閹人得志，無逾此時。從此漢朝與宦官共天下，眼見得貽禍無窮，不亡不止了！扼要語。李閏先未預謀，故不得加封。孫程且遷官騎都尉，並得了許多金銀錢帛的賞賜；就是王康以下，亦量予金帛有差。做著一注大買賣。又詔諭司隸校尉，除閻氏兄弟及江京等私親外，悉從寬貸。用王禮葬北鄉侯，起來歷為衛尉。赦免王男、邴吉等家屬，盡令還京，各給錢幣。光祿勳祋諷、宗正劉瑋、侍中閭邱弘等，均已去世，諸子皆選入為郎；侍中施延陳光、趙代，及大中大夫朱倀等，皆見拔用。後至公卿，安平人崔瑗，前由閻顯闢為掾吏，見顯迎立北鄉侯，有失眾

第四十三回　祕大喪遷宮立幼主　誅元舅登殿濫封侯

望，免不得代為寒心，意欲乘間諫顯，勸他改立濟陰王，捕誅江京、劉安、陳達等人。怎奈顯終日沉醉，始終不得進言，乃告長史陳禪，邀與共入求見。禪恐難挽回，遲疑未決，遂致瑗孤掌難鳴。遷延了好多日，閻氏果敗，瑗亦坐斥，門人蘇祇，欲上書陳述前情，替瑗解免，瑗止令勿為。陳禪已進署司隸校尉，召瑗與語道：「君何不聽門生上書，乃自甘坐廢呢？」瑗答說道：「前時雖有此論，未曾舉行，譬如兒女子屏人私語，怎得當真？願使君不復出口，瑗從此告辭了！」說畢遂行，還至安平，杜門絕跡。州郡聞他狷介，再行辟舉，屢徵不起，韜晦終身。唯楊震門人虞放陳翼，聞知樊豐、周廣等誅死，卻回憶師恩，詣闕陳書，追訟震冤。朝右亦共稱震忠，乃下詔除震子牧、秉為郎，震有五子，牧、秉最為著名，事見後文。賜錢百萬，許將遺柩改葬華陰潼亭，遠近親友，俱來會葬。先期十餘日，有大鳥高約丈餘，飛集柩前，俯仰悲鳴，淚下霑地，及安葬已畢，方才飛去。會葬諸人，都為稱奇，郡吏亦舉狀上聞，可巧天災不已，朝廷愈惜震枉死，因敕郡守致祭墓前，祠以中牢，且用詔書代策道：

　　故太尉震，正直是與，俾匡時政；而青蠅點素，同茲在藩，《詩》云：「營營青蠅，止於樊。」樊、藩同義。上天降威，災眚屢作，爾卜爾筮，唯震之故。朕之不德，用彰厥咎，山崩棟折，我其危哉？今使太守丞以中牢具祠，魂而有靈，儻其歆享。

　　震冤既雪，輿論益伸，時人更為立石墓旁，圖刻大鳥形狀，留作紀念。忠臣義士，到底流芳，比那一班權戚倖臣，死且遺臭，相去不啻天淵呢！後人其聽之。就是如閻后一流婦女，位正椒房，身為國母，也算巾幗中的第一領袖，只為了貪心不足，弄得聲名兩敗，徙居離宮。司隸校尉陳禪，更指斥閻太后生性妒忌，與順帝無母子恩，請再徙居別館，不當復行朝見禮。此議一倡，群臣相率贊成，好好一位太后娘娘，幾乎

要貶入冷宮，不見天日了。小子有詩詠道：

乾道主剛坤道柔，驕痴妒悍總招尤。

機關算盡徒增慨，十載雌風一旦休。

究竟閻太后再徙與否，容至下回再表。

安帝嗣子，只一濟陰王，閻后先鴆死其母，復及其子，明明立為儲君，乃交譖而廢之，彼且自詡為得計，庸詎知閻氏赤族，已隱兆於此耶？《傳》有之：「眾怒難犯，專欲難成。」閻后之構廢濟陰王，眾怒之所由叢也；迎立北鄉侯，專欲之所由敗也。欲巧反拙，轉利為害，而閻氏亡矣！孫程之謀立濟陰王，即為閻氏專政之反動力。閻氏兄弟，固有可誅之罪，特惜其誅閻氏者，不出於三五公卿。而出於十九宦官，宦官得志，禍比外戚為尤烈。十九人同日封侯，漢家之氣運已盡。幸而順帝幼聰，尚能駕馭，故其禍不致遽發耳。然貽謀不臧，終為後世太息，讀史至十九侯受封，已不禁為之長太息矣。

第四十三回　祕大喪還宮立幼主　誅元舅登殿濫封侯

第四十四回

救忠臣閹黨自相攻　應貴相佳人終作后

第四十四回　救忠臣閹黨自相攻　應貴相佳人終作后

卻說閻太后既徙居離宮，覆被陳禪一疏，又將別徙，累得閻太后愁上加愁，悲復增悲。誰叫你有勢行盡？還虧司徒掾周舉，替她斡旋，進語司徒李郃道：「昔瞽瞍嘗欲殺舜，舜事瞍愈謹；鄭武姜謀殺莊公，莊公誓決黃泉；秦始皇怨母失行，與母隔絕，後來終從穎考叔、茅焦諫議，復修子道；書傳播為美談。今諸閻新誅，太后幽居離宮，若悲愁生疾，一旦不諱，主上將如何號令天下？陳禪所議非是，倘誤從禪議，後世將歸咎明公，恐明公亦無從解免了！今宜密表朝廷，仍率群臣朝覲太后，上厭天心，下副人望，方不失國家治道呢！」郃被他感動，因即上書陳述，毋從禪言，且請順帝往朝太后。時已歲暮，倏忽踰年，改元永建，下詔大赦，順帝乃率百官往朝閻太后。閻太后未免慚沮，並因母族衰亡，憂傷不已，害得花容憔悴，病骨支離，夜間夢寐不安，輒見順帝生母李氏，前來索命，免不得悔恨交併，婦人心腸，能容得幾多惆悵？頓致病體日重，一命嗚乎。不死何為？順帝仍援據舊典，為閻太后成衣發喪，奉柩出葬，與安帝合瘞恭陵，諡曰安思皇后。司隸校尉陳禪，因前次上議不合，把他免官，召前武都太守虞詡，入朝代任司隸校尉。詡蒞任僅及數月，即奏劾太傅馮石，太尉劉熹，阿附權貴，不宜在位。應該舉劾。順帝准奏，便將馮石、劉熹免官，改用太常桓焉為太傅，大鴻臚朱寵為太尉。司徒李郃，亦患病乞休，另命長樂少府朱倀接任。朝廷為了虞詡一言，竟致三公並免，群臣已不禁心寒；詡又續劾中常侍程璜、陳秉、孟生、李閏等，私受貨賂，雖數人未遭嚴譴，終惹起同僚側目，譏詡過苛。會當盛暑，獄中罪囚甚多，當由公卿劾詡不審天時，至盛夏且多繫無辜，為吏人患。詡聞自己被劾，亟上書自訟道：

臣聞法禁者俗之堤防，刑罰者人之銜轡。今州曰任郡，郡曰任縣，更相諉責，百姓怨窮；以苟容為賢，盡節為愚。臣所發舉贓罪，不止一二，三府以下，恐為臣所奏，遂加誣劾。臣將從史魚死，即以屍諫耳！

順帝看了，也知詡心懷忠貞，不復加罪。唯中常張防，時方用事，每有請託受取等情弊，詡屢次案驗，屢次不報。惹動詡忿懣不堪，竟自繫廷尉，上書待罪道：

昔孝安皇帝任用樊豐，遂交亂嫡統，幾亡社稷。今者張防復弄威柄，國家之禍，將重至矣！臣不忍與防同朝，謹自繫以聞，無令臣襲楊震之跡，則不勝幸甚。

這書呈入，張防當然著忙，亟至順帝前哭訴，說是虞詡加誣。順帝也為所迷，派有司從嚴鞫訊，二日中傳考四獄，獄吏勸詡自裁，詡奮然道：「寧伏歐刀，表示遠近，不願輕自捐生！」硬頭子。會宦官孫程、張賢等，頗憐詡直言獲譴，相率入宮，為詡營救。想是忌防奪權，故借題發揮。既見順帝，即由孫程面奏道：「陛下與臣等謀事時，常恨奸臣誤國，今首正大位，乃自蹈此轍，如何得輕議先帝呢？司隸校尉虞詡，為陛下盡忠，反受拘繫；常侍張防，贓罪確鑿，轉得法外逍遙。今上天已經垂象，客星守羽林，占主宮中有奸臣，宜急收防下獄，借塞天變，毋致貽殃！」順帝聽著，面向後顧，防正在背後，面有愧色。孫程已瞧入眼中，竟大聲叱防道：「奸臣張防，何不下殿！」防雖承帝寵，究竟拗不過孫程，只好趨就東廂。程又向順帝催促道：「陛下宜急收防，毋使從阿母求情！」看官閱至此語，應疑阿母何人？原來乃是順帝乳母宋娥。順帝入立，娥亦與謀，故得干預政權，程備悉內情，故有此語。前有王聖，後有宋娥，真是無獨有偶。順帝尚猶豫未決，再召問尚書，以便決議。尚書賈朗，素與防善，竟答稱防實無辜，詡獨有罪。順帝因諭孫程等道：「汝等且出，容我再思！」程等不得已趨退。詡子顗率同門生百餘人，各舉白幡，在宮門外候著。湊巧中常侍高梵，乘車出來，顗等遂向他陳冤，甚至叩頭流血。向宦官叩頭流血，閹人之勢力可知。梵下車勸慰，並願為詡申冤，大眾同聲道謝。梵乃折回宮中，竭力諫諍，乃赦詡

第四十四回　救忠臣閹黨自相攻　應貴相佳人終作后

出獄，徙防戍邊。賈朗等六人，罪坐阿黨，貶謫有差。孫程再上言翎有大功，不應廢置，順帝因復徵翎為議郎，越數日遷翎尚書僕射。翎又舉薦議郎左雄，雄南郡涅陽人，以抗直聞名，故翎薦表中有云：

　　臣見方今公卿以下，類多拱默，以樹恩為賢，盡節為愚，至相戒曰：「白璧不可為，容容多厚福。」伏見議郎左雄，數上封事，至引陛下身遭難厄，以為儆戒，實有王臣蹇蹇之節。周公謨成王之風，宜擢在喉舌，必有匡弼之益。臣非敢援引私人，實為國家進一忠臣，以廣言路，而成至治，伏唯垂鑑。

順帝採用翎議，進拜雄為尚書，嗣又擢為尚書令。雄有犯無隱，所言皆明達政體，順帝頗知嘉納，無奈為閹豎所把持，不能盡用，多半為紙上空談罷了。孫程等十九侯，自恃功高，往往上殿相爭，不守臣節，順帝已積不能容，當由有司仰承風旨，奏稱孫程等干亂悖逆，久留京都，必為大患。順帝即詔令程等免官，徙封遠縣，促令就國。司徒掾周舉，獨向司徒朱倀進言道：「主上在西鐘下時，若非孫程等協力定謀，怎能入承大統？今遽忘大德，苛錄微疵，如或道路夭折，轉使主上濫殺功臣，貽譏後世！明公何不乘他未去，亟為上表轉圜？」前勸李郃奏請朝後，尚有情理可說，此時卻替閹人解免，太自失資格了。倀沉吟道：「今詔旨方有怒意，我獨上表諫阻，必致罪譴，如何可行？」舉又說道：「明公年過八十，位為臺輔，不乘此時竭忠報國，尚有何求？就使因言得罪，猶不失為忠臣。若以舉言為不足採，請從此辭！」保全幾個閹人，怎得為忠？怎能報國？倀乃如言上表，果得順帝依從，還十九侯原封，不過遣使就國的命令，仍然照行。過了年餘，復召還十九侯，後文再表。

且說順帝即位以後，尚未知生母何人，至永建二年夏月，方得左右陳明，乃知生母李氏，曾藁葬洛陽城北。當下因感生哀，親至瘞所致祭，用禮改葬，追尊李氏為恭愍皇后，號園寢為恭北陵。已而司徒朱倀

老病侵尋，不能任事，太尉朱寵卻因事免官，順帝乃進太常劉光為太尉，光祿勳許敬為司徒。唯司空一職，自宗正劉授接任後，見四十二回。中經順帝入嗣，又換易了兩人：劉授免職，另用少府陶敦；陶敦免職，又另用廷尉張皓。皓與許敬俱有重名，敬歷任三朝，從未暱近貴戚，所以竇、鄧、耿、閻四族，迭起迭僕，士大夫輒被牽連，獨敬素守清潔，毫不汙染；皓為安帝廢儲一事，與桓焉、來歷等相率廷爭，為士論所推重，見前回。至此擢為司徒，也是順帝回憶前情，特加倚畀。皓籍隸武陽，敬籍隸平輿，地以人傳，毋容瑣敘。

　　順帝又欲徵求隱士，聞得魯陽人樊英，遁居壺山，屢徵不起，乃更用策書玄纁，優禮敦聘。英嘗習京氏易，京氏及京房見《前漢演義》。得通星算，善能推步災異，遠方人士，往往負笈從遊。嘗有暴風從西方吹來，英語門人道：「成都市必有大火，非禳解不可！」說著，遂汲水含口，向西噴去，並令門人記錄日時。後有蜀客到來，傳言某日大火，幸東方起一黑雲，須臾大雨，火乃得滅。門人考證時日，果屬相符，因此奉若神明。州郡禮請不應，安帝初召為博士，亦不就徵，及順帝備禮聘英，英仍然病辭。郡吏奉詔逼迫，硬把他載入車中，馳詣京師，英堅稱病篤，不肯下輿。朝命連輿推入，直抵闕廷，英尚偃蹇不拜。順帝瞧著，卻也動怒，作色與語道：「朕能生君，能殺君；能貴君，能賤君；能富君，能貧君！君何故敢慢朕命？」英從容答道：「臣由天授命，命當死即死，陛下怎能生臣？怎能殺臣？臣見暴君如見仇讎，入朝尚且不願，求什麼貴官？平居環堵自安，南面王不易真樂，怕什麼賤役？陛下怎能貴臣？怎能賤臣？祿不以道，雖萬鍾不受，獨行己志，雖簞食不厭，陛下怎能富臣？怎能貧臣？」倔強語恰有至理。這一席話，說得順帝無詞可駁，怒亦漸平，乃令出就太醫，服藥療疾，月致羊酒。過了兩年，順帝復為英設壇席，令公車匯入闕中，尚書持奉几杖，視若賓師，英不得

第四十四回　救忠臣聞黨自相攻　應貴相佳人終作后

已退就臣禮，受職五官中郎將。未幾又稱病告辭，有詔命為光祿大夫，許得歸養。朝廷遇有災異，嘗遣使致問，英所言必驗；唯在朝應對，無甚奇猷，故時人或譏他純盜虛聲，不堪大用。獨聞英家居時，偶然患疾，妻使奴婢拜問所苦，英必下床答拜。潁川陳寔，少從英學，免不得暗暗稱奇，便向英問明答拜的原因，英答說道：「夫妻共奉祭祀，取義在齊，奈何可不答禮呢？」後英至七十餘歲，在家考終。同時又有處士楊厚、黃瓊，就徵入朝。厚字仲宣，廣漢郡新都縣人，通術數學，入闕進謁，預陳漢至三百五十年，當有厄運，不可不戒，順帝命為議郎。黃瓊字世英，就是江夏人黃香子。香博學能文，世稱江夏黃童，見前文。後官終魏郡太守。瓊承父蔭，拜為太子舍人，丁憂歸里，服闋不起。及與楊厚並下徵車，瓊未便違慢，登車至綸氏縣，稱疾不進，有詔命縣吏敦迫，不得已再行就道。前司徒李郃子固，少年好學，改名求師，得為通儒，平時雅慕瓊名，因從瓊途中貽書道：

聞公車已度伊洛，近在萬歲亭，豈即事有漸，將順王命乎？先賢謂伯夷隘，柳下惠不恭，故《傳》曰：「不夷不惠，可否之間」，蓋聖賢居身之所珍也。誠遂欲枕山棲谷，擬跡巢由，斯則可矣；若當輔政濟民，今其時也！自生民以來，善政少而亂俗多，必待堯舜之君，此為志士，終無時矣。嘗聞語曰：「嶢嶢者易缺，皦皦者易汙。」〈陽春〉之曲，和者必寡，盛名之下，其實難副。近魯陽樊君，即指樊英。被徵初至，朝廷特設壇席，如待神明，雖無大異，而言行所守，亦無所缺；乃訾謗布流，應時折減者，豈非以觀聽望深，聲名太盛乎？自頃徵聘之士，功業多無所採，是故俗論皆言處士純盜虛聲，願先生弘此遠謀，令眾人嘆服，一雪此言耳！

瓊得書後，入朝拜官，亦為議郎，屢因災異上書，頗邀採用，未幾遷任尚書僕射，秉忠如故。順帝時尚童年，獨能虛心翕受，亦好算作東漢明君。唯西域長史班勇，平番有功，安帝時未曾加賞，順帝永建二

年，反因他出擊焉耆，後期坐罪，逮繫獄中，這卻未免薄待功臣，太覺寡恩了！先是班勇勘定車師，更立後庭故王子加特奴為王，再使別校捕誅東且彌王，亦另立新主，車師等六國悉平。勇復大發諸國兵，擊北匈奴，逐走呼衍王，虜眾二萬餘人皆降，車師一帶，無復虜跡，城郭皆安。獨焉耆國王元孟，未肯降服，由勇拜表奏聞，漢廷特遣敦煌太守張朗，率領河西四郡兵三千人，助勇進討。勇徵集諸國兵馬，得四萬餘人，分為兩路，往攻焉耆。使朗從北道進行，自率部眾馳入南道，約會焉耆城下。朗先嘗坐罪，意欲徼功自贖，遂星夜前進，直抵爵離關，焉耆兵開關搦戰，被朗驅殺一陣，斬獲至二千餘人，殘眾敗奔國都。焉耆王元孟，當然驚慌，急遣使至朗營求降，朗不待勇至，先期入焉耆國，受降而還。實是失信。勇在途次接得張朗軍報，只好折回，據實上奏。偏有詔責他後期，召還繫獄，好多日才得釋出。還是因他前功足錄，加恩貸罪，但官職已經褫免。勇鬱憤成疾，返至家中，不久即歿。父子累建大功，徒落得身後蕭條，豈不可嘆？還有一種冤屈的事情，說來尤令人生憤。勇兄班雄，襲父遺封，曾為屯騎校尉，遷官京兆尹，病歿任所，子始襲爵，得尚清河孝王女陰城公主。公主為順帝姑母，恃貴生驕，因驕思淫，竟引少年入帷，與他交歡。班始不願做元緒公，自然與有違言，那公主卻放膽橫行，竟挈姘夫同坐帷中，召始進去，叱令跪伏床下。男兒總有一些氣骨，看到這般情形，怎肯忍耐？頓時無名火高起三丈，立即出帷取刀，把一對姦夫淫婦，砍作四段。恰是快事。當有人報知順帝，誰知順帝不咎公主，單責始持刀行凶，立將始拿交詔獄，腰斬東市！甚至始同產兄弟，亦皆處死。慘乎不慘？冤乎不冤呢？這是永建五年間事。明明是導以縱淫。且說順帝年至十五，舉行冠禮，轉眼間已是一十八歲，應該冊立皇后。時後宮已有四位貴人，並得承寵。順帝左右為難，意欲禱神探籌，卜定后位。尚書僕射胡廣，與尚書郭虔、史敞等，聯名進諫道：

第四十四回　救忠臣閹黨自相攻　應貴相佳人終作后

　　竊見詔書，以立后事大，謙不自專，欲假之筮策，決疑靈神。篇籍所記，祖宗典故，未嘗有也。恃神任筮，既不必當賢；就使得人，猶非德選。夫岐嶷形於自然，倪天必有異表，倪天之妹，見《詩經·大雅》。倪，譬喻也。宜參良家，簡求有德，德同以年，年鈞以貌，稽之典經，斷之聖慮，政令猶汗，往而不返，詔文一下，形諸四方。臣等職在拾遺，憂深責重，是以焦心竭慮，冒昧陳聞。

　　順帝閱過諫章，也覺得所言有理，乃決諸己意，特就四貴人中，選出一位梁氏女來，冊作中宮。梁女名妠，就是和帝生母梁貴人的姪孫女，父名商，襲父乘氏侯雍遺爵，雍為梁謙次子，見前文。官拜黃門侍郎。永建三年，選商女及妹，併入掖庭，俱為貴人，擢商為屯騎校尉。商女降生時，有紅光發現室中，闔家稱為奇事；及女粗有知識，便喜習女工，並好讀書，九歲能誦《論語》，治《韓詩》，即韓嬰所傳之詩。頗知大義，常將列女圖畫，置諸座右，作為鑑戒。父商嘗語諸弟道：「我先人全濟河西，活人無算，雖大位不繼，積德必報；若慶流子孫，當就在此女身上呢！」不望子而望女，所見亦謬，故女可興家，子卒赤族。已女年十三，與姑同充選後宮，相工茅通，見女容止過人，便向順帝前再拜稱賀道：「這所謂日角偃月，相法上應當極貴，臣相人頗多，未見有這般貴相哩！」順帝令太史卜兆，亦得吉占，因即封為貴人，特加寵遇，屢命侍寢，梁女嘗從容辭謝道：「妾聞陽道以博施為德，陰道以不專為義；螽斯衍慶，百福乃興。伏願陛下普施雨露，俾得均澤，使小妾得免罪謗，已是深感皇恩了！」順帝聞言，深以為賢，乃於永建七年正月，特在壽安殿中，冊立梁貴人為皇后，賜后父商安車駟馬，並增國土，遷官執金吾，布詔大赦，改永建七年為陽嘉元年。過了一載，又封商子冀為襄邑侯，連順帝乳母宋娥，亦得受封山陽君。尚書令左雄，一再進諫，語甚切至。疏中有云：

臣聞人君莫不好忠正而惡讒諛，然而歷世之患，莫不以忠正得罪，讒諛蒙幸者，蓋聽忠難，從諛易也。夫刑罪，人情之所甚惡，貴寵，人情之所甚欲，是以時俗為忠者少，而習諛者多；故令人主數聞其美，稀知其過，迷而不悟，以至於危亡。臣伏見詔書，顧念阿母舊德宿恩，欲特加顯賞。案《尚書》故事，無乳母爵邑之制，唯先帝時阿母王聖為野王君，聖造生讒賊廢立之禍，生為天下所咀嚼，死為海內所歡快。今阿母躬蹈儉約，以身率下，群僚蒸庶，莫不向風；而與王聖並同爵號，懼違本操，失其常願。臣愚以為凡人之心，理不相遠，其所不安，古今一也。百姓深懲王聖傾覆之禍，民萌之命，危於累卵，常懼時世復有此類，怵惕之念，未離於心，恐懼之言，不絕於口。乞如前議，歲以千萬給奉阿母，內足以盡恩愛之歡，外可不為吏民所怪。梁冀之封，事非機急，宜過災厄之運，然後平議可否，封冀未遲。幸陛下裁察焉！

自左雄有此奏牘，梁商乃為子冀辭封，順帝尚未肯遽允，章至數上，乃收回封冀成命。獨山陽君宋娥，不聞讓還，適值京師地震，緱氏山崩，那謇謇諤諤的左伯豪，又不能不乘機進諫，再貢忠忱。左雄字伯豪。小子有詩詠道：

野王以後又山陽，徒顧私恩亂舊綱。

獨有名臣持大體，不辭苦口砭膏肓。

欲知左雄如何進言，順帝曾否從諫，請看官續閱下回，便見分曉。

孫程之迎立濟陰王，並非持正，實欲邀功；厥後之保全虞詡，指斥張防，並非憐忠，實欲沽直。小人未嘗無為善之時，但其所以為善者，亦不免為營私計耳。及觀其上殿爭功而肺肝具見，微順帝之童年聰穎，徙封就國，遽削其權，孫程等寧能終安乎。周舉號稱正士，乃反請朱伥救解，甚矣！其徒知小節，不顧大體也！梁后具有貴相，與竇后略同，正位以後，雖不若竇后之妒悍，然其後臨朝專政，不能裁抑兄弟，終釀

第四十四回　救忠臣閹黨自相攻　應貴相佳人終作后

成梁冀之禍。梁商謂慶流子孫，應興此女，庸詎知興宗在此，覆宗亦即在此耶？夫賢德如馬皇后，而馬氏且未盡令終，如商所言，徒見其鄙陋而已，何足道哉？

第四十五回

進李固對策膺首選　舉祝良解甲定群蠻

第四十五回　進李固對策膺首選　舉祝良解甲定群蠻

　　卻說尚書令左雄，因見梁冀辭爵，宋娥獨不讓封，乃復藉著地震山崩的變異，再上封章，略云：

　　先帝封野王君，漢陽地震，今封山陽君，而京城復震，專政在陰，其災尤大。臣前後瞽言，封爵至重，王者可私人以財，不可以官，宜還阿母之封，以塞災異。今冀已高讓，山陽君亦宜崇其本節，毋蹈忿尤，則所保者大，國安而山陽君亦安矣。

　　宋娥聞得左雄再三諫諍，亦有畏心，乃向順帝辭還封號；偏順帝專徇私恩，不肯照准，於是山陽君封號如故，左雄所言，依然無效，但雄名由此益著。雄嘗因州郡薦舉，類多失實，特奏請察舉孝廉，必年滿四十，諸生試家法，即一家之學。文吏課箋奏，乃得應選；若有茂才異行如顏淵、子奇，方可不拘年齒。子奇齊人，年十八，齊君使宰東阿，阿縣大化。順帝依議，頒詔州郡。會廣陵郡有孝廉徐淑，應舉入都，年未四十，臺郎詰以違格，淑答說道：「詔書有如顏淵、子奇，不拘年齒，故本郡以臣充選！」郎官無言可駁，轉告左雄，雄召淑入見，莞爾與語道：「昔顏淵聞一知十，孝廉能聞一知幾呢？」說得淑無從對答，默然退歸。尚書僕射胡廣，曾與雄議不合，出為濟陰太守，所舉數人，並皆失當，坐是免官。此外尚有牧守濫舉，亦遭罷黜。唯汝南人陳蕃，潁川人李膺，下邳人陳球等三十餘人，才足應選，得拜郎中。安丘人郎顗，素有聲譽，由順帝特徵入闕，面問災異，顗詳上條陳，大要在修德禳災，且薦舉議郎黃瓊，茂才李固。順帝命顗為郎中，顗辭病不就，飄然竟去。忽由洛陽令奏報宣德亭邊，平地無故自裂，闊約八十五丈，順帝乃令公卿所舉各士人，入朝對策。峨峨髦士，挾策干時，遂皆摛藻揚華，發揮己見。就中名士頗多，如扶風人馬融，南陽人張衡，亦俱在列。所上策文，由順帝親自展覽，內有一篇佳作，係詳言時政得失，不涉虛浮，當即拔為第一。看官欲賞識此文，由小子抄錄如下：

臣聞王者父天母地，寶有山川，王道得，則陰陽和穆；政化乖，則崩震為災，斯皆關諸天心，效於成事者也。夫化以職成，官由能理。古之進者，有德有命；今之進者，唯財與力。伏聞詔書務求寬博，嫉惡嚴暴，而今長吏多殺伐致聲名者，必加遷賞，其存寬和無黨援者，輒見斥逐，是以淳厚之風不宣，雕薄之俗未革。雖繁刑重禁，何能有益？前孝安皇帝變亂舊典，封爵阿母，因造妖孽，使樊豐之徒，乘權放恣，侵奪主威，改亂嫡嗣，至令聖躬狼狽，親遇其艱。既拔自困殆，龍興即位，天下喁喁，屬望風政。積敝之後，易致中興，誠當沛然，思唯善道，而論者猶云方今之事，復同於前。臣伏從山草，痛心傷臆！誠以漢興以來，三百餘年，賢聖相繼，十有八主，豈無阿乳之恩？豈忘爵賞之寵？然上畏天威，俯案經典，知義不可，故不封也。勤謹之德，但加賞賜，足以酬其勞苦；至於裂土開國，實乖舊典。聞阿母體性謙虛，必有遜讓，陛下宜許其辭國之高，使成萬安之福。

夫妃后之家，所以少完全者，豈天性當然？但以爵祿尊顯，專總權柄，天道惡盈，不知自損，故至顛僕。先帝寵遇閻氏，位號太疾，故其受禍曾不旋時。老子曰：「其進銳者，其退速也。」今梁氏戚為椒房，禮所不臣，尊以高爵，尚可然也；而子弟群從，榮顯兼加，永平建初故事，殆不如此；宜令步兵校尉冀，及諸侍中還居黃門之官，使權去外戚，政歸國家，豈不休乎？

又，詔書所以禁侍中、尚書、中臣子弟，不得為吏，察孝廉者，以其秉威權、容請託故也。而中常侍在日月之側，聲勢振天下，子弟祿任，曾無限極，雖外託謙默，不干州郡，而諂偽之徒，望風進舉。今可為設常禁，同之中臣。

昔館陶公主為子求郎，明帝不許，見前文。賜錢千萬，所以輕厚賜、重薄位者，為官人失才，害及百姓也。竊聞長水司馬武宣、開陽城門侯羊迪等，無他功德，初拜便真，此雖小失，而漸壞舊章。先聖法度，所宜堅守，政教一跌，百年不復。《詩》云：「上帝板板，下民卒

第四十五回　進李固對策膺首選　舉祝良解甲定群蠻

瘴」；刺周王變祖法度，故使下民將盡病也。今陛下之有尚書，猶天之有北斗也。斗為天喉舌，尚書亦為陛下喉舌。斗斟酌元氣，運乎四時；尚書出納王命，敷政四海，權尊勢重，責之所歸，若不平心，災眚必至，誠宜審擇其人，以輔聖政。今與陛下共理天下者，外則公卿、尚書，內則常侍、黃門，譬猶一門之內，一家之事，安則共其福慶，危則通其禍敗。刺史、二千石，外統職事，內受法則。夫表曲者影必邪，源清者流必潔，猶叩樹本而百枝皆動也。〈周頌〉曰：「薄言振之，莫不震迭。」此言動之於內，而應之於外也。由此言之，本朝號令，豈可蹉跌？間隙一開，則邪人動心；利競暫啟，則仁義道塞。刑罰不能復禁，化導以之寖壞。此天下之紀綱，當今之急務。陛下宜開石室，陳圖書，招會群儒，引問得失，指摘變象，以求天意。其言有中理，即時施行，顯拔其人，以表能者，則聖聽日有所聞，忠臣盡其所知。又宜罷退宦官，去其權重，第置常侍二人，方直有德者，省事左右；小黃門五人，才智閒雅者，給事殿中。如此則論者厭塞，昇平可致也。臣所以敢陳愚瞽冒昧自聞者，倘或皇天欲令微臣覺悟陛下，陛下宜熟察臣言，憐赦臣死。臣言有盡而意不盡，伏維垂鑑。

　　看官道這篇策文，是何人所作？原來就是南鄭人李固，即故司徒李郃的令子。固五察孝廉，再舉茂才，皆不應召，至是為衛尉賈建所舉，乃詣闕獻詞。順帝特加鑑賞，置諸高第。即日令乳母宋娥，出居外舍，並責諸常侍干預政權。諸常侍悉叩頭謝罪，朝廷肅然，因拜固為議郎。馬融前曾為校書郎中，因上〈廣成頌〉，隱寓譏刺，忤旨被黜，及此次對策，乃復使與固同官。張衡南陽人，表字平子，素善機巧，更研精天文陰陽曆算，嘗作渾天儀，著《靈憲》、《算罔論》，造候風地動儀，為前人所未有。當時已為太史令，衡不慕榮利，故累年不遷，好幾載才得為侍中。這都由閹人當道，排擯清流，雖有名士，終致沉抑下僚，不獲大用。浮陽侯孫程等，就國年餘，仍復召還京師，命與王道、李元，同

拜騎都尉。回應前回。嗣復遷程為奉車都尉，程竟病死，追贈車騎將軍印綬，賜諡剛侯。程臨終遺言，願將封邑傳與弟美，順帝將封邑中分一半畀孫美承受，一半使程養子壽襲封，這也是漢朝特別的創格。到了陽嘉四年，居然垂為定例，詔令宦官養子，俱得為嗣，承襲封爵。御史張綱，就是司空張皓子，皓為留侯張良六世孫，居官正直，至陽嘉元年病歿。綱少通經學，砥礪廉隅，既受任為御史，目睹順帝寵遇宦官，引為己憂，慨然嘆息道：「穢惡滿朝，不能致身事君，掃清宮禁，雖得幸生，也非我所願哩！」當下繕就奏摺，入朝進呈，奏中說是：

《詩》曰：「不愆不忘，率由舊章。」溯自大漢初隆，及中興之世，文、明二帝，德化尤盛，觀其理為易循易見，但恭儉守節，約身尚德而已。中官常侍，不過兩人，近幸賞賜，裁滿數金，惜費重民，故家給人足。夷狄聞中國優富，任通道德，所以奸謀自消，而和氣盛應。頃者以來，不遵舊典，無功小人，皆有官爵，富之驕之，而復害之，非愛人重器、承天順道者也！伏願陛下少留聖恩，割損左右，以奉天下，則治道其庶幾矣！

書入不報。是時三公已換易數人，太傅桓焉，太尉朱寵，司徒許敬，皆相繼罷去；用大鴻臚龐參為太尉，錄尚書事，宗正劉崎為司徒，又因司空張皓出缺，進太常王龔為司空。太傅本非常職，暫從緩設。太尉龐參，就職至三年有餘，最號忠直，內侍等不便舞弊，屢加譖毀，司隸亦黨同閹豎，上書糾彈，獨廣漢郡上計掾段恭，力為龐參洗刷，請順帝專心委任，順帝乃任參如故。不料參後妻嫉妒，竟將前妻子推入井中，猝遭溺死，洛陽令祝良，與參有隙，當即入太尉府查勘屬實，立時報聞，參因坐免，改任大鴻臚施延為太尉。越二年，施延免職，又起參為太尉。參年老多病，踰年壽終，司空張龔，繼參後任。太常孔扶，遷官司空，未幾又改用光祿勳王卓。司徒劉崎，亦坐事免官，特擢大司農

197

第四十五回　進李固對策膺首選　舉祝良解甲定群蠻

黃尚為司徒。唯梁后父執金吾梁商，奉命為大將軍，獨不願就任，託疾固辭，順帝使太常奉策，就第冊拜，商不得已詣闕受命。漢陽人巨覽，上黨人陳龜，並有才行，當由商闢為掾屬；李固、周舉，亦由商特召，入為從事中郎。固見商謙和有餘，剛斷不足，乃上箋諷商道：

　　昔春秋褒儀父以開義路，貶無駭以閉利門；夫義路閉則利門開，利門開則義路閉也。前孝安皇帝，內任伯榮、樊豐之屬，外委周廣、謝惲之徒，開門受賂，署用非次，天下紛然，怨聲滿道。今上初立，頗存清靜，未能踰年，稍復墮損，左右黨進者，日有遷拜；守死善道者，滯涸窮路，而未有改敝立德之方。又，即位以來，十有餘年，聖嗣未立，群下系望。可令中宮博簡嬪媵，兼採微賤宜子之人，進御至尊，順助天意。若有皇子，母自乳養，無委保妾醫巫，以致飛燕之禍。明將軍望尊位顯，當以天下為憂，崇尚謙省，垂則萬方，而新營祠堂，費工億計，非以昭明令德，崇示清儉。自數年以來，災怪屢見，近無雨潤，而沉陰鬱決，宮省之內，容有陰謀。孔子曰：「智者見變思形，愚者睹怪諱名。」天道無親，可為祇畏。如近者月食既於端門之側，既，盡也。月者大臣之體也，夫窮高則危，太滿則溢，月盈則缺，日中則移，凡此四者，自然之數也。天地之心，福謙忌盛，是以賢達功遂身退，全名養壽，無有怵迫之憂。誠令王綱一整，道行忠立，明公踵伯成之高，唐虞時為諸侯，至禹即位，棄官歸耕，事見《莊子》。全不朽之譽，豈與此外戚凡輩，耽榮好位者，同日而論哉？固狂夫下愚，不達大體，竊感故人一飯之報，況受顧遇而可不盡言乎？愚者千慮，必有一得，幸賜裁覽！

梁商亦知固效忠，但素性優柔，終不能用。宦官十九侯中，孫程早死，王康、王國、彭愷、王成、趙封、魏猛等，亦陸續病亡，唯黃龍、楊佗、孟叔、李建、張賢、史汎、王道、李元、李剛九人，與乳母宋娥，交相蠱蔽，賄賂公行。太尉王龔，每恨宦官攬權，志在匡正，因極陳諸閹過惡，請即放斥。閹黨不免驚惶，各使賓客誣奏龔罪，順帝竟偏

聽讒言，命龔自白。李固聞知，即進告梁商，為龔辯誣，且謂三公望重，不應赴廷對簿，請即代為表明，毋令王公蒙冤。商乃入白順帝，才得無事。商子冀，鳶肩豺耳，兩眼直視，口吃不能明言，少時遊蕩無行，酒色自娛，凡博弈蹴鞠諸技，卻是般般精通，又喜臂鷹走狗，騁馬鬥雞，此外卻無甚材能，不過略通書計。為了椒房貴戚，得列顯階，初為黃門侍郎，轉遷侍中虎賁中郎將，及越騎步兵各校尉，至父商為大將軍，冀竟代任執金吾。陽嘉五年，改號永元，調冀為河南尹。冀居職暴恣，多為不道。洛陽令呂放，進見梁商，偶然談及冀過，商當然責冀，冀恨放多嘴，竟遣人伏候道旁，俟經過時，把他刺死。且恐乃父察悉，偽言放為仇家所刺，請使放弟禹為洛陽令，嚴行捕訊。禹接任後，總道是與冀無干，但將宗親賓佐，逐加拷問，冤冤枉枉死了一百多人。冀一出手，便冤死多人，怪不得後來要殺皇帝？梁商尚被冀瞞過，順帝更不必說了。是年武陵蠻叛亂，幸得新任太守李進，領兵討平，且簡選良吏，撫循蠻夷，郡境乃安。過了一年，象林蠻區憐等，糾眾為亂，攻縣廨，戕長吏，騷擾的了不得。交趾刺史樊演，發交趾、九真兵二萬餘人，往救象林，兵士不願遠行，倒戈返攻，還虧樊演乘城拒守，覷隙出擊，得將叛兵驅散，城郭無恙。但叛兵投入蠻帳，蠻眾益盛。適侍御史賈昌，出使日南，聞得叛蠻猖獗，亟與州郡官吏，併力合討，怎奈嶺路崎嶇，蠻眾負嵎自固，官兵不能與敵，戰輒失利，反為所圍。賈昌等飛書乞援，詔令公卿百官，會議方略，群臣等請特簡元戎，大發荊、揚、兗、豫兵馬，往討叛蠻；獨大將軍屬下從事中郎李固，力駁眾議，獨獻良謨，大致說云：

蠻荒遼遠，用兵最艱，若荊、揚無事，發之可也。今二州盜賊，盤結不散，武陵、南郡，蠻夷未輯，長沙、桂陽，數被徵發，如復擾亂，必更生患，其不可一也。又兗、豫之人，猝被徵發，遠赴萬里，無有還

第四十五回　進李固對策膺首選　舉祝良解甲定群蠻

期，詔書迫促，必致叛亡，其不可二也。南州水土溫暑，加有瘴氣，致死亡者，十必四五，其不可三也。遠涉萬里，士卒疲勞，及至嶺南，不堪復鬥，其不可四也。軍行日三十里，而兗、豫去日南九千餘里，三百日乃到，計人粟五升，用米六十萬斛，不計將吏驢馬之食，但負甲自致，費便若此，其不可五也。軍之所在，死亡必眾，不足禦敵，當復更發，其不可六也。九真、日南，相去千里，發其吏民，猶且不堪，何況苦四州之卒，以赴萬里之艱哉，其不可七也。前中郎將尹就，討益州叛羌，益州諺曰：「虜來尚可，尹來殺我。」後就徵還，以兵付刺史張喬；喬因其將吏，旬月之間，破殄寇虜。此發將無益之效，州郡可任之驗也。宜更選有勇略仁惠任將帥者，以為刺史太守，悉使共住交趾。今日南兵單無穀，守既不足，戰又不能，可一切徙其吏民，北依交趾，還募蠻夷，使自相攻，轉輸金帛以為其資；有能反間致頭首者，許以封侯裂土之賞。前并州刺史祝良，性多勇決；又南陽張喬，前在益州，有破虜之功，皆可任用。昔太宗加魏尚為雲中守，哀帝即拜龔舍為泰山太守，今宜師其遺意，拜良等便道之官，則不待勞師，自可收效，而蠻疆之綏輯不難矣。

這議一創，公卿等卻多以為然，不復堅持成見。於是拜祝良為九真太守，張喬為交趾刺史，即日就道，同赴嶺南。喬至交趾，開示恩信，解散脅從，叛眾或降或歸，不復生亂。良到九真，單車入蠻穴中，曉諭禍福，示以至誠，蠻眾亦俯首帖耳，願遵約束，投降至數萬人，俱為良築造府舍，仍復前觀，嶺外復平。朝廷未接捷音，尚使公卿等各舉猛士，選為將帥。尚書令左雄，時已調任司隸校尉，獨將前冀州刺史馮直，保舉上去。偏尚書周舉，謂馮直嘗坐贓免官，如何得列入薦牘？因此劾雄所舉非人，免不得有阿私情弊。雄以周舉得為尚書，也由自己推薦，此次恩將仇報，太覺不情，當下往詰周舉道：「我素重君才，故敢進言，誰知反害及自身！」舉慨然答道：「昔趙宣子任韓厥為司馬，厥反

戮宣子僕，宣子語諸大夫道：『可以賀我！』今君不以舉為不才，謬升諸朝，舉不敢向君阿諛，致貽君羞。不料君意與古人不同，舉始自知得罪了！」雄聽了舉言，忙改容稱謝道：「吾過，吾過！幸勿介意！」遂拱手別歸。時人稱舉為善規，雄為善改，統是當時賢士，名不虛傳。還有一班竊權攬勢的宦官，乘機舉用私人，競賣恩勢。獨大長秋良賀，清儉退厚，一無所舉，順帝暗暗詫異，召問原因，賀直答道：「臣生自草莽，長居宮禁，天下人才，臣未知悉，又與士類素乏交遊，怎敢濫舉？昔衛鞅因景監介紹，得見秦王，智士已料他不終，若使臣妄舉數人，恐士人不以為榮，反且因此見辱了！」順帝聞言，也為嘆息不置。但內侍如賀，實是不可多得。此外多招權納賄，往往釀成禍階，永和四年元月，中常侍張逵，竟矯詔捕人，險些兒構興大獄，連累無辜。小子有詩嘆道：

刑餘腐豎總難容，蟠踞宮廷定兆凶。
亦有馴良堪任使，古今能有幾人逢？

欲知張逵矯詔情事，容至下回分解。

順帝亦中智之君，觀其召試群儒，能舉李固為首選，退乳母，責閹人，宮禁肅然，其與乃父之庸闇不君，似不可同日語矣。然一時之明察，終不敵群小之欺矇，雖有直臣，挽回無幾。意者其尚有遺傳性之留存，明於初而昧於終歟？梁商以謙退稱，亦卒蹈優柔之失，有子如冀，不能教以義方，遑問他事。李固諷商之言，尚未能直揭其弊，而商且不用，時人稱商為順帝賢輔，其然豈其然乎？及固薦引祝良、張喬之撫蠻，而四府均贊成固議，卒得成功。度其時商為首弼，且握兵權，必有為之主宰其間者，況固為從事中郎，亦由商所辟召？蓋亦一鄧騭之流亞而已。語有之：「善善從長，惡惡從短」，則商固非無一長之足採之。

第四十五回　進李固對策膺首選　舉祝良解甲定群蠻

第四十六回

馬賢戰歿姑射山　張綱馳撫廣陵賊

第四十六回　馬賢戰歿姑射山　張綱馳撫廣陵賊

卻說中常侍張逵，素行狡黠，善能希旨承顏，得邀主眷。只是漢宮裡面的宦官，多至千百，幾不勝數，彼爭權，此奪寵，所以互相奔競，迭起不休。當時張逵以外，尚有小黃門曹節，及曹騰、孟賁等，俱為順帝所暱愛，攬權用事。甚至后兄梁冀，及冀弟不疑，常與往來，結為至交。大將軍梁商，亦未嘗禁止，反令兒輩通好權閹，作為護符，朝臣莫敢與抗。只張逵相形見絀，滿懷不平，遂串同山陽君宋娥，及黃龍、楊佗、孟叔、李建、張賢、史汎、王道、李元、李剛等九侯，誣奏大將軍梁商，與曹騰、孟賁等陰圖廢立，請即加防。順帝卻正容答道：「必無此事！朕想汝等共懷妒忌，故有此言！」逵等都不禁失色，當即退出。只逵因妒生恨，因恨生懼，自思一不做，二不休，不如冒險一試，先除曹騰、孟賁，再作後圖。當下捏造偽詔，收捕騰、賁下獄。好大膽子，想是活得不耐煩，故有此舉。順帝聞知，勃然大怒，立飭拿住張逵，交付法司，一經拷訊，水落石出，便將逵推出市曹，一刀兩段。乳母宋娥，奪爵歸田；黃龍等九侯，遣令就國，削去國土四分之一；釋出曹騰、孟賁，守職如故。自是閹黨十九侯中，除已死及被黜外，只有廣平侯馬國，下雋侯陳予，東阿侯苗光，總算保全爵邑，富貴終身。也是這三人，不欲爭權，故得倖免。這且擱過不表。

且說隴西塞外的雜羌，自經麻奴降服後，幸得少安。見前文。既而麻奴病死，弟犀苦嗣為燒當羌酋，陰有貳心，又嗾動鍾羌叛漢，寇掠涼州。護羌校尉馬賢，引兵出擊，斬首千餘級，餘眾多降，賢得進封都鄉侯。嗣賢坐事徵還，代以右扶風韓皓；皓不久復罷，由張掖太守馬續繼任。鍾羌酋良封等，又復為亂，入寇隴西、漢陽，有詔再起馬賢為謁者，前往鎮撫。賢至隴西，馬續已擊敗良封，再由賢調發隴西吏士，及羌胡各騎兵，追封出塞，斬首千八百級；封窮蹙失勢，被賢擊斃，親屬俱降。賢復進剿鍾羌支族且昌等，亦獲大勝，且昌等率諸種十餘萬眾，

詣梁州刺史處投誠。漢廷乃仍使賢為護羌校尉，調馬續為度遼將軍。續蒞任四年，恩威兩濟，頗得民心。獨南匈奴左部句龍王吾斯、車紐等，恃強不法，竟率三千餘騎，入寇西河，復煽惑右賢王，合兵七八千人，進圍美稷，殺死朔方代郡各長吏。度遼將軍馬續，因與中郎將梁並，烏桓校尉王元，發邊兵及羌胡騎士，共二萬餘人，掩擊吾斯、車紐等聯兵，斬馘頗多。吾斯、車紐雖然敗衄，卻是屢散屢聚，隨處騷擾。漢廷遣使齎詔，往責南單于，單于休利，本未預謀，不得已脫帽避帳，至中郎將梁並處謝罪。並卻好言撫慰，遣令歸庭。未幾並因病乞休，後任為五原太守陳龜。龜以南單于不能馭下，外順內叛，逼令自殺。又欲徙單于近親，入居內郡，遂致胡人生貳，各有違言。朝廷因他辦理不善，逮還都中，下獄免官。大將軍梁商，擬招降叛胡，不欲多勞兵戎，乃上表申議，略云：

　　匈奴寇叛，自知罪大，窮鳥困獸，猶圖救死，況種類繁熾，不可殫盡。今轉戰日增，三軍疲苦，虛內給外，非中國之利。竊見度遼將軍馬續，素有謀謨，且典邊日久，深曉兵要，每得續書，與臣策合。宜令續深溝高壘，以恩信招降，宣示購賞，明其期約，如此則醜類可服，國家無事矣。

　　順帝依言，詔令馬續招降叛虜，毋得一意用兵。梁商又致書與續道：

　　中國安寧，忘戰日久。良騎野合，交鋒接矢，決勝當時，此戎狄之所長，而中國之所短也；強弩乘城，堅營固守，以待其衰，此中國之所長，而戎狄之所短也。宜務先所長，以觀其變，設購開賞，宣示反悔，勿貪小功，以亂大謀，是所至要！

　　馬續既接朝旨，復得商書，當然專心招撫，斂威用恩。南匈奴右賢王部抑鞮等，率領萬三千口，詣續乞降，唯吾斯、車紐，仍然未服。吾斯且推車紐為單于，東引烏桓，西收羌胡等數萬人，攻破京兆虎牙營，

第四十六回　馬賢戰歿姑射山　張綱馳撫廣陵賊

戍上郡都尉及軍司馬，轉掠并、涼、幽、冀四州。未曾大挫強虜，徒欲一意主撫，亦為啟寇之階。朝廷尚主張退守，但徙西河治離石，上郡治夏陽，朔方治五原。待至寇勢日迫，警報時聞，乃遣中郎將張耽，招集幽州、烏桓諸郡營兵，出討叛虜。耽有膽略，善撫士卒，軍中樂為效死，行至馬邑，與虜兵相值，一陣橫掃，梟得虜首三千級，生擒無算。車紐與諸豪帥、骨都侯等，心驚膽落，匍匐請降。唯吾斯竄去，嗣復收拾餘燼，再來寇邊。耽與馬續合兵奮擊，追至谷城，大破吾斯；吾斯遁入天山，與烏桓兵依險自固。耽窮兵深入，逾澗攀崖，猱升而上，連斬烏桓渠帥，奪還被掠人畜，不可勝計。吾斯復遁，虜勢乃衰。偏是北寇漸稀，西羌復熾，甚至蹂躪三輔，烽火連天。原來且昌羌等投降以後，餘羌亦多被馬賢擊走，隴右卻安靜了年餘。已而燒當羌酋那離等復叛，又為馬賢所誅。賢奉調為弘農太守，另任來機、劉秉為并、涼二州刺史。機與秉出都時，往辭大將軍梁商，商與語道：「古稱戎狄荒服，蠻夷要服，是說他荒忽無常，全在鎮撫得人，臨事制宜，毋拂彼性。今二君素性嫉惡，太分黑白，孔子所謂人而不仁，疾之已甚，必致激亂，何況蠻夷戎狄哩？願二君務安羌胡，防大赦小，方可無虞！」既知二君性刻，何勿上表諫沮？機等雖然應命，但本性難移，怎能遽改？到任以後，苛待群羌，多所擾發，於是且凍、傅難、鍾羌等復叛，攻掠金城、湟中，入寇三輔，殺害長吏，毒虐生民。朝廷聞警，急將機、秉二人逮還，特拜馬賢為徵西將軍，使騎都尉耿叔為副，帶領左右羽林五校士，及諸郡兵十萬人，出屯漢陽。大將軍梁商慮賢年老難任，請改用大中大夫宋漢，順帝不從。賢在途稽留，多日不進，時馬融為武都太守，上書進諫道：

　　今雜種諸羌，轉相鈔掠，宜及其未並，亟請深入，破其支黨，而馬賢等處處留滯。羌胡百里望塵，千里聽聲，今逃匿避回，漏出其後，則

必侵寇三輔，為民大害。臣願請賢所不可，用關東兵五千，裁假部隊之號，盡力率屬，埋根行首，以先吏士；三旬之後，必克破之。臣少習學藝，不更武職；猥陳此言，必受誣罔之辜。昔毛遂廝養，為眾所嗤，終以一言，克定從要。從讀如縱。臣又聞吳起為將，暑不張蓋，寒不披裘；今賢野次垂幕，珍饈雜沓，兒子侍妾，事與古反。臣懼其將士將不堪命，必有高克潰破之憂也！高克，鄭人，見《左傳》。

　　書入不報。安定人皇甫規，聞馬賢不恤軍事，料其必敗，亦據實上聞，順帝既不從融言，怎肯聽信皇甫規？當然擱置不理，唯遣使催促馬賢進兵。賢進抵漢陽，尚是無心進戰。至永和六年正月，且凍羌分道入寇，掠武都，燒隴關，蔓延甚盛，賢不得已挈領二子，及騎士五六千名，出禦姑射山。羌眾設伏以待，誘賢入谷，四面趨集，把賢困在垓心，賢與二子左衝右突，終不得脫，徒落得父子同殉，暴骨沙場。敗報傳達京師，順帝未免嘆息，特賜馬賢家布三千匹，穀千斛，封賢孫為舞陽亭侯；更遣侍御督錄徵西營兵，撫卹死傷。唯羌眾得了大勝，勢焰益張。向來羌人分作兩派，居住安定、北地、上郡西河邊境，號為東羌；居住隴西、漢陽、金城邊境，號為西羌。至是東西連合，愈聚愈多，就中有一班鞏唐羌，更是蠻野，趁著漢兵敗衂，長驅深入，自隴西直抵三輔，焚園陵，擾關中，殺傷長吏。郃陽令任頡，引兵截擊，因寡不敵眾，竟至陣亡。獨武威太守趙沖，擊敗鞏唐羌，斬首四百餘級，收降二千餘人，有詔令護羌校，總督河西四郡兵馬，便宜行事。安定時亦被兵，郡將因皇甫規智略過人，命為功曹，使率甲士八百人，出遏叛羌。規首冒鋒刃，揮兵殺敵，斫死羌人前驅數名，羌眾駭退，安定解嚴，乃舉規為上計掾，詣都報冊。規乘便上疏，自請效力，疏中有云：

　　臣比年以來，數陳便宜，羌戎未動，察其將反；馬賢始出，知其必敗，誤中之言，皆可考據。臣每維賢等擁眾四年，未有成功，懸師之

第四十六回　馬賢戰歿姑射山　張綱馳撫廣陵賊

費，且百億計，出於平民，回入奸吏，故江湖之人，群為盜賊。青、徐荒饑，襁負流散。夫羌戎潰叛，不由承平，皆由邊將失於綏馭，乘常守安，則加侵暴，苟競小利，則致大害，微勝則虛張首級，軍敗則隱匿不言。軍士勞怨，因於猾吏，進不得快戰以邀功，退不得溫飽以全命，餓死溝渠，暴骨中原；徒見王師之出，不聞振旅之聲。酋豪泣血，驚懼生變，是以安不能久，叛則經年，臣所以搏手叩心而增嘆者也。願假臣兩營二郡，屯列坐食之兵五千，出其不意，與護羌校尉趙沖，共相首尾。土地山谷，臣所曉習；兵勢巧便，臣已更之；可不煩方寸之印，尺帛之賜，高可以滌患，下可以納降。若謂臣年少官輕，不足用者，凡諸敗將，非真由官爵之不高，年齒之不邁也！臣不勝至誠，沒死自陳，翹首待命。

　　順帝覽疏，因規資輕望淺，不肯委任，規乃出都歸郡。會鞏唐羌復寇北地，北地太守賈福，與趙沖合兵出討，失利退還，羌眾復轉寇武威。順帝聞羌寇充斥，涼州震驚，乃復徙安定北地吏民，入居扶風馮翊；一面使執金吾張喬，行車騎將軍事，引兵萬五千人，屯守三輔。既而護羌校尉趙沖，招降罕種羌五千餘戶，復連敗燒何、燒當等羌，羌眾乃散匿塞外，邊患少紓。詔罷張喬屯兵，仍使還都。適大將軍梁商得病，醫治無效，順帝親往省問，見商臥不能起，料知危險，因問及後事，商且喘且答道：「尚書周舉，從前坐事免官，由臣召為從事中郎，此人清高中正，可以重任，願陛下留意！」周舉免官復起，借商口中補敘，但商知舉之忠，奈何不知子之惡？順帝允諾，嗣見商無他言，便即辭去。商更召囑諸子道：「我實不德，享受多福，生不能輔益朝廷，死或致耗費帑藏，如衣衾飯唅、玉匣珠貝等類，何益朽骨？況邊境不寧，盜賊未息，豈尚可為我一人，虛糜國庫？俟我氣絕，即當載至塚舍，當即殯殮；殮已開塚，塚開即葬。祭食如我生存時，毋用三牲。孝子當善述父志，不宜違我遺言！」說畢即逝。諸子呈報遺命，順帝不聽，特賜東園壽器，

塗以朱漆，飾以銀鏤，並玉匣什物二十八種，錢三百萬，布三千匹，予諡忠侯。及出葬時，命兵車甲士護喪，皇后親送，順帝至宣陽門遙望靈輀，並作誄云：「敦兮忠侯，不聞其音？背去國家，都茲玄陰；幽居冥冥，靡所宜窮。」這誄文派員往讀，即令商長子冀嗣封乘氏侯，並承父職為大將軍，冀弟不疑為河南尹，且進周舉為諫議大夫，一是報商舊績，一是從商遺言。偏梁冀貪婪驕恣，與乃父大不相同，所有正人君子，俱為冀所不容。會值荊州盜起，連年不安，順帝使李固為荊州刺史。固妥為慰撫，赦過宥罪，許賊更新，賊目夏榘等自縛歸罪，由固遣令曉示，群賊一律反正，全州肅清。獨南陽太守高賜等，受贓懼罪，恐為固所按考，特派心腹，使載金入都，重賂梁冀。冀愛財如命，悉數收受，即替他千里移檄，囑固從寬。固不阿權貴，糾察愈嚴，高賜等復向冀乞憐，冀竟左遷固為泰山太守。泰山亦多盜賊，郡守嘗屯兵千人，隨處防剿，終不能平；固到任後，卻將屯兵罷遣歸農，但留戰士百餘人，囑令四處招誘，不到一年，賊皆弭散。唯他處牧守，多是貪汙闒茸，但知巴結上官，不知安輯百姓，因此流離載道，半為盜賊。可恨這班牧守，諱無可諱，剿不勝剿，又只好歸咎人民，奏報朝廷。順帝特改永和七年為漢安元年，大赦天下，分遣侍中杜喬，及光祿大夫周舉、郭遵、馮羨、欒巴、張綱、周栩、劉班等八人，巡行州郡，宣諭威德，表舉賢良。如刺史二千石有貪汙不法，即馳驛舉劾；二千石以下，許得便宜收繫。喬等拜命即行，唯張綱年齒最少，氣節獨高，出京不過里許，至洛陽都亭，竟將車輪埋藏地下，慨然說道：「豺狼當道，安問狐狸？」當下繕好奏疏，還都呈入，彈劾大將軍梁冀，及河南尹梁不疑，開篇即云：

大將軍冀，河南尹不疑，蒙外戚之援，荷國厚恩，以芻蕘之資，居阿衡之任，不能敷揚五教，翼贊日月，而專為封豕長蛇，肆其貪叨，甘心好貨，縱恣無厭，多樹諂諛，以害忠良，誠天威所不赦！大辟所宜

第四十六回　馬賢戰歿姑射山　張綱馳撫廣陵賊

加也！

　　後文又條陳冀等十五罪，說得淋漓透澈，慷慨激昂。史傳中，止言無君之心，十五罪未曾詳敘故事，故本書亦只從略。時梁冀妹為皇后，內寵方盛，諸梁姻族，布滿內外，綱卻不顧利害，言人未言，廷臣都為震慄。幸順帝知他忠直，未嘗加譴，但不過將原奏擱起，置諸度外罷了。冀因此恨綱，輒思藉端中傷。適廣陵賊張嬰，聚眾數萬，攻殺刺史二千石，寇亂徐、揚間，非常猖獗；前任郡守，只求兵馬衛護城廓，無一敢討。冀乃囑使尚書，舉綱為廣陵太守。綱單車赴任，但率郡吏十餘人，徑詣嬰壘。嬰不知何因，閉壘拒綱，綱手書諭嬰道：「我奉詔宣慰，並非征討，汝等不必驚慌，且容我入壘明言，從與不從，悉聽汝便，何必閉門拒我，自示張皇呢？」嬰見綱來意和平，乃開門出迎，拜伏道旁。綱親為扶起，偕行入壘，延令就座，問所疾苦。嬰答言官吏暴虐，不得不變計逃生。綱隨機曉諭道：「前後二千石，多肆貪暴，致君等懷憤相聚，二千石原是有罪，但君等所為，亦屬非義。今主上仁聖，欲以文德服人，特遣我來此撫慰，意在榮以爵祿，不願迫以刀鋸，這正是君等轉禍為福的時會了！若聞義不服，天子必赫然震怒，徵調荊、揚、豫、兗大兵，雲集壘前，豈不危甚？試想用弱敵強，怎得為明？棄善取惡，怎得為智？去順效逆，怎得為忠？身死嗣絕，怎得為孝？背正從邪，怎得為直？見義不為，怎得為勇？利害得失，關係非輕，請君自擇去就便了！」嬰聽綱說畢，不禁泣下道：「荒裔愚民，不能自達朝廷，坐遭侵枉，遂致嘯聚偷生，譬諸魚游釜中，喘息須臾，不遑後顧。今明府開誠曉諭，使嬰等再見天日，尚有何言？但恐既陷不義，一經投械，終不免拿戮呢！」綱與嬰指天為誓，必不爽約，嬰乃決計投誠。俟綱別去，遂遍告部眾萬餘人，至次日齊至郡廨，與妻子面縛歸降。綱再單車入壘，置酒大會，遣散叛黨，任他自去。又親為嬰卜居宅，視田疇，凡子弟欲

為郡吏，皆量材召用，眾情悅服，南州晏然。綱論功當封，偏被梁冀從中阻撓，因此罷議。唯順帝尚器重綱才，將加擢用，張嬰等聞知消息，上書乞留，乃任綱如故。綱在郡一年，忽然抱病，竟至告終，年才三十有六。百姓扶老攜幼，俱至府舍哭臨；張嬰等五百餘人，並身服縗絰，執杖送葬，奉櫬至武陽歸葬，即由嬰等負土為墳，頃刻即成。莫謂盜賊中必無善人！事為朝廷所聞，也下詔嘆息，拜綱子續為郎中，賜錢百萬，小子有詩讚道：

敢彈首惡竟埋輪，出守防奸獨布仁。
柔亦不茹剛不吐，寬嚴兩濟是能臣！

同時尚有幾個好官，政聲卓著，待小子下回報明。

兵不可常用，常用必敗；將不可久任，久任必亡。如漢之馬賢，防邊有年，屢破羌人，未始非一時名將；但功多則易起驕心，位高則易生佚志，觀馬融之劾奏馬賢，謂其野次垂幕，珍餚雜遝，兒子侍妾，事與古反，是何莫非驕佚之所釀而成？天下有驕且佚者，而尚能勝敵徼功乎？姑射一役，父子俱死，非不幸也，宜也！張綱埋輪，力劾梁冀，雖未足掃除豺狼，而直聲已流傳千古。至徙綱為廣陵守，單車諭賊，不殺一人，而萬賊歸降，梁冀本欲借賊以害綱，而綱反得收賊以愧冀，乃知天下事總在人為，直道而行，艱險固不必計也！唯忠賢如綱，而不使永年，天若無知而實有知，觀於李固、杜喬之枉死，而綱之早歿，實為幸事；天之保全名臣，固不在命之修短間歟。

第四十六回　馬賢戰歿姑射山　張綱馳撫廣陵賊

第四十七回
立沖人母后攝政　毒少主元舅橫行

第四十七回　立沖人母后攝政　鴆少主元舅橫行

卻說順帝時代的名吏，卻也不少，除張綱撫定廣陵外，尚有洛陽令任峻，冀州刺史蘇章，膠東相吳祐。峻能選用人才，各盡所長，發奸如神，愛民如子，洛陽大治。章為冀州刺史，有故人為清河太守，貪贓不法，俟章行巡至郡，當然迎謁，章置酒與宴，暢敘甚歡，太守喜說道：「人皆有一天，我獨有二天。」章微笑道：「今夕蘇儒文與故人飲酒，乃是私恩；儒文係蘇章表字。明日為冀州刺史按事，卻是公法，公私原難並論呢！」這一席話，說得太守忸怩不安；果然到了次日，即被掛入彈章，罷官論罪。州吏聞章秉公無私，自然不敢枉法，全境帖然。吳祐政從仁簡，民不忍欺，嗇夫孫性，私賦民錢，市衣奉父，父怒說道：「汝尚敢欺吳公麼？快去向吳公伏罪，還可恕汝！」性惶懼自首，具述父言，祐與語道：「汝以親故受汙名，還可原諒，古人所謂觀過知仁，便是為此。但汝父確係老成，汝當歸謝，所有衣服，仍奉遺汝父便了！」性乃拜謝而去。祐遇民事訟，往往閉閣自責，然後訊問兩造，多方曉諭，不尚典刑，或身自至鄉，曲為和解，因此閭閻悅服，囹圄空虛。蘇章宴友，吳祐遺衣，後人或譏為好名，但試問後世有幾多賢吏？就是巡行州郡的八使，當時號為八俊。只張綱中道折還，出守廣陵，病終任所；餘如杜喬、周舉等人，亦皆不避權貴，所上彈章，統是梁氏姻親，及宦官黨羽。可奈宮廷裡面，都由宵小把持，任他如何彈劾，只是擱置不理。嗣經侍御史種暠，復行案舉，方得黜去數人。杜喬到了兗州，表奏泰山太守李固，政績為天下第一，因召入為將作大匠，再遷為大司農。太尉王龔，因病告歸，太常桓焉，及司隸校尉趙峻，相繼為太尉。司空王卓病終，光祿勳郭虔繼任，嗣又改用太僕趙戒。就是司徒黃尚卸任後，亦接連換易兩人，一是光祿勳劉壽，一是大司農胡廣。唯當時梁冀用事，三公九卿，統唯唯諾諾，無所可否。唯前太尉王龔子暢，入為尚書，倒還有些乃父風規，不偏不黨。漢安二年，匈奴句龍王吾斯，復率眾寇并

州，暢薦茂陵人馬寔為中郎將，出使防邊。寔募人刺殺吾斯，送首洛陽；越年又進擊餘黨，收降烏桓餘眾七十餘萬口。朝廷下詔褒美，賜錢十萬；一面冊立南匈奴守義王兜樓儲為單于，使他還鎮南庭。兜樓儲前時入朝，留居洛陽，至是由順帝臨軒，親授璽綬，特賜車服，並命太常大鴻臚等，祖餞都門，作樂侑酒，待至飲畢，兜樓儲乃拜辭還國。南庭有此主子，自然不忘漢恩，較為恭順，北顧幸可無憂。唯西陲一帶，經護羌校尉趙沖出鎮，剿撫並用，連破燒何、燒當諸羌，羌種前後三萬餘戶悉降。後來護羌從事馬玄，忽生異圖，背沖出塞，羌眾亦叛去不少。沖追擊叛羌，遇伏戰歿，詔封沖子義為義陽亭侯。但沖雖陣亡，羌亦衰耗，再加梁並為左馮翊，招降叛羌離湳、狐奴等，隴右少安。回應前回。到了漢安三年，順帝年已及壯，尚未立嗣，梁皇后以下，多半不育，只後宮虞美人，生下一子，取名為炳，年才二歲，順帝乃立炳為太子，改漢安三年為建康元年，頒詔大赦。適侍中杜喬，還京覆命，遂拜為太子太傅；又命侍御史種暠為光祿大夫，在承光宮中監護太子。一夕由中常侍高梵，單車迎太子入見，杜喬等向梵索詔，梵答言由帝口授，並無詔書，喬惶惑失措，不知所為，種暠獨拔劍出鞘，橫刃當車道：「太子為國家儲貳，民命所繫，今常侍來迎，不持詔書，如何示信？暠寧死不從此命！」梵起初尚恃有帝諭，倔強不服，及見暠色厲詞嚴，倒也理屈詞窮，無從辯駁，因即馳還復奏。順帝頗稱暠持重，更用手詔往迎太子，太子乃入。杜喬出宮讚嘆道：「種公可謂臨事不惑呢！」種暠字景伯，河南洛陽人，杜喬字叔榮，河內林慮人。兩人都被舉孝廉，致身通顯，並號名臣。未幾齣暠為益州刺史，喬卻遷官大司農，再遷為大鴻臚。是年八月，順帝不豫，數日即崩，年終三十，在位與安帝相同，也是一十九年。群臣奉太子炳即位，尊梁后為皇太后。兩齡嗣主，如何親政？當然援照前例，由皇太后梁氏臨朝。進太尉趙峻為太傅，大司農李固為太

第四十七回　立沖人母后攝政　酖少主元舅橫行

尉，參錄尚書。越月奉順帝梓宮，出葬憲陵，廟號敬宗。是日京師及太原、雁門地震，三郡水湧土裂。有詔令舉賢良方正，並使百僚各上封事，極陳時政得失。前安定上計掾皇甫規，奉詔奏對道：

伏唯孝順皇帝初勤王政，紀綱四方，幾以獲安；後遭奸偽，威分近習，畜貨聚馬，戲謔時間，又因緣嬖倖，受賂賣爵，輕使賓客，交錯其間，天下擾擾，從亂如歸，故每有征戰，鮮不挫傷，官民並竭，上下窮虛。臣在關西，竊聽風聲，未聞國家有所進退，而威福之來，咸歸權幸。陛下體兼乾坤，聰哲純茂，指梁太后。攝政之初，拔用忠貞，指用李固。其餘綱維，多所改正，遠近翕然，望見太平。而地震之後，霧氣白濁，日月不光，旱魃為虐，盜賊縱橫，流血川野，庶品不安，譴誡屢至，殆以奸臣權重之所致也。其常侍尤無狀者，亟宜黜遣，披掃凶黨，收入財賄，以塞民怨，以答天誡。今大將軍梁冀，河南尹不疑，處周召之任，為社稷之鎮，加與王室世為姻族，今日立號，雖尊可也！唯宜增修謙節，輔以儒術，省去遊娛不急之務，割減廬第無益之飾。夫君者舟也，民者水也，群臣乘舟者也，將軍兄弟，操楫者也。若能平志畢力，以度元元，所謂福也；如其怠弛，將淪波濤，可不慎乎？夫德不稱祿，猶鑿墉之址，以益其高，豈量力審功，安固之道哉？凡諸宿猾、酒徒、戲客，皆耳納邪聲，口出諂言，甘心逸遊，倡造不義，亦宜貶斥，以懲不軌；令冀等深思得人之福，失人之累。又在位素餐，尚書怠職，有司依違，莫肯糾察，故使陛下專受諂諛之言，不聞戶牖之外。臣誠知阿諛有福，直言賈禍，然豈敢隱心以避誅責乎？臣生長邊遠，希涉紫庭，怖懾失守，言不盡意，昧死以聞。

這篇奏對，是專從權戚嬖倖上立言，梁冀瞧著，先已忿恨，即黜規下第，授官郎中，規知不可為，託疾辭歸。州郡望承意旨，常欲陷害皇甫規，規深居韜匿，但以《詩》、《易》教授門徒，幸得不死。時揚、徐盜賊復盛，揚州賊范容等，據住歷陽；九江賊馬勉，攻入當塗，居然自稱

皇帝，也建立年號，封拜百官，號黨羽徐鳳為無上將軍。就是廣陵降賊張嬰，自張綱病歿後，又生變志，仍然號召黨羽，擾亂堂邑江都。梁太后正擬會集公卿，選將出討，只因年殘春轉，朝廷改元永嘉，百僚連日慶賀，無暇問及軍情。待至慶賀事畢，幼主忽罹重疾，一瞑不醒，年才三歲，宮中忙亂得很。梁太后因揚、徐盜盛，恐國有大喪，愈致驚擾，特使中常侍詔諭三公，擬徵集諸王列侯，然後發喪。太尉李固進言道：「嗣皇雖幼，猶是天下君父，今日崩亡，人神感動，豈有身為臣子，反可互相隱諱？從前秦始皇病崩沙邱，胡亥、趙高，隱匿不發，卒至扶蘇被害，秦即亂亡；近北鄉侯病逝，閻后兄弟及江京等，亦共隱祕，致有孫程推刃等事。這乃天下大忌，不可不防！」實是防備梁冀，故有此言。梁太后乃依固議，即夕發喪。唯順帝只有嗣子一人，嗣子已歿，不得不別求旁支，入承大統。因徵清河王蒜，及渤海王子纘，同入京師。蒜係清河孝王慶曾孫，纘乃樂安王寵孫，寵即千乘王伉子，見前回。蒜年已長，纘尚只八歲。太尉李固欲立長君，特語大將軍梁冀道：「今當立嗣君，宜擇年長有德，及躬與政事，夙有經驗的人才，方可主治國家，願將軍審詳大計，如周、霍立文、宣，毋效鄧、閻二后，利立幼君！」冀不肯從，與梁太后祕密定議，竟迎纘入南宮，授封建平侯，即日嗣位，是謂質帝，仍由梁太后臨朝，遣蒜還國。於是議為前幼主安葬，卜兆山陵。李固又進諫道：「方今寇盜充斥，隨處都宜征剿，軍興用費，勢必加倍，況新建憲陵，勞役未休，前帝年尚幼弱，可即就憲陵塋內，從旁附築，費可減去三分之一。從前孝殤皇帝奉葬康陵，也是這般辦法，今何妨依據前制呢。」梁太后復從固言，將前幼主梓宮出葬，諡為衝帝，墓號懷陵。固遇事匡正，輒見信用，黃門內侍，多半黜遣，天下都想望承平。獨梁冀專欲好猜，每相忌嫉，再加閹人從中播弄，共作蜚語，架誣固罪。梁太后卻不肯聽信，因得無事。固又與太傅趙峻，司徒胡廣，

第四十七回　立沖人母后攝政　毒少主元舅橫行

司空趙戒等，薦舉北海人滕撫，有文武才，可為將帥。有詔拜撫為九江都尉，往討揚、徐諸賊。撫連戰連勝，破斬馬勉及徐鳳、范宮等，因進撫為中郎將，都督揚、徐二州軍事。撫又進至廣陵，擊斃張嬰，尚有歷陽賊華孟，自稱黑帝，亦為撫領兵擊死，東南乃平。越年改元本初，詔令郡國各舉明經，詣太學受業，歲滿課成，拜官有差。自是公卿皆遣子入學，生徒多至三萬餘人，學風稱盛。揚、徐一帶，又已平靖，西北兩隅，也還安寧，正好偃武修文，日新政治。偏是貴戚梁冀，挾權專恣，恃勢橫行，甚至大逆不道，公然做出弒君的事情來了。原來質帝年雖幼沖，卻是聰明得很，常因朝中會議，公卿滿廷，獨目顧梁冀道：「這正是跋扈將軍呢！」聰明反被聰明誤。冀聽了此言，大為忿恨，暗想如此少主，已是這般厲害，若待至長成，如何了得！不如除去了他，另立一人。乃暗囑內侍，置毒餅中，呈將進去，質帝吃了數枚，才閱片時，便致腹中作怪，煩悶不堪，因召問太尉李固道：「食餅腹悶，得水尚可活否？」冀在旁接口道：「恐飲水後或致嘔吐，不如不飲為是！」語尚未畢，那質帝已捧住胸腹，直聲大叫，霎時間暈倒地上，手足青黑，嗚呼哀哉。李固伏屍舉哀，大哭一場。少頃梁太后到來，亦淚下潸潸。固停住了哭，面奏太后，請徹底查究侍臣，梁太后含糊答應。固欲再與梁冀說明，左右旁顧，並不見冀蹤跡，乃退了出去。適司徒胡廣，司空趙戒，聞喪哭臨，固待他哭畢，出外與商善後事宜，且恐冀更另立幼主，因邀二人一同署名，致書與冀道：

天下不幸，仍遭大憂，皇太后聖德臨朝，攝統萬機，明將軍體履忠孝，憂存社稷，而頻年之間，國祚三絕。今當立帝，膺天下重器，誠知太后垂心，將軍勞慮，必詳擇其人，務求聖明；然愚情眷眷，竊獨有懷。遠尋先世廢立舊儀，近見國家踐阼前事，未嘗不詢訪公卿，廣求群議，令上應天心，下合眾望。且本初以來，政事多謬，地震宮廟，彗星

竟天，正是將軍憂勞之日。《傳》曰：「以天下與人易，為天下得人難。」昔昌邑之立，昏亂日滋；霍光憂愧發憤，悔之折骨。自非博陸忠勇，延年奮發，大漢之祀，幾將缺矣？至憂至重，可不熟慮？悠悠萬事，唯此為大；國之興衰，在此一舉，唯明將軍圖之！博陸，即霍光封邑，事見《前漢演義》。

梁冀得書，方召百官入議。李固與胡廣、趙戒，及大鴻臚杜喬，都請立清河王蒜，說他誼屬尊親，德昭中外，正好入主宗祧。冀默不一答，仍無成議。先是平原王翼，被貶為都鄉侯，遣歸河間，見四十一回。翼父開時尚生存，願將蠡吾縣為翼封邑，上表請命，朝廷准議，乃改封翼為蠡吾侯。翼歿後，由子志襲封。志酷肖乃父，面目清揚，可惜是個皮相。當順帝告崩時，曾入都會葬，為梁太后所親見，太后尚有女弟，意欲與志為婚，合成佳偶，只因國有大喪，一時未便與議，所以遣令歸國。遷延至兩年有餘，志年已十五，乃由梁太后召令入朝，與商婚事。適值質帝暴崩，議立新主，梁冀意中，即欲將志擁立，好做那雙料國舅，永久擅權。國舅也有雙料，真是奇語。不料三公會議，多主張清河王蒜，與己意殊不相合，急切又未便開口，只得悶悶無言。及公卿等退出後，時已天暮，冀吃過夜膳，正在躊躇，忽由中常侍曹騰等入見，希旨說冀道：「將軍累代為椒房姻戚，秉攝萬機，賓伍如雲，免不得稍有過失。清河王夙號嚴明，若果得立，恐將軍必致受禍！不如立蠡吾侯，富貴當可長保哩！」冀皺眉道：「我亦有此意，但公卿等未肯贊成，奈何？」騰復說道：「將軍據有重權，令出必行，何人敢違？」冀不待說畢，奮然起座道：「我……我意決了！」冀本口吃，兩我字形容畢肖。騰等欣然辭去。翌晨冀重集公卿，倡議立蠡吾侯志，怒目軒眉，語甚激切，胡廣、趙戒以下，俱為冀所震懾，同聲接應道：「唯大將軍命！」獨固與杜喬，堅持初議，尚有辯駁，冀不令多言，竟屬聲喝道：「罷會！……罷

第四十七回　立沖人母后攝政　毒少主元舅橫行

會！」語畢竟入。固亦趨出，尚望冀舍志立蒜，再貽冀書，反覆申論。冀略略一閱，擲置地上。先向梁太后請下詔書，將固策免，然後至夏門亭迎入蠡吾侯志，即夕即位，夏門係洛陽西北門，門外有萬壽亭。是為桓帝。梁太后猶臨朝政，安葬質帝於靜陵，追尊河間王開為孝穆皇，蠡吾侯翼為孝崇皇；孝穆皇陵號樂成陵，孝崇皇陵號博陵。帝生母匽氏，本蠡吾侯翼媵妾，至是在園守制，亦得尊為博園貴人。越年改元建和，正月朔日，便報日食，詔令三公九卿，各言得失；到了四月，京師地震，又詔大將軍公卿等，薦舉賢良方正，及直言極諫各一人。看官試想！豺狼久已當道，欲要糾正時政，必為所噬，有幾個肯拚出性命，去膏豺狼口吻？如果有賢良方正，也不願出仕亂世。至若直言極諫，更不必論了！司徒胡廣，已代李固為太尉，會因盛夏日食，將廣策免，進杜喬為太尉。且追論定策功勳，益封梁冀食邑萬三千戶；冀弟不疑為潁陽侯；不疑弟蒙為西平侯；冀子清為襄邑侯。又封中常侍劉廣等，皆為列侯。太尉杜喬，守正不阿，獨上書諫阻道：

　　陛下越從藩臣，龍飛即位，天人屬心，萬邦攸賴，不急忠賢之禮，而先左右之封，傷善害德，興佞長諛！臣聞古之明君，褒罰必以功過，末世暗主，誅賞各緣其私。今梁氏一門，宦者微孽，並帶無功之紱，裂勞臣之土，其為乖濫，胡可勝言？夫有功不賞，為善失其望；奸回不詰，為惡肆其凶。故陳資斧而人靡畏，班爵賞而物無勸。苟遂斯道，豈伊傷政為亂而已，喪身亡國，可不慎哉！

　　書奏不省。從前喬為大司農時，永昌太守劉君世，鑄黃金為文蛇，擬獻梁冀，事為益州刺史種暠所劾，致將金蛇沒入國庫，歸與大司農收管。梁冀尚欲索取，偽與喬言，借觀金蛇，喬知冀不懷好意，婉詞拒絕，冀因此挾嫌。冀有小女病死，公卿都前往弔喪，喬獨不赴，又為冀所啣恨。至迎立桓帝時，又與李固等反抗冀議，冀更覺切齒。不過梁太

后素知喬忠，乃進喬為太尉。喬抗直如故，復諫阻冀等加封，言不見聽，徒增冀恨。桓帝由梁氏得立，自然允從婚議，願納冀妹為后。冀想乘此大出風頭，擬令桓帝特備隆儀，迎娶乃妹，偏杜喬據執舊典，只准照前漢時惠帝納后故事，毫不增飾。冀因喬為首輔，也不便硬與爭論，唯心中芥蒂益深。及冀妹既納為皇后，冀勢力益張。適都中又復地震，遂歸咎首輔杜喬，將他策免，進司徒趙戒為太尉，封廚亭侯；司空袁湯為司徒，封安國侯；湯由太僕升任。起前太尉胡廣為司空，封安樂侯。三公各得侯封，遂皆黨同梁氏，唯命是從，只有李固、杜喬，不肯附梁，免不得為所傾陷，要同時絕命了。小子有詩嘆道：

邪正由來不併容，保身何若且潛蹤。
先機未悟終罹禍，過涉難逃滅頂凶！

欲知李固、杜喬，如何畢命，且看下回續敘。

順帝告崩，子炳嗣立，梁皇后援例臨朝，猶可說也。但不當專信乃兄，委以重任。冀本一浮蕩子耳，梁后關係同胞，豈無所聞？皇甫規首先進諫，言之甚詳，奈何顧戀親誼，不為國家大局計乎？夫以明德、和熹兩后之賢，而母族猶不免中落，梁后夙號知書，嘗引《列女圖》以為鑑戒，吾未聞古今列女，好為是以私廢公也！沖帝夭折，莫如迎立長君，乃偏聽冀言，舍蒜立纘，其貪權固位之心，已可想見！至質帝遇毒，頃刻暴崩，若使梁后未知冀謀，奈何不從李固之言，徹底查究？晉趙穿弒靈公於桃園，趙盾歸不討賊，史以趙盾弒君書之。例以《春秋》大義，梁后亦與有罪焉！況為妹聯婚，復立桓帝，李固、杜喬，同時抗諫，卒不見從；冀固首惡，試問誰縱之而誰使之耶？吾以是知婦人之仁，終無當於大體云。

第四十七回　立沖人母后攝政　毒少主元舅橫行

第四十八回
父死弟孤文姬託命　夫驕妻悍孫壽肆淫

第四十八回　父死弟孤文姬託命　夫驕妻悍孫壽肆淫

卻說李固、杜喬，雖相繼免職，尚在都中居住；何不速歸？外戚中宦，統因他平素抗直，引為大患。桓帝即位以後，宦官唐衡、左悺等，共入內進讒道：「陛下前當即位，李固、杜喬，首先抗議，謂陛下不應奉漢宗祀，真正可恨！」桓帝聽了，也不禁憤怒起來。會值甘陵人劉文，與南郡妖賊劉鮪交通，訛言清河王當統天下，意欲立蒜邀功，當下劫住清河相謝暠，持刀脅迫道：「我等當立王為天子，君當為公，否則與君不便！」暠不肯聽從，怒目相叱，致被劉文等殺死。清河王蒜，素來嚴重，頗有紀律，聞得國相被劫，忙令王宮衛兵，出去救護。衛士等見暠被殺死，當然奮力與鬥，劉文、劉鮪，部眾無多，一時抵敵不住，立即遭縛，推至清河王面前，還有何幸，自然奉命伏誅。偏朝廷不諒苦衷，反信奸人蜚語，劾蒜不能無罪，坐貶為尉氏侯。蒜本無反意，遭此冤誣，憤不欲生，竟仰藥自盡。死得冤苦，但亦等諸匹夫匹婦之為諒，不足成名。梁冀趁此機會，誣稱李固、杜喬，與劉文、劉鮪通謀，請逮捕治罪。梁太后素知喬忠，不許捕喬，冀即收李固下獄，迫令誣供。固怎肯承認？固有門生王調，貫械上書，替固訟冤；還有河內趙承等數十人，亦自伏斧鑕，詣闕通訴。梁太后詔令赦固，固得釋出獄；行至都市，百姓統歡呼萬歲。梁冀聞報大驚，復入白太后，極言固買服人心，必為後患，不如趁早伏法。梁太后尚未允許，冀竟擅傳詔命，復將固捕入獄中。固自知不免，因在獄中繕好手書，託獄吏轉交太尉趙戒，司空胡廣，書中略云：

固受國厚恩，是以竭盡股肱，不顧死亡，志欲扶持王室，比隆文宣。何圖一朝梁氏迷謬，公等曲從，以吉為凶，成事為敗乎！漢家衰微，從此始矣。公等受主厚祿，顛而不扶，傾覆大事，後之良史，豈有所私？固身已矣，於義得矣，夫復何言！

趙戒、胡廣得了固書，明知固是當代忠臣，為冀所害，但若出頭救

固，也恐觸忤權奸，非唯富貴不保，連身家亦且難存，因此不敢代訟，只是心中悲愧，長嘆流涕罷了。千古艱難，唯一死。此外公卿大臣，名位較卑，樂得袖手旁觀，免遭橫禍。可憐一位為國盡忠的李子堅，子堅即李固字。竟就此死於非命，年五十有四。冀既殺李固，復使人脅迫杜喬道：「請早裁決，尚可保全妻子！」喬未受明詔，怎肯為了梁冀私言，便去就死。到了次日，冀遣騎士至喬第探視，並不聞有哭聲，乃入白太后，極言喬怨望不道，也不待太后命令，即捕喬下獄，當夜暴亡。並將固、喬二屍，置諸城北，榜示四衢，說他串通叛逆，故加死刑，並下令有人哭臨，一併同罪。固弟子郭亮，年始成童，遊學洛陽，聞得固遭枉死，即左執章鉞，右執鈇鑕，詣闕上書，乞收固屍。朝廷不許，亮即往哭固喪，守屍不去。夏門亭長呵叱道：「李杜二公，身為大臣，不知安上納忠，乃反構造逆謀，君何為敢犯詔書，輕試刑法呢？」亮慨然道：「皇天畀亮生命，使得戴乾履坤；李杜二公，何人不替他稱冤？亮唯義是動，不計生死，何必大言嚇我？」說得亭長亦為嘆息，顧亮再說道：「人生既處今世，天雖高，不敢不跼，地雖厚，不敢不蹐，耳目甚近，幸毋妄言！」亭長亦有心人。既而南陽人董班，亦至固屍旁慟哭，留連不去。杜喬故掾楊匡，自陳留奔喪，星夜入都，猶著前時赤幘，託為夏門亭吏，守衛屍喪，驅逐蠅蟲。三人守至十有二日，由司隸察狀奏聞，梁太后也為垂憐，盡加赦宥，且聽令收葬二屍。董班送固喪還漢中，楊匡送喬喪還河內，家屬都隨櫬歸里。先是李固策免太尉時，已遣三子基、茲、燮還鄉，燮年才十三，有姊文姬，嫁與同郡趙伯英為妻，賢慧過人，因見兄弟回里，便即過問情由，且嘆且泣道：「李氏恐從此滅亡了！自從祖考以來，積德累仁，奈何至此？」遂密與二兄基、茲熟商，豫匿季弟，託言遣往京師，里人都信以為真。未幾難作，郡守接得冀書，收固三子，基、茲被捕，並死獄中；獨燮由文姬藏匿，倖免毒手。文姬尚

第四十八回　父死弟孤文姬託命　夫驕妻悍孫壽肆淫

憂難保，因召父門生王成入室，流涕與語道：「君在先公門下，素有義聲，今當以孤子相托，李氏存亡，系諸君身，願君勿辭！」成即應聲道：「夙受師恩，敢不如命？」好義徒！文姬乃將燮交與王成，成偕燮沿江東下，入徐州境，使變姓名為酒家傭，自己賣卜市中，仍與燮相往來。燮有暇即從成受學，朝夕不懈。酒家知非常人，意欲以女妻燮；女年已及笄，也料燮不居人下，情願委身相事，於是擇吉成禮，伉儷甚諧。卻是一出奇緣記。燮勤學如故，遂得淹通經籍。後來梁冀伏辜，赦書屢下，並求李固後嗣，燮始將本末詳告酒家，酒家具禮遣歸，方得為父追服，重會姊弟，復入朝拜為議郎，事且慢表。且說建和二、三年間，國政雖出權門，內外尚幸無事，唯災異常有所聞；二年五月，北宮掖廷中德陽殿，及左掖門被火，車駕倉猝奔徙，避居南宮；三年六月，洛陽地震，憲陵寢屋，俱被震坍；七月間廉縣雨肉，形似羊肺，或如手掌，遠近稱奇；八月中有孛星出天市垣，京都大水；九月地震二次，山崩五處。太尉趙戒，因災免官，遷司徒袁湯為太尉，大司農張歆為司徒。梁太后下詔自責，令有司賑恤流民，掩埋餓莩，務崇恩施，禁止苛刻。越年正月，太后不豫，乃歸政桓帝，大赦天下，改元和平。小子因將歸政詔書，錄述如下：

曩者遭家不造，先帝早世。永維太宗之重，深思嗣續之福，詢謀臺輔，稽之兆占；既建明哲，克定統業，天人協和，萬國咸寧。元服已加，桓帝於建和二年行冠禮。將即委付，而四方盜竊，頗有未靖，故假延臨政，以須安諡。幸賴股肱禦侮之助，殘醜消蕩，民和年稔，普天率土，遐邇洽同；遠覽復子明辟之義，近慕先姑歸授之法，閻皇后被遷離宮，本非自願，詔文中曲為轉圜。及今令晨，皇帝稱制，群公卿士，虔供爾位，戮力一意，勉同斷金，展也大成，則所望矣！

梁太后既經歸政，即在長樂宮養痾，迭召侍醫診治，多日無效，反

致增劇，勉強起床，出幸宣德殿，召見宮省官屬，及諸梁兄弟，本擬面加囑咐，因痰喘未平，只得令左右草詔，用紙代言道：

朕素有心下結氣，近且加以浮腫，逆害飲食，寢至沉困。比讀若此。使內外勞心請禱，私自忖度，日夜虛劣，不能復與群公卿士，共相終竟，援立聖嗣，恨不久育養，見其終始。今以皇帝及將軍兄弟，委付股肱，其各自勉焉！

頒詔後還宮，越二日即致逝世，享年四十有五，尊諡順烈皇后，合葬憲陵。桓帝生母匽貴人尚存，當由桓帝仰報慈恩，遣司徒張歆持節奉策，往詣博園，尊匽貴人為孝崇皇后，號住室為永樂宮，得置太僕少府等官，如長樂宮故事。所有朝廷政治，名為桓帝親政，實仍在梁冀掌握中。當時潁川郡有兩大耆儒，一個就是荀淑，表字伯和，出為當塗長；一個乃是陳寔，表字仲弓，出為太丘長。兩人並有令名，又相友善。淑有八子，儉、緄、靖、燾、汪、爽、肅、旉，並承家學，克肖乃父，時人號為八龍。潁陰令苑康，比諸古時高陽氏才子八人，因名荀氏居里曰高陽里。寔亦有六子，長次最賢，長名紀，字元方，次名諶，字季方，齊德同行，與父寔並稱三君；郡人謂元方難為兄，季方難為弟。元方子群，幼亦穎慧，寔嘗過訪荀淑，使長子御車，次子執杖，嫡孫年小，並載車中。淑聞寔至，令三子靖應門，五子爽行酒，儉、緄等相繼進食，孫彧亦在稚年，引坐膝前。兩家合宴，當然盡歡。不意上感天文，德星並集，朝中太史，即奏稱五百里內，有賢人相聚。大將軍梁冀，但知作威作福，管什麼賢人不賢人？嗣由光祿勳少府等，舉淑為賢良方正，入朝對策，淑策文中多譏刺貴幸，為冀所忌，徙補朗陵侯相，蒞事明理，世號神君。既而棄官歸隱，家居數年，至六十七歲病終，時為桓帝建和三年。從前李固、杜喬，嘗師事荀淑，還有同郡人李膺，亦奉淑為師，淑歿時，膺已為牧守，自表師喪，郡縣均為立祠。寔尚生存無恙，唯因

第四十八回　父死弟孤文姬託命　夫驕妻悍孫壽肆淫

權幸擅權，志不苟合，所以一官小試，終就沉淪，後文再當表見，姑從緩敘。類敘荀淑、陳寔，不沒名士。

梁冀嫉忠害良，終不少改，和平元年，且得增封食邑萬戶，連前封合三萬戶。弘農人宰宣，巧為迎合，上言大將軍功比周公，應加封妻孥，今既封諸子，妻亦宜加號邑君。有詔依議，遂封冀妻孫壽為襄城君，兼食陽翟租，歲入五千萬，加賜赤紱，儀比長公主。這位襄城君孫壽，卻是一個非常淫悍的婦人，面貌卻很是豔冶，善為妖態。眉本細長，卻故意蹙損，作曲折形，叫做愁眉；目本瑩徹，卻輕拭眼眶，作淚眥狀，叫做啼妝；不似愁而似愁，不必啼而似啼，也是不祥之兆。髮本黑軟，卻半脫不梳，成一懶髻，使它斜欹半偏，叫做墮馬髻；腰本輕柔，行動時卻擺動蓮鉤，好似瘦弱不禁，叫做折腰步；齒本整齊，巧笑時卻微渦梨頰，好似牙床作痛，叫做齲齒笑。齲音矩，齒痛貌。引得梁冀格外憐愛，格外寵憚，稍一忤意，便裝嬌撒痴，吵得全家不安。冀本好色，為妻所制，未能自由縱慾，也不免心存芥蒂。可巧父死丁憂，託言城西守制，與妻異居，其實同一美人友通期，日夕肆淫，借居喪廬，為藏嬌屋，任情取樂。看官欲問友通期的來歷，乃是一個歌妓，由冀父商購獻順帝，事君當進賢士，奈何購獻美人？商之行為可見一斑。順帝留住後宮，時因通期有過，仍然發還梁家，梁商遣令出嫁，偏冀心愛通期，待至商歿，便囑門下食客，暗將通期誘來，借償夙願。怎奈豔妻獨處，已有所聞，俟冀他出，竟率健奴，突入喪廬，搜尋通期；通期未曾預防，竟被壽揪住雲髻，先賞她幾個耳光，然後交與家奴，把她牽歸。通期本生得一頭美髮，由壽用剪截去，再將她花容玉面，用刀彝開，更迫令脫去外衣，笞掠至數百下，打得通期無從申訴，痛苦不堪。冀歸廬聞報，吃一大驚，慌忙趨至岳家，向妻母叩頭似蒜，請她至妻前說情，饒放通期。壽母乃往與緩頰，壽始將通期放歸，冀急去探視，見她創痕

累累，鬢影星星，禁不住肉痛起來。當即替她撫摩，婉言謝過，並延名醫調治，外敷內補，好幾日才得告痊。通期感冀厚意，仍然與冀續歡，親暱如故；未幾私生一男，取名伯玉，匿不敢出。偏又為孫壽所探悉，竟令子胤帶著家奴，各持刀械，闖入友氏家內，不論男女老幼，一概殺死；只有冀私生子伯玉，平時常藏匿複壁中，幸得漏網，不致汙刃。梁胤已滅盡友氏，揚長歸報。獨冀親往勘視，慘不忍睹，忙著人買棺收殮，一一埋葬；心中雖啣恨妻孥，但畏妻如虎，未敢返家詰責，只把那私生子格外珍惜，重價僱一乳媼，育養民間，時令藏匿。自己也不願回家，另在外舍居住。孫壽見冀挾嫌不歸，也去另尋主顧，為娛樂計。可巧有個太倉令秦宮，曾在冀家充過奴僕，面目俊俏，口齒伶俐，因為冀所憐愛，薦為縣令。他卻並未赴任，仍在冀家出入往來，甚至深房密室，也得進出無阻。孫壽竟垂青眼，有所役使，往往令宮充當。宮小心伺候，曲盡殷勤，壽見他體心貼意，越加喜歡，有時輒屏去左右，與宮私談，耳環廝磨，情緒密切。看官試想！這秦宮是個有名的狡徒，豈有不瞧透芳衷，歡顏相接？又況壽華色未衰，閫威又盛，這種主顧，真是畢世難逢，樂得放大了膽，趁這四目相窺的時候，將孫壽輕輕摟住。壽故作嬌嗔，叱他無禮，那嬌軀卻全不動彈，一任秦宮擁入羅幃，解頻寬衣，成就好事。好一場桃花運。嗣是宮內作情郎，外為寵豎，幾乎大將軍門下，要算他一人最出風頭；且刺史二千石入都，求見大將軍，必先謁賂秦宮，然後得通姓氏。宮又為冀夫婦互相調停，仍歸和好，且勸他夫婦對街築宅，窮極精工，左為大將軍府，右為襄城君第，堂寢皆有陰陽奧室，連房洞戶，曲折通幽，四圍窗壁，統是雕金為鏤，繪彩成圖，此外尚有崇臺高閣，上觸雲霄，飛梁石磴，下跨水道，差不多與秦朝阿房宮相似。又復廣開園囿，採土築山，十里九坂，取象崤函，山上羅列草木，馴放鳥獸，蔥籠在望，飛舞自如。冀與壽共乘輦車，遊觀第內，

第四十八回　父死弟孤文姬託命　夫驕妻悍孫壽肆淫

前歌僮，後樂妓，鳴鐘吹管，鏗鏘盈路，或且連日繼夜，恣為歡娛。既而府第冶遊，尚嫌不足，再至近畿一帶，廣拓林囿，周遍近畿；又在河南城西，增設兔苑，綿亙數千里，移檄各處，調發生兔，刻毛為志，人或誤犯，罪至死刑。冀二弟嘗私遣門役，出獵上黨，冀偵得消息，恐他殺傷生兔，立派家卒往捕，殺死至三十餘人。另在城西構造別墅，收納奸亡，或取良家子女，悉為奴婢，名曰：「自賣人」。壽又向冀譖毀諸梁，黜免外官數人，陰令孫氏宗族補缺。孫氏宗親，都是貪婪不法，各遣私人調查富戶，誣以他罪，捕入拷掠，令出金錢自贖，稍不滿意，輒予死徙。扶風富豪孫奮，性最慳吝，冀遺以乘馬，向他貸錢五千萬，奮只出三千萬緡借冀，冀竟大怒，移檄太守，冒認奮母為府中守藏婢，說他盜去白金十斛，紫金千斤，應該追繳。太守奉命維謹，即拘孫奮兄弟，逼令繳出原贓，奮等並無此事，怎肯承認，活活地被他敲死，資產悉被籍沒，數至一億七千餘萬緡，亂世時代，原不應擁資自豪。一大半獻與梁冀，冀方才洩恨。嗣復派使四出，遠至塞外，廣求異物。去使多恃勢作威，劫奪婦女，毆擊吏卒，累得吏民痛心疾首，飲恨吞聲。侍御史朱穆，本係梁氏故吏，因貽書諫冀道：

古之明君，必有輔德之臣，規諫之官，下至器物，各銘書成敗，以防遺失。故君有正道，臣有正路，從之如升堂，違之如赴壑。今明將軍地有申伯之尊，位為群公之首，一日行善，天下歸仁，終朝為惡，四海傾覆。頃者官民俱匱，加以水蟲為害，京師諸官，費用增多，詔書發調，或至十倍，各言官無現財，皆出諸於民，搒掠敲剝，強令充足。公賦既重，私斂尤沈，牧守長吏，多非德選，貪聚無厭，遇民如虜，或絕命於棰楚之下，或自賊於迫切之求。又掠奪百姓，皆託之尊府，遂令將軍結怨天下，吏民酸毒，道路嘆嗟。昔秦政煩苛，百姓土崩，陳勝奮臂一呼，天下鼎沸；而面諛之臣，猶言安寧，讒惡不悛，卒之滅亡。又永和之末，綱紀少弛，頗失民望，裁四五歲耳，而財空戶散，下有離心，

馬勉之徒，乘敝而起，荊揚之間，幾成大患；見前回。幸賴順烈皇后，初政清靜，內外向心，僅乃討定。今百姓戚戚，困於永和，內非仁愛之心，所得容忍，外非守國之計，所宜久安也。夫將相大臣，均體元首，共輿而馳，同舟而濟，輿傾舟覆，患實共之。豈可去明即昧，履危自安，主孤時困而莫之恤乎？宜時易宰守之非其人者，減省第宅園池之費，拒絕郡國饋遺，內以自明，外解人惑；使挾奸之吏，無所依託，司察之臣，得盡耳目。憲度既張，遠邇清一，則將軍身尊事顯，德耀無窮。天道明察，無言不信，唯冀省覽！

冀得書不省，但援筆批答道：「如君所言，難道僕果無一可麼？」何事為可，請汝說來。穆知冀怙過，不便再諫，只好付諸一嘆。越年元旦，桓帝御殿，受文武百官朝賀，冀竟帶劍入朝，忽左班閃出一人，大聲叱冀，不令趨入，且使羽林虎賁諸將，把冀佩劍奪下，冀倒也心驚，跪伏階前，叩頭謝罪。正是：

殿上直聲應破膽，階前權威也低頭。

欲知冀曾否受譴，待至下回說明。

李固杜喬，號稱忠直，而於質帝遇毒之時，既不能拚生討賊，復不能避禍歸田，得毋忠有餘而智不足者耶？然無辜被害，遠近呼冤，彼蒼亦隱為垂憐。特生郭亮、董班、楊匡諸義士，拚死收骸，復有李女文姬，智慧料事，明足知人，託孤弟於王成之手，而遺嗣得全。待至梁氏族滅，而李、杜之後裔猶存，為善者其亦可無懼歟？梁冀凶悍無比，而獨受制於豔妻，先賢所謂身不行道，不行於妻子，有明徵焉。且冀私誘友通期，而冀妻即私通秦宮，我淫人妻，人亦淫我妻，報應之速，如影隨形。冀至此猶不知悟，反窮極奢侈，愈逞凶威，是殆所謂天奪之魄，而益其疾者，朱穆一諫，亦寧能挽回乎？

第四十八回　父死弟孤文姬託命　夫驕妻悍孫壽肆淫

第四十九回

忤內侍朱穆遭囚　就外任陳龜拜表

第四十九回　忤內侍朱穆遭囚　就外任陳龜拜表

卻說梁冀帶劍入朝，突被殿前一人，叱令退出，奪下佩劍，這人乃是尚書張陵，素有肝膽，故為是舉。冀長跪謝過，陵尚不應，當即劾冀目無君上，應交廷尉論罪。桓帝未忍嚴譴，但令冀罰俸一年，借贖愆尤，冀不得不拜謝而退。河南尹梁不疑，嘗舉陵孝廉，聞陵面叱乃兄，即召陵與語道：「舉公出仕，適致自罰，未免出人意外！」陵直答道：「明府不以陵為不才，誤見擢敘，今特申公憲，原是報答私恩，奈何見疑？」與周舉同一論調。不疑聽了，未免生慚，婉言送別。獨冀因不疑舉薦張陵，致被糾彈，當即遷怒不疑，囑令中常侍入白桓帝，調不疑為光祿勳。不疑知為兄所忌，讓位歸第，與弟蒙閉門自守，不聞朝政。冀便諷令百官，薦子胤為河南尹。胤一名胡狗，年才十六，容貌甚陋，不勝冠帶，都人士見他毫無威儀，相率嗤笑，唯桓帝特別寵遇，賞賜甚多。和平二年，又改號元嘉。春去夏來，天時和暖，桓帝乘夜微行，竟至梁胤府舍，歡宴達旦，方才還宮。是夕大風拔樹，到了天明，尚是陰霧四塞，曙色迷離。故太尉楊震次子秉，已由郎官遷任尚書，上書諫帝微行，未見信用。俄而天旱，俄而地震，詔舉獨行高士。安平人崔寔即崔瑗子，崔瑗見四十三回。被舉入都，目睹國家衰亂，嬖倖滿朝，料知時不可為，乃稱病不與對策，退作政論數千言，隱諷時政。小子特節錄如下：

自堯舜之帝，湯武之王，皆賴明哲之佐、博物之臣，故皋陶陳謨而唐虞以興，伊箕作訓而殷周用隆。及繼體之君，欲立中興之功者，曷嘗不賴賢哲之謀乎？凡天下所以不理者，常由人主，承平日久，習亂安危，或荒耽嗜欲，不恤萬幾；或耳蔽箴誨，厭偽忽真；或猶豫歧路，莫適所從；或見信之佐，括囊守祿；或疏遠之臣，言以賤廢；是以王綱縱弛於上，智士鬱伊於下。悲夫！自漢興以來，三百五十餘歲矣，政令垢玩，上下怠懈，風俗雕敝，民庶巧偽，百姓囂然，咸復思中興之救矣。

且濟時拯世之術,豈必體堯蹈舜,然後乃理哉?期於補隙決壞,譬猶枝柱邪傾,隨形裁割,要揩斯世於安寧之域而已!夫為天下者,自非上德,嚴之則治,寬之則亂。何以知其然也?近觀孝宣皇帝,明於君人之道,審於為政之理,故嚴刑峻法,破奸宄之膽,海內清肅,天下密如,薦勳祖廟,享號中宗。及元帝即位,多行寬政,卒以墮損,威權始奪,遂為漢室基禍之主。政道得失,於斯可鑑!蓋為國之法,有似理身,平則養疾,疾則功焉。夫刑罰者,治亂之藥石也,德政者,興平之粱肉也,以德教除殘,是以粱肉治疾也,以刑罰治平,是以藥石供養也。方今承百王之敝,值厄運之會,自數世以來,政多恩貸,馭委其轡,馬駘其銜,四牡橫奔,皇路險傾,方將鉗勒鞭輈以救之,以木銜口,曰鉗;輈,為車轄;鞭,猶束也。豈暇鳴和鸞、清節奏哉?昔高祖令蕭何作九章之律,有夷三族之令,黥、劓、斬趾、斷舌、梟首,故謂之具五刑。文帝雖除肉刑,當劓者笞三百,當斬左趾者笞五百,當斬右趾者棄市,右趾者既殞其命,笞撻者往往至死,雖有輕刑之名,其實殺也。當此之時,民皆思復肉刑。至景帝元年,乃下詔曰:「加笞與重罪無異,幸而不死,不可為民。」乃定律減笞輕捶,自是之後,笞者得全。以此言之,文帝乃重刑,非輕之也,以嚴致平,非以寬致平也。必欲行若言,當大定其本,使人主師五帝而式三王,蕩亡秦之俗,振先聖之風,棄苟全之政,蹈稽古之蹤,復五等之爵,立井田之制,然後選稷、契為佐,伊、呂為輔,樂作而鳳皇儀,擊石而百獸舞,若不然,則多為累而已。

　　這篇政論,並非勸朝廷尚刑,不過因權幸犯法,有罪不坐,貪吏溺職,有過不誅,所以矯時立說,主張用嚴。看官若視為常道,便變成刻薄寡恩了。揭出宗旨,免為暴主藉口。高平人仲長統,得讀寔政論,喟然嘆道:「人主宜照錄一通,置諸座右!」這也是規戒庸主的意思。唯儒生清議,怎能遽格君心?梁冀是當道豺狼,順帝還當他麟鳳相待,意欲再加襃崇,特令公卿議禮。時趙戒、袁湯、胡廣迭為太尉,光祿勳吳雄為司徒,太常黃瓊為司空。胡廣本模稜兩端,因見梁氏勢盛,遂稱冀功

第四十九回　忤內侍朱穆遭囚　就外任陳龜拜表

德過人,應比周公,錫以山川土田。獨司空黃瓊進議道:「可比鄧禹,合食四縣!」這八字,亦硬逼出來。於是有司折衷申議,奏定加冀殊禮,入朝不趨,履劍上殿,謁贊不名,禮比蕭何,增封四縣,禮比鄧禹,賞賜金帛、奴婢、彩帛、車服、甲第,禮比霍光,每朝會與三公異席,十日一評尚書事。梁冀得此榮寵,還是貪心不足,心下怏怏。會桓帝生母匽氏病終,即孝崇皇后。桓帝至洛陽西鄉舉哀,命母弟平原王石為喪主,王侯以下,悉皆會葬,禮儀制度,比諸恭懷皇后。即順帝生母梁貴人,事見前文。唯匽氏子弟,無一在位,這全由梁冀擅權,心懷妒忌,因此不令匽氏一門,得參政席。至元嘉三年五月,復改元永興,黃河水漲,經秋愈大,冀州一帶,河堤潰決,洪水氾濫,田廬盡成澤國,百姓流亡,至數萬戶。有詔令侍御史朱穆為冀州刺史。穆奉命即行,才經渡河,縣令邑長,只恐穆舉劾隱慝,解印去官,約有四十餘人。及穆到郡後,果然糾彈汙吏,鐵面無私,有幾個惶急自殺,有幾個錮死獄中。宦官趙忠,喪父歸葬,僭用玉匣,穆因他籍隸安平,屬己管轄,特遣郡吏按驗情實。吏畏穆嚴明,不敢違慢,竟發墓剖棺,出屍勘視,果有玉匣佩著,乃將趙忠家屬逮捕下獄。誰知趙忠不肯認錯,反向桓帝前逞刁,奏稱穆擅發父棺,私繫家眷;再加梁冀恨穆進規,也為從旁誣蠛,頓致桓帝大怒,立遣朝使拘穆入都,交付廷尉,輸作左校。左校署名屬將作大匠管理,凡官吏有罪,令入左校工作,亦漢朝刑罰之一種。當時激動太學生數千人,共抱不平,推劉陶為領袖,詣闕上書,代訟穆冤,學生干政自此始。略云:

　　伏見前冀州刺史朱穆,處公憂國,拜州之日,志清奸惡。誠以常侍貴寵,父兄子弟,布在州郡,競為虎狼,噬食小人,故穆張理天綱,補綴漏目,羅取殘賊,以塞天意。由是內官咸共恚疾,謗讟煩興,讒隙仍作,極其刑譴,輸作左校。天下有識,皆以穆同勤禹、稷,而被共、鯀

之戾，若死者有知，則唐帝怒於崇山，重華忿於蒼墓矣！舜葬於蒼梧之野，故曰蒼墓。當今中官近習，竊持國柄，手握王爵，口含天憲，運賞則使餓隸富於季孫，呼噏則令伊、顏化為桀、蹠；而穆獨抗然不顧身害，非惡榮而好辱，惡生而好死也，徒感王綱之不振，懼天網之久失，故竭心懷憂，為上深計。臣等願黥首繫趾，代穆校作，不願使忠臣之抱屈蒙冤也！謹此上聞，無任翹切。

　　桓帝得書，方將穆赦出，放歸南陽故里。穆即故尚書令朱輝孫，表字公叔，年五歲，便以孝聞，後由孝廉應舉，入為議郎，再遷侍御史，廉直有聲，嘗作《崇厚論》以儆世，稱誦一時。至是罷歸鄉里，太學生劉陶等，又奏稱朱穆、李膺，履正清平，貞高絕俗，實是中興良佐、國家柱臣，應召使入朝，夾輔王室，必有效績可征云云。原來潁川人李膺，為故太尉李修孫，在安帝時，見前回。操守清廉，與朱穆齊名，也是由孝廉進階，累遷至青州刺史，嗣復轉調漁陽、蜀郡諸太守，更任烏桓校尉。鮮卑屢興兵犯塞，膺率步騎，臨陣出擊，親冒矢石，裹創迭戰，得破強虜萬餘，斬首至二千級，鮮卑始不敢窺邊。尋因事免官，退居綸氏縣中，教授生徒，及門常不下千人。劉陶等素重膺名，故與朱穆一同舉薦，偏桓帝不肯聽從，遂致名賢屈抑，沉滯至好幾年。唯是君子道消，小人道長，上干天怒，災異相尋，下叢民怨，盜賊四起。陳留賊李堅，自稱皇帝；長平賊陳景，自號黃帝子；南頓賊管伯，自稱真人；扶風人裴擾，亦自稱皇帝。尚幸徒眾烏合，不足有為，一經郡縣發兵圍捕，先後伏誅。只泰山琅琊賊公孫舉、東郭竇等，聚眾較多，叛官戕吏，連年不平。到了永興三年正月，復改號為永壽元年，大赦天下，與民更新。公孫舉等頑抗如故，還有南匈奴左奧鞬臺耆，及且渠伯德，左奧鞬、且渠，皆匈奴官名。糾合虜騎，入寇美稷，東羌亦舉種相應，虜得安定屬國都尉張奐，東撫北征，收群寇，破奧鞬，降伯德，羌、胡始定。過

第四十九回　忤內侍朱穆遭囚　就外任陳龜拜表

了一載，鮮卑都酋檀石槐，率同虜騎三千名，入寇雲中。相傳檀石槐生時，很是奇異，父為投鹿侯，嘗從匈奴軍，三年始歸，妻竟生下一子，就是檀石槐。投鹿侯向妻詰責，妻謂晝行聞雷，仰視天空，有雹入口，吞而成孕，乃生此男。投鹿侯似信非信，決意將嬰兒棄去，因即投擲野中。我亦不信，有此異聞。妻私語家令，仍然收養。年至十四五歲，勇健有智略，別部酋長抄取檀石槐母家牛羊，檀石槐單騎追擊，所向無前，盡將牛羊奪回，由是各部畏服。待至壯年，越加智勇，施法禁，平曲直，莫敢違犯，遂共推為大人。檀石槐乃立庭彈汗山，招兵買馬，逐漸強盛。及寇掠雲中，警報似雪片一般，傳達京師，桓帝乃再起李膺為度遼將軍，使他防禦鮮卑。鮮卑素憚膺威，望風震懾，當將所掠男女牲畜，盡行棄置，出塞自去。膺也不復窮追，安民設障，塞下自安。

獨公孫舉等騷擾青、徐，尚未平靖，嬴縣地當要衝，賊蹤出沒，大為民害。朝廷聞警，由諸尚書簡選能員，得了一個穎川人韓韶，使為嬴長。韶賢名卓著，一經到任，賊皆遠徙，相戒不敢入境；流民萬餘戶，仍得安然還鄉。只是廬舍已空，一時無從得食，免不得待哺嗷嗷。韶即開倉賑饑，主吏謂未得上命，力爭不可，韶慨然道：「能起溝壑中人，復得生活，就使因此伏罪，也足含笑九泉了！」為民忘身，是謂好官。流民得粟療飢，生全無算，郡守亦素知韶賢，並不加罪。時稱穎川四長，一是荀淑，一是陳寔，見前回。一是鍾皓，還有一人就是韓韶。皓初為本郡功曹，後遷任林慮長，不久即去。李膺嘗將皓比諸荀淑，往往語人道：「荀君清識難尚，鍾君至德可師，兩賢原無分軒輊呢！」皓兄子瑾，亦好學慕古，有退讓風。瑾母就是膺姑，膺祖修累言瑾有志操，邦有道不廢，邦無道得免刑戮，因復將膺妹配瑾為妻。瑾迭被州郡辟召，始終不起。膺謂瑾太無皂白，瑾轉告諸皓。皓嘆息道：「昔齊國武子好招人過，終為怨本；誠欲保身全家，原不如守真抱璞，何必就徵？」嗣是叔

姪並皆隱處，不復出山，終得抱道自重，高尚終身。唯韓韶為嬴縣長，只能保全縣境，不能顧及他縣，賊眾飄逸山東，往來莫測，良民輒被劫掠，怨苦異常，地方長官不得已申奏朝廷，請派大員督剿。是時太尉胡廣，因日食免官，進司徒黃瓊為太尉，光祿勳尹頌為司徒。頌因東方多盜，特舉議郎段熲，拜為中郎將，引兵東討。熲本故西域都護段會宗從曾孫，前漢元帝時，會宗為西域都護。世傳武略，技擊稱長，又能洞明兵法，善撫士卒，此次出剿群賊，正如虎入羊群，連戰皆捷，先斃東郭竇，繼斬公孫舉，累年逋寇，一鼓蕩平。熲得受封列侯，長子亦進拜郎中。光陰易過，倏又為永壽四年，仲夏日食，太史令陳授上言日食變異，咎在大將軍梁冀。冀不禁大憤，立將陳授下獄，搒死杖下。已而飛蝗為災，遍及京師，桓帝不知返省，但務改元，到了夏盡秋來，還要改年號為延熹元年，真是多事。且將太尉黃瓊策免，再起胡廣為太尉。已而南匈奴及烏桓鮮卑，連同入寇，度遼將軍李膺已調入為河南尹，乃使京兆尹陳龜為度遼將軍，出鎮朔方。龜臨行時，曾上疏白事道：

臣龜蒙恩累世，馳騁邊陲，雖展鷹犬之用，頓斃胡虜之庭，魂骸不返，薦享狐狸，猶無以塞厚責、答萬分也！臣聞三辰不軌，擢士為相；蠻夷不恭，拔卒為將。臣無文武之才，而忝鷹揚之任，上慚聖明，下懼素餐，雖沒軀體，無所云補。今西州邊鄙，土地堉塇，鞍馬為居，射獵為業，男乏耕稼之利，女乏機杼之饒，守塞候望，懸命鋒鏑，聞急長驅，去不圖返。自頃年以來，匈奴數攻營郡，殘殺長吏，侮略良細，戰夫身膏沙漠，居民首繫馬鞍，或舉國掩戶，盡種灰滅，孤兒寡婦，號哭空城，野無青草，室如懸磬，雖含生氣，實同枯朽。往歲并州水雨，災螟互生，老者慮不終年，少壯懼於困厄。陛下以百姓為子，百姓以陛下為父，焉可不日昃勞神，垂撫循之恩哉？唐堯親舍其子，以禪虞舜者，是欲民遭聖君，不令遇惡主也！故古公杖策，其民五倍；文王西伯，天下歸之，豈復興金輦寶，以為民惠乎？近孝文皇帝感一女子之言，除肉

239

第四十九回　忤內侍朱穆遭囚　就外任陳龜拜表

　　刑之法，體德行仁，為漢賢主。陛下繼中興之統，承光武之業，臨朝聽政，而未留聖意。且牧守不良，或出中官，懼逆上旨，取過目前。呼嗟之聲，招致災害，胡虜凶悍，因衰緣隙；而令倉庫殫於豺狼之口，功業無銖兩之效，皆由將帥不忠，聚奸所致！前涼州刺史祝良，初除到州，多所糾罰，太守令長，貶黜將半，政未逾時，功效卓然，實應賞異以勸功能；改任牧守，去斥奸殘；又宜更選匈奴、烏桓、護羌中郎將、校尉，簡練文武，授之法令；除并、涼二州今年賦役，寬赦罪隸，掃除更始；則善吏知奉公之福，惡者覺營私之禍，胡馬可不窺長城，塞下自無候望之患矣！

　　這疏呈入，桓帝倒也有些省悟，改選幽、并二州刺史，並自營郡太守都尉以下，亦多所變更；蠲除并涼一年租賦，俾民少蘇。及陳龜到任，州郡震慄，鮮卑也不敢犯塞，節省費用，歲約億萬。偏大將軍梁冀與龜有隙，說他沮毀國威，沽取功譽，不為胡虜所畏，龜因坐罪徵還，免官回里。嗣復徵為尚書，累劾梁冀罪狀，請即加誅，也是個倔強漢。桓帝始終不報。龜自知忤冀，必為所害，索性絕粒不食，七日乃歿。西域胡夷并涼民庶，統為舉哀，弔祭龜墓。那匈奴、烏桓等虜兵，聞得陳龜去職，復來寇邊，朝廷乃調屬國都尉張奐，為北中郎將，往御匈奴烏桓。奐至塞下，正值虜眾焚掠各堡，烽火連天，戍兵無不驚惶，獨奐安坐帳中，談笑自若，暗中卻派人離間烏桓，使他掩擊匈奴，搗破營帳，斬得匈奴別部屠各渠帥。再由奐統兵進討，匈奴大恐，悔罪請降。奐因南單于車居兒即兜樓儲子。叛服無常，將他拘住，奏請改立左谷蠡王。桓帝不許，仍使放還車居兒，徵歸張奐，命種暠為度遼將軍。暠招攜懷遠，賞罰分明，羌、胡相率效命，四境帖然。暠乃去烽燧，除候望，綏靜中外，化光天日，連年搶攘的朔方，至此始得掃塵氛了。小子有詩嘆道：

　　　　防邊尚易用人難，要仗臣心一片丹。

果有忠賢司閫外，華夷何患不同安！

欲知後事如何，且看下回分解。

　　崔寔政論，為桓帝失刑而設，然或誤會其意，則為禍愈烈。桓帝之誤，非不知用刑，誤在當刑不刑，不當刑而刑耳。試觀朱穆掘屍，見忤中官，立被逮歸，輸作左校，微劉陶等之上疏申救，則直臣蒙垢，常為刑徒，雖欲免歸而不可得矣。然則桓帝之猶有一得者，在用刑之尚未過暴耳，若誤會崔寔之言，幾何而不為桀、紂耶？李膺、段熲、陳龜、張奐、種暠諸人，皆文武兼才，相繼任用，無不奏功，可見桓帝當日尚有一隙之明；陳龜臨行上疏，而桓帝亦頗採用，是未始不可與為善。惜為權戚宦官所把持，以致忠賢之不得久任耳。桓帝固失之優柔，而欲以嚴刑救之，毋乃慎歟？

第四十九回　忤內侍朱穆遭囚　就外任陳龜拜表

第五十回
定密謀族誅梁氏　嫉忠諫冤殺李雲

第五十回　定密謀族誅梁氏　嫉忠諫冤殺李雲

　　卻說桓帝皇后梁氏，專寵後庭，靠了姊兄庇蔭，恣極奢華，所有帷帳服飾，統是光怪陸離，為前代皇后所未備。及乃姊順烈皇后告崩，帝眷漸衰，后既無子嗣，復好妒忌，每聞宮人懷孕，往往設法陷害，鮮得保全。桓帝不免唧恨，只因心憚梁冀，未敢發作，不過足跡罕至中宮，惹得梁后鬱鬱成疾，至延熹二年七月，一命歸陰，當依后禮殯殮，出葬懿陵。唯梁氏一門，前後七人封侯，三女得為皇后，六女得為貴人，父子俱為大將軍，夫人女食邑稱君又有七人，子尚公主又有三人，外如卿將尹校，共五十七人，真是一時無兩，備極尊榮。盛極必衰。梁冀專擅威柄，獨斷獨行，無論大小政治，統歸他一人裁決，宮衛近侍，都是梁家走狗，莫不希旨承顏。凡遇百官遷召，必先進謁冀門，上箋謝恩，然後敢轉詣尚書，受命赴任。下邳人吳樹，得除宛令，向冀辭行。冀賓戚多在宛縣，因即向樹囑託，樹答說道：「小人奸蠹，比屋可誅，明將軍為椒房懿戚，位居上將，應該首崇賢善，借補朝闕，宛邑夙號大都，名士甚眾，今樹進謁明將軍，得蒙侍坐，承誨多時，未聞稱一名士，乃徒以私人相托，樹不敢聞！」逆耳之言，獨不畏死麼？冀默然不答，面有慍色，樹即辭去。既至宛邑，便調查梁氏賓戚，好幾個貽害民間，竟飭屬吏收捕下獄，按法處治，百姓統皆戴德，獨梁冀懷恨益深。後來遷補荊州刺史，又復向冀謁辭，冀佯為設宴，暗地裡置毒酒中，樹飲罷出門，須臾毒發，竟致倒斃車中。又有遼東太守侯猛，不去謁冀，冀誣以他罪，腰斬市曹。郎中袁著，年甫十九，見冀凶橫日甚，不勝憤悶，乃詣闕上書道：

　　臣聞仲尼嘆鳳鳥不至，河不出圖，自傷卑賤，不能致也。今陛下居得致之位，又有能致之資，而和氣未應，賢愚失序者，勢分權臣，上下壅隔之故也！夫四時之運，功成則退，高爵厚寵，鮮不致災。今大將軍位極功成，可為至戒；宜遵懸車之禮，高枕頤神。《傳》曰：「木實繁

者披枝害心。」若不抑損權盛,將無以全其身矣!左右聞臣言,將側目切齒;臣特以童蒙見拔,故敢忘忌諱。昔舜禹相戒,無若丹朱,周公戒成王,無如殷王紂,願除誹謗之罪,以開天下之口,則臣等幸甚!天下幸甚!

梁冀得悉此書,氣衝牛斗,即遣屬吏捕著。著託病偽死,結蒲像人,買棺出葬,偏被冀察破詐謀,囑吏四處偵緝,竟被拿獲,立即笞死。太原人郝絜胡武,與著友善,冀竟屠武家,枉死至六十餘人,絜自知不免,仰藥畢命。安帝嫡母耿貴人歿後,從子耿承,得封林慮侯,冀向承求貴人遺珍,不得如願,即殺死承家族十餘人。涿郡崔琦,善屬文,為冀所重,因作〈外戚箴〉諷冀,冀召琦入責,琦奮然道:「琦聞管仲相齊,樂聞謗言,蕭何佐漢,令吏書過。今將軍累世臺輔,位比伊周,乃德政未聞,黎民塗炭,尚不思結納忠良,自救禍敗,還要鉗塞士口,杜蔽主聰,難道必欲使玄黃改色,鹿馬易形麼?」說得冀無言可對,但遣琦歸里。琦匆匆就道,中途為騎士所捕,殺死了事。這騎士的來歷,不必細猜,便可知梁冀所遣了。不如是何致赤族?桓帝聞冀累殺無辜,也為惋惜;再加冀聲色過人,每經朝會,只有冀可以發言,天子且不好抗議,因此桓帝積畏生忿,常抱不平。和熹皇后從子鄧香,生女名猛,秀麗動人,香中年病歿,妻宣再嫁梁紀。紀係冀妻孫壽母舅,壽見猛色美,引入掖庭,得封貴人。冀欲認猛為己女,使她改姓為梁,又恐猛姊夫邴尊,方為議郎,或有漏洩情事,因使門客刺死邴尊,且欲將猛母宣一併刺死,才好滅口。真是無法無天。宣家在延熹里,與中常侍袁赦毗鄰,冀遣刺客夜登赦屋,越入宣家,赦聞屋上有聲,疑是盜至,立即鳴鼓會眾,圍捕刺客,好容易拿住一人,面加訊問,方知由梁冀差來,意在刺宣。赦急往宣家報明。宣因己女得為貴人,便入宮與語。貴人即轉告桓帝,桓帝怒不可遏,起身如廁,有小黃門唐衡相隨,因顧問

第五十回　定密謀族誅梁氏　嫉忠諫冤殺李雲

道：「宮中左右，何人與梁氏不和？」衡答說道：「中常侍單超，小黃門左悺，前至河南尹梁不疑家，稍稍失禮，便被不疑拘他兄弟，收入洛陽獄中，超與悺踵門謝罪，才得釋放。中常侍徐璜，黃門令貝瑗，亦與梁氏有嫌，不過口未敢言，容忍至今。」桓帝不待說畢，便搖手道：「我知道了！」寫出慌張情狀。當下由廁還宮，即召超悺入室，低聲與語道：「梁將軍兄弟，專柄多年，脅迫內外，公卿以下，無人敢抗，朕意欲將他除去，常侍等意下如何？」要除即除，奈何向閹人問計？超、悺齊聲道：「禍國奸賊，當誅已久，臣等才皆庸劣，還乞聖裁！」桓帝又道：「常侍等以為可誅，與朕同意，但須祕密定謀，方無他患！」超、悺又答說道：「果欲除奸，亦非真是難事，但恐陛下不免狐疑！」桓帝道：「奸臣脅國，理應伏辜，還有何疑？」乃更召徐璜、貝瑗入內，與定密議，且由桓帝親齧超臂，出血為盟。超復申說道：「陛下既已決計，幸勿再言，梁氏耳目甚多，一或敗露，禍且不測！」說罷，便即退去。為此一番密議，果有人報知梁冀，唯所謀情事，尚未宣露。冀已心疑超等，亟使中黃門張惲入省宿衛，預備不虞。貝瑗飭吏收惲，說他無故入省，欲圖不軌，當即擁帝御殿，召諸尚書入諭密謀，即使尚書令尹勳，持節出勒丞郎以下，使皆執械守住省閣，盡收符節，繳入省中。一面由黃門令貝瑗，招集左右廄騶，及虎賁羽林劍戟士，合得一千餘人，會同司隸校尉張彪，往圍冀第。並令光祿勳袁盱，收冀大將軍印綬，降封冀為都鄉侯。冀倉皇失措，仰藥自殺；實是無用。妻孫壽，亦無路逃生，也即將鴆酒飲下，一同斃命，愁眉啼妝，悉成幻影，只可惜丟下秦宮。冀子河南尹梁胤，與叔父屯騎校尉梁讓、親從衛尉梁淑、越騎校尉梁忠、長水校尉梁戟等，盡被拘入；還有孫壽內外宗親，亦皆連坐，無論老幼，全體誅戮，棄屍市曹。冀弟不疑及蒙，先已病死，倖免追究，餘如公卿列校刺史二千石，坐死數十人。太尉胡廣，司徒韓縯，尹頌病歿，由縯繼任。

司空孫朗，並因阿附梁冀，一併坐罪，減死一等，免為庶人。四府故吏賓客，黜免至三百餘人，朝廷為空。這事起自倉猝，中使交馳，官府市里，鼎沸數日，才得安定，百姓莫不稱慶。有司隸冀家產，變賣充公，合得三十餘萬萬緡。詔減天下稅租半數，所有梁冀私園，悉令開放，給與貧民耕植，普及隆恩。就是安葬懿陵的梁皇后，亦追加貶廢，降稱貴人塚。封單超為新豐侯，食邑二萬戶；徐璜為武原侯，貝瑗為東武陽侯，各萬五千戶；左悺為上蔡侯，唐衡為汝陽侯，各萬三千戶，這便叫做五侯。尚書令尹勳以下，計有功臣七人，皆封亭侯，勳為都鄉亭侯，霍諝為鄴都亭侯，張敬為西鄉亭侯，歐陽參為仁亭侯，李瑋為金門亭侯，虞放為呂都亭侯，周永為高遷鄉亭侯。策文有云：

梁冀奸暴，濁亂王室，孝質皇帝聰明早茂，冀心懷忌畏，私行弒毒；永樂太和即匡皇后。親尊莫二，冀又過絕，禁還京師，使朕離母子之愛，隔顧復之恩，禍深害大，罪釁日滋。賴宗廟之靈，及中常侍單超、徐璜、貝瑗、左悺唐衡，尚書令尹勳等，激憤建策，內外協同，漏刻之間，梟逆梟夷，斯誠社稷之祐，臣下之力。宜班慶賞，以酬忠勳，其封超等五人為縣侯，勳等七人為亭侯；其有餘功足錄，尚未邀賞者，令有司考核以聞。

這詔下後，單超復奏稱小黃門劉普趙忠等，亦併力誅奸，應加封賞，乃復封劉趙以下八閹人為鄉侯，與十九侯相去未遠。從此宦官權力，日盛一日，勢且不可收拾了。貴人鄧猛，因色得寵，一躍為桓帝繼后；后母宣得受封長安君。桓帝尚未知鄧后本姓，還道她是梁家女兒，只因梁氏得罪，特令她改姓為薄；後來有司奏稱后父鄧香，曾為郎中，不宜改易他姓，於是使皇后複姓鄧氏，追贈香為車騎將軍，封安陽侯，香子演為南頓侯。演受封即歿，子康襲爵，徙封沘陽侯；長安君宣，亦徙封昆陽侯，食邑較多，賞賜以鉅萬計。進大司農黃瓊為太尉，光祿大

第五十回　定密謀族誅梁氏　嫉忠諫冤殺李雲

夫祝恬為司徒，大鴻臚盛允為司空；初置祕書監官。黃瓊首舉公位，志在懲貪，特劾去州郡贓吏，約十餘人；獨闢召汝南人范滂，使為掾吏。滂有清節，嘗舉孝廉，得受命為清詔使，按察冀州。滂登車攬轡，有志澄清，行入州郡，墨吏不待舉劾，便已辭去。滂還都覆命，遷官光祿勳主事。時陳蕃為光祿勳，由滂入府參謁，蕃不令免禮，滂懷憤投版，笏也。棄官徑歸。黃瓊嘉他有守，故既登首輔，當即辟召。適有詔令三府掾屬，舉奏里謠，借核長吏臧否。滂即劾奏刺史二千石，及豪黨二十餘人，尚書嫌滂糾劾太多，疑有私故，滂答說道：「農夫去草，嘉禾乃茂；忠臣除奸，王道乃清。若舉劾不當，願受顯戮！」尚書見他理直氣壯，也不能再詰，只所劾諸人，未盡黜免。滂知時未可為，仍然辭去。光祿勳陳蕃，轉任尚書令，薦引處士徐稚、姜肱、韋著、袁閎、李曇五人，有詔用安車玄趾，徵令入朝，五人皆辭不就徵。說起五人品行，俱有貞操，名重一時。徐稚字孺子，南昌人氏，家素寒微，稚力田自贍，義不苟取，持身恭儉，待人禮讓，鄉民統皆翕服，屢闢不起。陳蕃為豫章太守，聘稚入幕，使為功曹，稚一謁即退，不願署官。蕃越加敬禮，與他結交，每邀稚入府敘談，至暮未散，特設一榻留宿，待稚去後，便將榻懸起，他客不得再眠，及朝廷禮聘人至，聲價益高。姜肱為廣戚人，表字伯淮，平居以孝友聞，嘗與二弟仲海季江，同被共寢。一日與季弟偕赴郡縣，途中遇盜，持刃相遇，肱與語道：「我弟年幼，父母所憐，又未聘娶，若殺我弟，寧可殺我！」季江亦急說道：「我兄齒德在前，馳譽國家，怎可輕死？我願受戮，聊代兄命！」真是難兄難弟。盜見他兄弟爭死，不由的發起善心，收刀入鞘，但將兩人衣服褫去。兩人到了郡中，郡守見肱無衣服，當然驚問，肱託言他故，終不及盜。盜聞風感悟，俟肱歸家，即踵前謝罪，送還衣服。肱卻用酒食相待，好言遣去。郡縣舉肱有道方正，並皆不就。韋著字休明，籍隸平陵，隱居講授，不聞世

事。袁閎係故司徒袁安玄孫，家世貴盛，唯閎潔身修行，耕讀自安。李曇世居陽翟，少年喪父，繼母酷烈，服事益恭，常躬耕奉母，所得四時珍味，必先進母前，母亦化悍為慈，鄉里共稱為孝子，唯不求仕進，高隱以終。還有安陽人魏桓，亦以狷潔著名，由桓帝下詔特徵，友人多勸他入都。桓反詰問道：「士子出膺仕版，必須致君澤民，今試問後宮千數，可遽損否？廄馬萬匹，可遽減否？左右權豪，可遽去否？」友人徐徐答道：「這卻未必！」桓囂然道：「使桓生行死歸，與諸君有何益處呢？」遂卻還徵車，終不就官。闡發幽元。桓帝徵求名士，本沒有什麼誠意，來與不來，由他自便，只對著故舊恩私，卻是不吝爵賞，廣逮恩施。中常侍侯覽，獻縑五千匹，便賜爵關內侯，又將他列入誅冀案內，進封高鄉侯。覽本無功，尚且藉端影射，得受榮封，何況單超、具瑗等五侯，自然格外貴顯，因寵生驕，傾動中外。白馬令李雲，露布上書，移副三府，內有數語最為激切，略云：

梁冀雖恃權專擅，流毒天下，今以罪行誅，猶召家臣扼殺之耳，而猥封謀臣至萬戶以上，高祖聞之，得毋見非？西北列將，得毋懈體？古者有云：「帝者，諦也」，今官位錯亂，小人諂進，財貨公行，政化日損；尺一拜用，尺一，指詔書。不經御省，是帝欲不諦乎？

桓帝看到「帝欲不諦」四字，震怒異常，立命有司逮雲下獄，使中常侍管霸，與御史廷尉，共同審訊，將處嚴刑。弘農掾杜眾，聞雲因忠諫獲罪，也不禁鼓動俠腸，即向朝廷請願，與雲同死。桓帝愈怒，並飭將眾拘送廷尉。陳蕃已改官大鴻臚，與太常楊秉，洛陽市長沐茂，郎中上官資，並上疏乞赦雲罪，有詔切責，免蕃秉官，降茂資官秩二等。管霸見人心未順，也在桓帝前跪請道：「李雲草澤愚儒，杜眾郡中小吏，情詞狂戇，不足加罪。」桓帝呵叱道：「帝欲不諦，是何等語？常侍乃欲曲恕彼罪麼？」說至此，復顧令小黃門傳諭獄吏，將李雲杜眾處死，於是嬖

第五十回　定密謀族誅梁氏　嫉忠諫冤殺李雲

寵益橫。太尉黃瓊，自思力不能制，乃稱疾不起，桓帝尚未許休致，越二年始令免官，進太常劉矩為太尉。司徒祝恬已歿，代以司空盛允，不久復罷，可巧度遼將軍種暠，召入為大司農，遂令暠繼為司徒。司空一職，由太常虞放繼任，又擢中常侍單超為車騎將軍。超得握兵權，勢焰益盛。前大鴻臚陳蕃，免歸踰年，又由朝廷徵為光祿勳。蕃見桓帝封賞逾制，內寵日多，更不禁憤然欲言，因上疏進諫道：

　　臣聞有事社稷者，社稷是為，有事人君者，容悅是為。今臣蒙恩聖朝，備位九卿，見非不諫，則容悅也。夫諸侯上象四七，謂二十八宿。垂耀在天，下應分土，藩屏上國；高祖之約，非功臣不侯。乃左右以無功博賞，至乃一門之內，侯者數人，故緯象失度，陰陽謬序，稼用不成，民用不康。臣知封事已行，言之無及，誠欲陛下如是而止！又近年收斂，十傷五六，民不聊生；而采女數千，食肉衣綺，脂油粉黛，不可資計。鄙諺云：「盜不過五女門」，以女足貧家也；今後宮之女，豈不足貧國乎？是以傾宮嫁而天下化，紂作傾宮，藏納美女，武王克殷，乃歸傾宮之女於諸侯。楚女悲而西宮災；魯僖公廢楚女，居西宮，因兆火災。且聚而不御，必生憂悲之感，以致水旱之困。夫獄以禁止奸違，官以稱才理物；若法虧於平，官失其人，則王道有缺，天下人民，皆將謂獄由怨起，爵以賄成。伏思不有臭穢，則蒼蠅不飛。陛下果採求得失，擇從忠賢，尺一選舉，悉委尚書三公，使褒責誅賞，各有所歸，豈不幸甚？

　　這篇奏疏，總算蒙桓帝採用一二條，放出宮女五百餘人，降邑侯鄧萬世、黃攜為鄉侯，仍舊是無關輕重。復起前太常楊秉為河南尹。秉蒞任未幾，又與權閹單超相忤，竟致得罪。先是超弟匡為濟陰太守，受贓枉法，為兗州刺史第五種所聞，種即第五倫曾孫。使從事衛羽案驗，查出贓五六十萬緡，因即上書劾匡兄弟。匡未免驚惶，陰囑刺客任方刺羽。羽早已防著，把方捕獲，囚繫洛陽。匡復恐楊秉出頭，再加窮究，乃密令方突獄逃亡。尚書召秉責問，秉直答道：「方本無罪，罪在單匡，

但教逮匡入都,下獄考治,自然水落石出,無從逃隱了!」這一番議論,本來是公正無私,偏單超在內把持,反誣秉私放任方,嫁禍單匡,竟將秉免官坐罪,輸作左校,且將第五種構成他罪,充徙朔方。會值天氣久旱,秉得遇赦,獨第五種奉詔流徙,險些兒死於非命,不得生還。小子有詩嘆道:

直臣報國敢偷生,被害閹人太不平。

留得一絲殘命在,好教忠義兩成名!

末句為下文伏案。

欲知第五種何故瀕死,下回自當敘明。

梁冀之惡,比竇憲為尤甚,而其受禍也亦最烈。竇憲伏法,未及全家,閻顯受誅,尚存太后;若梁冀一門駢戮,即妻族亦無一子遺,甚至三公連坐,朝右一空,設非平時稔惡,何由致此?天道喜謙而惡盈,福善而禍淫,觀諸梁冀夫婦,而為惡者當知所猛省矣!唯前有十九侯,後有五侯,權戚之伏辜,必假諸閹人之手,漢廷其尚有人乎?桓帝經此大變,猶不自悟,復濫逮恩私,厭聞讜論,李雲語稍激切,即置之死地;杜眾籲請代死,又加毒刑,有帝如此,寧非帝欲不諦耶?雖有善者,其如帝之不諦何哉?

後漢演義 —— 從辨冤獄寒朗力諫至密謀族誅梁氏

作　　者：蔡東藩	國家圖書館出版品預行編目資料
發 行 人：黃振庭	
出 版 者：複刻文化事業有限公司	後漢演義—從辨冤獄寒朗力諫至密謀族誅梁氏 / 蔡東藩 著 .-- 第一版 .-- 臺北市：複刻文化事業有限公司 , 2024.10
發 行 者：複刻文化事業有限公司	面；　公分
E-mail：sonbookservice@gmail.com	POD 版
粉 絲 頁：https://www.facebook.com/sonbookss/	ISBN 978-626-7514-90-0(平裝)
網　　址：https://sonbook.net/	857.4522　　　　113014067
地　　址：台北市中正區重慶南路一段 61 號 8 樓	
8F., No.61, Sec. 1, Chongqing S. Rd., Zhongzheng Dist., Taipei City 100, Taiwan	

電　　話：(02)2370-3310
傳　　真：(02)2388-1990
印　　刷：京峯數位服務有限公司
律師顧問：廣華律師事務所 張珮琦律師
定　　價：350 元
發行日期：2024 年 10 月第一版
◎本書以 POD 印製
Design Assets from Freepik.com

電子書購買

爽讀 APP　　臉書